U0093009

駭網情深

下集

楓情◆著

目次

第十一章　謝家主人

盼了將近三個星期，彭俊德終於接到謝淑華的電話，立刻約了謝淑華第二天晚上一起用餐。

兩人又來到這家位於近郊的庭院咖啡屋，彭俊德記得去年也是這個時候，自己在這兒送了一條水晶項鍊給謝淑華當生日禮物，今天彭俊德為兩人各點了一份簡餐，雖然說是簡餐，可是這一間庭院咖啡的簡餐可不是一般的餐點，不但精緻而且十分美味，兩人訂的位置是在庭院的一個小角落。

看謝淑華無精打采的樣子，彭俊德只好盡量陪著笑臉，一直到用完晚餐，謝淑華還是扳著臉孔，彭俊德只好天南地北的說著，有時穿插一些冷笑話，謝淑華偶而露出一絲笑容，可是卻又瞬間即逝。

「妳看起來很累的樣子？」

「是啊，也不知道什麼事情，就是提不起勁來。」

「是不是在美國太累了？」

「又沒做什麼事，怎麼會累。」

「是不是坐飛機太累了？」

「大概是吧？不過我從小坐飛機坐慣了。」

「那我可不知怎麼來幫妳了。」

「算了吧，你請我吃晚餐我已經萬分感謝了。」

「這晚餐算什麼？要妳高興才好呀！」

「唉！有人欺負我，我怎麼會高興得起來？」

「怎麼了，是誰欺負妳，誰那麼大膽？」

「不要問了，不管誰欺負我，你也沒辦法幫我報仇，別再提這事了。」

「喔？」

過了一會兒，謝淑華有些不高興的看著彭俊德說：「我問你，如果是蛋塔欺負我的話，你會幫我討回公道嗎？」

「蛋塔敢欺負妳？如果真的是蛋塔欺負妳，光是春花就夠他受的了，還用不著我出馬，真的是蛋塔欺負妳嗎？」

「不是啦，我只是比喻而已，不過倒是你們班上的一個人，是蛋塔最好的朋友欺負我的，我好難過喔！」

「蛋塔最好的朋友？還是我班上的人？」

「嗯，所以我說你也沒辦法幫我報仇了。」

「別這麼說，看誰敢欺負妳，告訴我，我一定幫妳討回公道。」

謝淑華對彭俊德的回答很不滿意，兩手交叉在胸前，冷冷的對彭俊德說：「不說那個了，我先問你，你今天怎麼不穿西裝出來，還穿著這麼一件老舊的夾克，一點也不像我的男朋友……還有啊，你今天怎麼沒送我花？不一定要玫瑰花，其它的也行啊？」

「我……我……」

「哼！我就知道！」

「我……我不知道……」

看彭俊德什麼都不懂的樣子，謝淑華實在是生氣了，竟然走過來用力擰起彭俊德右邊的耳朵，很生氣的說：「哼，彭俊德先生，告訴你，欺負我的人就是你彭俊德，我問你，你知不知道今天是我的生日？可不是明天，現在是晚上十點，再兩個小時我二十二歲的生日就過去了，我算好日子從美國回來，就是要和你一起過生日，想不到你……你竟然穿著這一件……這一件超級難看的夾克來慶祝我的生日，竟然連生日禮物也沒送，竟然連……竟然連一朵花也沒有。」

「哎呀！痛痛……」

「你只知道痛……，你就不知道人家心裏難過。」

「喔，真的很痛呢！」

「嗚……」謝淑華也不理彭俊德，只是坐下來掩著臉哭泣。

「好了啦，對不起……，我現在馬上去買生日禮物，妳不要生氣好嗎？」

「哼，我不要了，你根本就沒有把我放在心上。」

「對不起，我一時忘記了，妳不要生氣。」

「你看，這是我哥給我的生日禮物，另外我還收到好多人給我的禮物，就是你沒有。」謝淑華伸出左手腕，露出一只銀白色的手鍊，上面晶瑩閃爍，也不知鑲了幾十顆小碎鑽，造型則是一隻小花豹。

「咦？這隻小狗好可愛。」

「什麼小狗，這是花豹，你……你……嗚……」謝淑華還想要再罵，但是自己罵人的本事可不怎麼樣，沒辦法再罵下去竟又哭了起來。

「別哭了，事情總是有辦法解決的嘛！」

「哼！」

「這樣好了，明年我給雙份，我買兩份禮物給妳。」

「哼！」

「那妳在這兒等著，我現在立刻就去買。」彭俊德說著還從口袋裏拿出錢包來，看一看裏面還有三千多元。

「別假仙了，這些錢只夠付晚餐的錢……咦？去年你也是裝作不知道我的生日……你是不是有帶來了，過來，我檢查看看。」謝淑華說完就一把將彭俊德拉了過來，兩隻手還在彭俊德身上到處亂找。

「幹嘛呀？男女授受不親，妳不要這樣亂摸，好癢唷。」

「咦？竟然沒有。」謝淑華看彭俊德今天怪怪的，一定又在作弄自己，可是從他身上竟然沒有搜到任何東西。

這時候從庭院另一頭跑來了一隻全身淡金黃色的長毛小狗，亂跑亂竄的，玩了一陣子竟然跑到彭俊德腳下繞著圓圈跑個不停。

「哪裏來的野狗，走開！」彭俊德用腳踢了小狗一下。

「你幹嘛踢它！」謝淑華用力把彭俊德推開，想要抱起小狗來，可是小狗並不理她，還是跑到彭俊德的腳下繞圓圈。

彭俊德看這小狗討厭，抓起小狗用力的打了兩下屁股。

「你怎麼可以打它呢！」謝淑華從彭俊德的手裏將小狗搶了過來，還不停的安撫它。

小狗似乎靜不下來，謝淑華一不小心竟然又讓小狗溜掉了，小狗還是不停的繞著彭俊德走，還不停的撒嬌，只聽到彭俊德對小狗下了一句命令，「坐下！」

想不到小狗竟然聽得懂命令，很乖巧的坐了下來，只是因為剛才跑了一陣子，舌頭還不停的吞吐著，尾巴也不停的搖著。

「咦？它怎麼聽得懂你的命令？」

彭俊德也不說話，又用命令的口吻說：「站起來！」

小狗好像在表演特技似的，只用兩隻後肢站了起來，兩隻前肢不停的擺動著。

「好可愛呀！我認得這是黃金獵犬，好乖唷！」

彭俊德將小狗抱了起來，不停的順撫著小狗的頭說道：「你這隻臭狗狗，現在才來，害我差點就被罵死了。」

「這是你的狗啊？真的好可愛。」

彭俊德將小狗放到謝淑華的手上，輕聲的說：「這是妳的小狗，祝妳生日快樂。」

謝淑華這才知道今晚又被彭俊德捉弄了，原來這隻小狗竟然是自己的生日禮物，看彭俊德很重視自己的生日，謝淑華十分感動，左手抱著小狗，右手摟著彭俊德的頸子給了彭俊德深深的一吻，彭俊德也將謝淑華摟在懷裏，三個星期的相思之情終於宣洩了出來，彭俊德擁抱著謝淑華，心想剛才的委曲，抱怨的說：「妳剛才拉得我的耳朵痛死了。」

謝淑華看彭俊德的耳朵果然還是紅紅的，便在彭俊德的耳朵上吻了一下，輕聲的說：「謝謝你，這是我最喜歡的生日禮物了。」

謝淑華不停的用手在小狗的身上倒處撫摸，發現小狗的項圈還綁著一只小信封，謝淑華便將信封取了下來，打開來裏面是一張小卡片，卡片外面寫著「淑華小姐粧次：韶光無限好，賀吾愛淑華雙十年華生日誌慶，俊德賀。」

謝淑華心裏很高興，嘴裏還小聲說著：「哪裏是雙十年華，我都已經二十二歲了。」再將小卡片打開來，裏面沒有寫字，可是卻有個厚厚的紙片包裹著一個電子零件，就在卡片打開的同時傳出來一陣電子音樂，奏的是生日快樂歌。

「你對我太好了！謝謝你。」

「別這麼說，我對妳好也是應該的。」

「對了，這小狗叫什麼名字？」

「我還沒給它取名字，我都叫它臭狗狗，有時候叫它壞狗狗，名字就讓妳來取好了。」

「還沒有名字？那我回去可得想個好一點的名字，對了，剛才小狗是從哪兒冒出來的？」

「妳看，送小狗的人來了。」

彭俊德指著從門口走過來的阿傑，手裏拿著一束玫瑰花，左手提了個狗籃子，原來是彭俊德拜託阿傑將小狗送過來的。

「阿傑，你現在才來啊，我可是被打慘了。」彭俊德將玫瑰花接過來送給了謝淑華。

「怎麼現在才來？我可是準時有名的，你看準時十點，一秒都不差。」阿傑露出左手腕上的手錶，果然是十點沒錯。

謝淑華正在欣賞著手裏的玫瑰花，忽然看到阿傑手上戴著的竟然是一支卡通表，不禁笑了出來，對著阿傑說：「阿傑，你多大的人了，怎麼還戴這種米老鼠的手錶？」

阿傑不好意思的說：「這是朋友送的，我家裏還有十多支這種手錶，妳要不要？改天我也送妳幾支？」

「哈哈，不用了，我可不敢用這種手錶。」

阿傑拿出兩張帳單給彭俊德，「大衛，我已經結帳了，你不是說十點要送謝小姐回去？我們是不是該走了。」

彭俊德看了兩張單子，分別是晚餐和玫瑰花的帳單，便對謝淑華說：「對了，淑華我先送妳回去，時間不晚了。」

「好吧，阿傑……，今天是我的生日，你怎麼看起來不太高興的樣子？」

「妳的生日我怎麼會不高興呢，只是……只是我還不太習慣當妳們的電燈泡。」

✦ ✦ ✦

譚元茂和小美女葉怡伶這一組人馬在最後關頭更顯出他們的重要性，員工的訓練雖說是由巧樂富主導，但是超過一半以上的工作都是由裴思特的人員完成的，事先安排好的制式化訓練十分有效，簡單的動作和命令讓所有受訓的員工很容易就進入狀況，人員分批訓練持續了一個多星期。

最後一刻終於要來了，在黃順天公司樓上的會議室裏，裴思特公司幹部和工作人員正在開會，楊英嘉也在現場，彭俊德看著手中十多頁卷宗實在是心亂如麻，但還是鼓起精神對著眾人說：「現在是最重要的時刻，今天晚上十點巧樂富的賣場和超市會準時打烊，超商為了服務顧客，晚上十二點鐘開始只能暫時關閉三個小時，我們必須在這麼短的時間內完成全部工作，如果順利的話，晚上十二點之前賣場和超市會完成連線運作，超商則是預計要在晚上一點半以前完成，如果有任何機組發生狀況，一定要在三十分鐘之內搞定它……，好了，阿丁，你來說明你這一部分。」

「我們將工程師和技師分成五組待命，有狀況的話，由中心通報之後一定要在十分鐘之內趕到現場……」

接著又是譚元茂和周偉民的報告，最後彭俊德作總結的說明：「阿丁你們的人現在立刻出發，有狀況的話，我會馬上通報給你知道。」

丁慶澤聽到命令就帶著十幾名工程師和電器技師出發了，彭俊德又對著小美女葉怡伶說：「怡伶你先按照計劃將人手安排到各賣場和超市，我們的重點是在巧樂富的大賣場……」

接著葉怡伶也帶領著一班人馬出發，彭俊德看事情都已經安排妥當，嘆了一口氣又接著說：「楊董、蛋塔，聯絡總部設在三樓的電腦房，我們也該走了。」

今晚黃順天也在電腦主機房待命，其實他只是過來關心一下，順便慰勞這群辛苦的工作人員，黃順天覺得彭俊德是不是太過於神經緊張，兩個多月來一直都很順利，尤其是丁慶澤所帶領的年輕技師都是一群非常優秀的人才，所安裝的機組和聯線器材都有很好的品質，使用的也都是最好的接頭和線材，就連安裝的每一個接頭、螺絲頭都要經過嚴格檢查，而前一陣子譚元茂和葉怡伶在訓練巧樂富員工時的專精程度，就連日本來的松本次郎也不停的誇讚。

彭俊德內心裏也為自己的音速專案打了九十分的高分，只是兩百多台機組同時啟動，成敗猶未可知，拿著大哥大的右手不停的出汗。

譚元茂輕聲的問彭俊德說：「阿德，剛才是阿丁打電話來的嗎？」

「是的，他接到通知，八德店有人員使用光罩的時候暈倒，怕是漏電，他已經趕過去了。」

「喔？」

「已經有四個店長打電話來報告過了，一切都沒有問題……，等一下……」原來彭俊德的手機又響了，「好……我知道，我馬上派人過去，天母店有狀況，電腦不能開機，蛋塔你馬上找人過去。」

譚元茂也不回話就立刻撥了電話出去，接著便說：「大頭嗎？我是蛋塔，天母店的電腦不能開機，你馬上派人過去，記得帶一台備用的電腦……」

彭俊德看譚元茂在交待許仁宏的時候非常鎮定，感到十分驚奇，便問說：「蛋塔，你怎麼都不緊張？我的手還在發抖呢！」

「緊張也是難免，其實這種接近三千萬元的生意，對於我們來說，成功失敗早在接案的時候就已經註定了。」

「希望如此了。」

「今天的狀況還真多呀。」

「小狀況是正常現象，會撐過去的。」

彭俊德望著窗外的台北夜景，輕輕嘆了一口氣說道：「今天所有的程式都是新發展出來的，用的機組也是最新的型式，再兩年這些技術都會變成十分容易而且普遍，只不過我們提早了一兩年而已。」

手機又響了，彭俊德緊張的說：「又有狀況了……」

牆上的白板已經被彭俊德寫滿，幾乎每個店都發生了狀況，彭俊德將每一個已經處理完成的狀況用紅筆畫個大叉，十一點半的時候丁慶澤回到總部，過了五分鐘葉怡伶也回來了。

看丁慶澤和葉怡伶狼狽的樣子，彭俊德問說：「阿丁、小美女，你們回來做什麼？」

丁慶澤抗議的說：「來喘口氣也不行嗎？」

葉怡伶也抗議的說：「對呀，累死人了，害我累得像小狗似的。」

丁慶澤倒了兩杯溫水，一杯給葉怡伶，另外一杯只一口就全部喝了下去，接著又說：「幾乎每一家店都去過了。」

「在醫院的那一個員工呢？她怎麼了？」

「沒事的，太過緊張而已，醫生說那個收銀員正在減肥，到了晚上可能血醣降低，稍微累一點就暈倒了，也不需要住院，人已經回家了。」

「嚇死我了。」

葉怡伶也說：「其實大半都是我的錯，訓練工作本來就不應該只是教會員工操作而已，最好要達到熟練的程度，有幾個員工一上場就嚇呆了，手冊在旁邊也不會看，害得我到處奔波。」

彭俊德看兩人的杯子都空了，便又去倒了兩杯水過來，對著兩人說：「好了，你們再喝口水，等一下還有更累的。」

「什麼更累的？」小美女累得連既定的工作都忘記了。

「再五分鐘賣場和超市就要全部連線，我猜一定又是狀況連連，再半個小時，超商的機組也要開始運轉了，超商一共有三十七家。」

「我的天呀，讓我死了吧。」

彭俊德看時間已經接近十二點了，回報有狀況的電話越來越少，彭俊德不禁鬆了一口氣，對著譚元茂說：「蛋塔，這一次我得到教訓了，一分力只能做一分事，今天的音速專案，說實在的，我的翅膀還不夠硬，如果不是有你和阿丁幫忙，我就死定了。」

「不能這樣講，那是因為有阿丁、我、偉民和小美女這些人湊在一起，你才會答應接這個案子的。」

「其實都差不多，不管怎麼樣，我都一樣感謝你們。」

「接下來還有什麼工作？」

「接下來……楊董的人已經派到超商待命，再下來大概沒重要的事了，超商有事也沒什麼大不了的，都是單機組，比較好處理，我們照預定計劃再觀察一個半小時，如果沒事的話，就可以收……」這時候林怡珊和黃春華提了點心過來，譚元茂看到黃春華就立刻迎了上去。

譚元茂緊握著黃春華的手說：「這麼晚了，怎麼還過來呢？」

「沒什麼啦，我買一些東西給你吃。」

「不要那麼辛苦了，那麼遠的路……」

「……」

兩人越說越小聲，林怡珊走到彭俊德這邊，問說：「大衛，你還在忙啊？」

「是啊，可是還沒妳忙呢！」

「我忙什麼？」

「你忙著做電燈泡。」彭俊德笑著用手指了譚元茂和黃春華。

林怡珊掩著嘴不敢笑出來，小聲的說：「是啊，我好辛苦唷，他們每個星期都要說這種話好幾次，我好想妳喔、你對我好好唷、你不要那麼累、這樣很辛苦的呢……，后！我全身都起雞皮疙瘩了。」

「哈哈，那以後換春花來當電燈泡，妳來談戀愛！」

「好呀！總有一天我一定要讓這死春花當一個特大號的電燈泡，我就每天給他約會，再說一些超級肉麻的話，讓春花聽了全身起一百萬個雞皮疙瘩！」

「哈哈，那妳有什麼超級肉麻的話，妳也教教我。」

「這種話根本不用學，這太簡單了，像我愛你呀，我想死你了，你讓我親一下好嗎？我的小親親，我要吻你的舌頭啊，哎呀呀，本姑娘可是太內行了。」

在一旁的黃順天看林怡珊吹牛覺得很有趣，便也過來湊熱鬧說：「珊珊啊，你現在有沒有男朋友？我們公司裏有很多男生都還沒有結婚，要不要我幫妳介紹一個？」

林怡珊讓黃順天的好意給嚇了一跳，不停的擺著手說：「喔不，不要，謝謝你了！」

「可是妳不交男朋友，春花又怎麼能夠當妳的電燈泡？」

「真是謝謝你了，可是我現在還不想交男朋友。」

「妳要是沒有男朋友，那妳怎麼能夠吻男生的舌頭……」

「沒有啦……」

「……」

彭俊德全然沒有聽到黃順天和林怡珊開玩笑的話，他望著窗外，心想著那個心愛的人現在身在何處？從她美國回來匆匆一晤之後，又是三天不見人影，看來只好明天到校園找她了。

✦　✦　✦

早上十點上完了課，彭俊德火速趕到文學院大樓，謝淑華早上十點十分到十二點有課，彭俊德希望下課十分鐘能夠見到謝淑華。

到了文學院大樓，彭俊德遠遠看到謝淑華和幾個外文系的女生坐在樹下的石椅上聊天，溫蒂也在其中，前幾天送給謝淑華的小狗正乖巧的坐在溫蒂的懷中，這時候小狗看到彭俊德，立刻就跑出溫蒂的懷抱衝向彭俊德，小狗跑到彭俊德前面再一個縱跳，彭俊德沒有防備，差點就讓小狗撞倒了。

小狗不停舔著彭俊德，彭俊德想躲也躲不掉，只好將小狗放回溫蒂的手中，再拿出面紙擦拭臉頰。

「嗨溫蒂，嗨淑華，妳們在玩小狗啊？」

「是啊，蜜雪兒早上打電話說她養了一隻很可愛的小狗，我就找幾個同學過來看，過兩天有空我也要去買一隻來玩。」溫蒂說話時還不停用手撫弄著小狗。

謝淑華站起來將彭俊德拉到旁邊小聲的說：「俊德你有什麼事嗎？我等一下還要上課呢。」

「我知道，我只是順路過來看妳，對了！妳怎麼可以將小狗帶到學校來？警衛不會准的吧？」

「我偷偷帶進來的，你可別說出去。」

「那妳上課怎麼辦？」

「等一下我的管家就會帶回去。」謝淑華指著遠處的一個中年男子，彭俊德認出那是謝家的司機，手裏還拿著裝狗的大籃子。

「那就好了，你小狗的名字取了沒？」

謝淑華露出詭詐的微笑，假裝很邪惡的樣子說：「早就取好了，它的名字就叫做……」

「叫做什麼？」

「就叫做『大衛』！」

「你……你……」

「怎麼了，不可以嗎？是你說名字要讓我取的呀！我就取這個名字，怎麼樣？」

「這個……這個……」

彭俊德還不知如何回答，上課鐘聲已經響起了，謝淑華輕輕一招手，站在遠處的司機過來將小狗放進籃子就離開了，溫蒂和幾個女生也要進教室上課，溫蒂笑著對彭俊德說：「嗨！羅蜜歐。」

彭俊德也不說話，只是對著溫蒂輕輕的搖手表示再見，可是溫蒂竟然站在那兒不走也不說話。

彭俊德便問溫蒂說：「溫蒂，妳還有什麼事嗎？」

「我永遠愛著妳，我的愛人。」

彭俊德知道溫蒂是在開玩笑，但也不知道如何回答，只好隨口說：「喔？謝謝妳，我知道了！」

「那……我的生日快要到了！」溫蒂一說完，立刻轉身就跑向文學院的教室，跑了幾步又轉過身來大聲對彭俊德說：「要記得喔，拜拜！」

看溫蒂俏皮的樣子，彭俊德不禁大笑，「哈哈，溫蒂……」

剎那間彭俊德停止了笑聲，看到一旁的謝淑華正怒目瞪著自己，彭俊德嚇了一跳，忙說：「淑華，妳……」

謝淑華轉過頭去，生氣的說：「哼，看你們打情罵俏的樣子。」

不知道謝淑華是真的生氣還是假的生氣，彭俊德只好過去搖了搖謝淑華的手臂安撫她說：「好啦，別生氣了，溫蒂愛開玩笑，妳又不是不知道。」

「哼，她的生日快到了，你再去買一隻小狗送給她吧！」

「不會啦，她又沒有說她的生日是什麼時候，對了……就是這麼辦，我去路邊抓一隻又髒又臭的小狗送給她好了。」

「好呀，好呀！」謝淑華先是興奮，但是很快的又冷靜下來，「不行，溫蒂和我是好同學，妳可別真的去抓一隻……，抓一隻那種又髒又臭的小狗來。」

「好啦，不過妳剛才說，妳將小狗取什麼名字？」

「告訴你也沒關係，我取的是Steven Shepherd，怎麼樣，還不錯吧！」

「妳怎麼會取這麼長的名字？史蒂芬・謝佛德。」

「也不長呀，Steven很好聽，另外Shepherd是一語雙關，說它是姓謝，又是很好的牧羊犬。」

「這樣很好呀！」彭俊德心想反正不要取大衛這個名字就好，可是這明明是獵犬又不是牧羊犬，不過隨便也就算了。

「我要去上課了，拜！」

「拜拜！」

目送謝淑華離去，彭俊德心裏比較開朗了些，原來這幾天晚上謝淑華都是在和小狗玩，難怪沒接到自己的電話，也怪自己多心，只是這一陣子實在太疲憊了，可是即使在最繁忙的時刻，腦海裏也常泛起謝淑華的倩影，謝淑華的一顰一笑都牽引著自己的喜樂哀愁。

「算了吧，晚上再打電話給她，下午還要開會呢，現在什麼都不能想……」彭俊德看時間已經遲到了，只好匆匆的趕去上課。

✦　✦　✦

音速專案早在三天前就完成了，但是彭俊德堅持要再觀察幾天，因此這一天算是正式宣佈音速專案圓滿的達成了。

下午的會議主要商討解散音速專案的人員，裴思特的員工回復到原來的工作型態，昇智科技借來的工程師小劉和湯姆也回去上班了，烈焰、冰人、巨斧三個人也過來開會，洪明達在學校上課，沒有空過來，會議非常順利，最後大家決定晚上開個慶功宴。

還好黃順天、陳智豪和阿傑過來捧場，不然整個餐宴上就只有那一票年輕人而已，不過年輕人有自己的話題，整個晚上十分熱鬧，彭俊德有一陣子沒有看到陳智豪了，彭俊德故意坐在他的旁邊和他聊天，「傑森，你蜜月還好吧？」

「差點就給冷死了，時間不對，以後要到歐洲玩，一定要選七月到十月份比較好玩。」

「你們去了哪些地方？」

「很多地方都去了，像倫敦、巴黎，還有阿姆斯特丹、斯德哥爾摩、羅馬這些地方，布拉格真是美極了，我們還在瑞士住了一個多星期，還天天划雪呢，真不想回來。」

「那你現在蜜月也過去了，接下來呢？」

「我回去上班賺錢啊！不然怎麼養老婆，你這個問題真奇怪。」

「大姐賺得比你多，她還要你養？我是問你，乾爹有沒有要你到他那兒上班？」

「乾爹沒有問我，倒是副董張克誠找過我，他說得很客氣，希望我過去幫他的忙，我看他很熱誠，差一點就答應他了，哈哈。」

「我這一陣子開公司也有一些體認，支撐一個公司還真的是很累人的工作，我認為你應該過去幫大姐的忙。」

「我知道乾爹私底下也有問你要不要到他公司上班，你為什麼不去呢？」

「這……這……」

「別找理由了，我們兩個人的脾氣都很倔強，不是嗎？」

「唉……說的也是。」

這時候洪明達走了過來，手裏還拿著一杯果汁，他先舉杯敬彭俊德說：「大衛王，謝謝你這一陣子的照顧。」

陳智豪站起來將位置讓給洪明達說：「你們坐著說，我到另一桌敬酒去。」

洪明達也不客氣的坐了下來，彭俊德對洪明達說：「我才真的要感謝你和你爸爸，我那小狗送給我的女朋友，她非常的高興。」

「你們喜歡就好了，不過黃金獵犬適合到處跑跳，最好有空曠的地方讓它玩，這樣比較好。」

「這你放心好了，我女朋友家的庭院可大了……，對了，你們的案子都結束了，那你接下來呢？你還自己接案子嗎？」

「我不接案子了，我決定要考大學。」

「你……好，有志氣，我敬你一杯。」彭俊德聽說過洪明達喜歡批評大學生，這還是第一次從他口中聽他認真說出要考大學的事。

「謝謝，我是看了你和你們那一群大學生，讓我非常嚮往大學生活，我想大學生活一定多采多姿，我如果不進大學就太可惜了。」

「上大學是很好，可是大學很難考呀？」

「我知道，我也有了心裏準備，一定要用功才行。」

彭俊德心想必需再鼓勵他才是，便說：「其實我查過書了，你這種人是屬於所謂『高智商低成就』的人。」

「什麼是高智商低成就？」

「高智商就是比喻一個人有很好的頭腦，比如說他的智商有一百三十，這算是很高的智商了，可是他在學校的成績、或是說他在社會上的表現卻只跟智商九十的人一樣。」

「我是這一類型的人嗎？」

「你當然是了，你的頭腦聰明，可是在學校功課的表現卻和你的智商不成比例，我簡單說一句，你這種人才真的很可惜。」

「那我怎麼辦呢？」

「還能怎麼辦，只有用功讀書了，但是要怎麼讀書，怎麼用功，一切就看你的了。」

「看來我得上補習班了……」

兩人正說話間，感覺到後面有一個高大的人影，原來是阿傑過來找彭俊德聊天，洪明達便起身讓座給阿傑又回去他原來的位子，阿傑坐下來就問彭俊德說：「剛才說得怎麼樣了？」

「唉！傑森實在很頑固，我說了老半天他就是不聽，你回去跟大姐說我對不起她了。」

「沒關係，大小姐也是猜想傑森不會答應的。」

「哦，大姐也這麼說？」

「大小姐說傑森一副臭脾氣，她只是請你試試，不成也沒關係。」

「剛才傑森說他覺得張副董非常熱誠，他差一點就答應了，可見得他是吃軟不吃硬，我建議大姐過一陣子再試試看，目前傑森是不會答應的。」

「好吧，我會將你的話轉達給大小姐。」

這時候陳智豪走了過來，阿傑便起身要讓位，「傑森這個位置還你。」

「你坐下來，我到處打游擊，不坐這個位置了，對了……，你們剛才在說什麼？」

阿傑心想這可不能說實話，馬上岔開話題說：「我告訴大衛說我不能留太晚，八點半我就要走了。」

「有什麼重要的事嗎？」

「我在小學裏組織了一個家長校園巡守隊，我是大隊長，又輪到今天晚上值班，我們一個晚上有兩個人值班，今天我值第一班。」

彭俊德也才剛知道這個消息，十分興奮的說：「阿傑真有你的，真的組起來了，你還是大隊長呢！」

「是啊，張董最高興了，他知道以後就拿了二十萬元給我，我老實不客氣的收下來，這下子經費就沒問題了。」

「哦，那你們的活動就是巡視校園嗎？」

「是啊，不過公道和劉進德知道了，很熱心的說要為我們這些熱心的家長辦一個柔道訓練營，我可能會找附近的里鄰巡守隊一起參加，柔道訓練的教練和場地由台北市警察局全力支援，還說這是警民合作，敦親睦鄰。」

陳智豪驚訝的說：「阿傑你這種身材，誰敢和你柔道啊？」

「都還沒開始辦呢，現在還在討論中，不過我八點半要先離開去買幾把槍，我們值班交接的時候還要交槍呢。」

這句話讓彭俊德和陳智豪都嚇了一跳，兩人不自主的叫了出來：「交槍？」

阿傑看兩人驚駭的表情，知道自己說錯話，便解釋道：「不是啦，我是要出去買滅火槍，必須是攜帶型的，可以滅火又可以防身用。」

✦ ✦ ✦

忙碌的日子終於過去了，彭俊德雖然仍然身兼裴思特的總經理，可是有周偉民擔任工程部主任，再加上幾個得力的學弟在幫忙寫程式，彭俊德可說是清閒極了。

中午上完了課，彭俊德正想找幾個同學一起吃飯，沒想到一出教室就看到謝家的司機，那謝家的司機和彭俊德已經不是第一次見面，他走到彭俊德面前說：「彭先生，你好。」

彭俊德十分驚訝，看左右也沒有旁人，便問這位司機說：「喔？你好……」

「對不起，打擾您一下，我們家主人謝先生現在人在外面，他說想要見彭先生。」

彭俊德更驚訝了，心想這位謝先生一定是謝淑華的父親，不知道為什麼臨時會想要和自己見面，一時竟然說不上話來，「這個……這個……」

「我們家主人離這兒並不遠，我可以載你過去。」

彭俊德心想躲也躲不過，見面也無妨，只是福禍未知，便對司機說：「好，不過先請問您貴姓。」

「敝姓李，你叫我老李就好了，等一下還有另外一個吳秘書會來接您，那我們現在就過去吧。」

李司機說不遠，可是出了校門口也開了二十分鐘的車，車子到了一家義大利餐廳的門口，果然有一位吳秘書來幫彭俊德帶路，兩人進了餐廳二樓，吳秘書帶彭俊德曲折的走了幾個通道，最後來到一間隱密的廂房，看來應該是這間餐廳的貴賓室，只見裏面有一位年約五十歲的中年人正在用餐，此人正是謝淑華的父親，也是在藥品、生化科技業大大有名的財閥之一，名叫謝浩山，經營著橫跨亞、歐、美洲十幾家大型公司的企業家。

彭俊德看謝浩山已經用完餐，服務生剛收拾好桌面，便走上前很客氣的對謝浩山說：「謝先生您好，我是彭俊德。」

謝浩山好像沒聽到彭俊德說話，只是拿起面前的餐後紅酒聞了一下後又淺嘗一口。

彭俊德看謝浩山這種冷寞的態度，知道今天不會有好事情發生，心想反正你是長輩，讓你一下也沒關係，心裏倒是十分坦然。

謝浩山本想羞辱彭俊德一番，抬起頭來看了彭俊德一眼，覺得眼前這個年輕人竟是一副無所謂的樣子，自己反倒不知該怎麼做，心想讓這小子呆站著並沒有真的刁難到他，反而是自己失了風度，還好服務生過來為彭俊德擺好椅子，正好解決了這尷尬的場面。

謝浩山看彭俊德動也不動，擺了擺手請彭俊德坐下，彭俊德不想違逆謝浩山的意思，便乖乖的坐了下來。

彭俊德心想也不必刻意製造難看的局面，因此再度開口說：「謝先生找我來，不知道是什麼事情？」

「敝姓謝，我想你應該知道我是誰吧？我希望我們今天的談話能夠有一個很好的氣氛。」

「我也希望如此。」

「首先我先謝謝你送淑華的生日禮物，她很高興，我也不反對她在家裏養一些小狗小貓的，畢竟我答應過她十八歲以後可以養一些寵物，可能是我的事業太忙而忘記了。」

「是的。」

「我聽說你現在有一些事業……？」

「是的，我和朋友合開了一家小公司。」彭俊德從口袋裏拿了一張名片出來，彭俊德深知自己這種小公司絕對不會看在謝浩山的眼裏，可是心想既然你都已經問了，可見得老早就探聽清楚。

「年紀輕輕就開公司也不容易……。」謝浩山略看一眼就將名片放在一旁，又繼續對彭俊德說：「嗯……我想先請教你一個問題，聽說貴公司現在是你在主導一切，可是你畢業了以後，如果不考研究所就會面臨兵役的問題……那你……」

「這也是沒辦法的事，我目前不考慮讀研究所，我大概在七八月就會入伍當兵，所以我現在很積極的經營公司，我希望能建立一個很好的制度，希望到時候這個制度能夠讓公司繼續經營下去。」

「聽起來還不錯，其實有關你兵役的問題……，我最關心的是淑華，我看你們交往十分的密切，可是說真的，我很擔心你和淑華的未來，在台灣還有兵役的問題，還沒有服完兵役的男人，不論在工作上還是成立家庭方面都有很大的問題，你這個年齡真的很麻煩。」

「謝先生，兵役的問題我也是無能為力，另外能夠和淑華交往當然是我很熱切希望的事情，我和淑華也還沒到談論婚嫁的階段，我和淑華來往也有一段時間了，可是我經常一個星期才能和她見上一面，她一直和我若即若離的，我一直摸不透她的心思，如果說我在淑華的心裏有什麼份量的話，我真的不敢肯定。」

「淑華還是很小孩子氣，我很不喜歡她這種什麼都不在乎的個性，不知道淑華有沒有告訴你，我希望她畢業以後能夠到國外歷練，我一直深信磨練會讓人成長。」

「淑華告訴過我，說她畢業後可能會馬上出國去讀書。」

「其實在哪兒深造都差不多，不過出國去唸書是我們謝家的傳統，我們家族有很多事業在國外，出國讀書可以早一點融入外國的社會，對以後經營事業會有很大的幫助。」

「是。」

「也因為這樣……我很煩惱你和淑華交往的事情，這幾年我忙於事業，和淑華的互動也比較少，前幾天我和她談了這件事情，她也說不出個所以然來，還哭了好幾回，她也知道和你交往的難處，可是她也不知道如何處理。」

「謝先生，我也不知道如何處理這件事情，我也曾經想過要離開淑華，我知道我和府上的家世差太多，像淑華這樣的人品是任何男生夢寐以求的良伴，我是配不上她的，可是淑華一直對我很好，如果我無緣無故就離開淑華，或是因為我自己的因素而離開淑華，那我就是豬狗不如的人了。」

這時候謝浩山雖然面無表情，可是心裏很不是滋味，因為他很婉轉的要彭俊德離開謝淑華，而彭俊德卻是更婉轉的拒絕了謝浩山。

謝浩山深吸了一口氣又繼續說：「我還是希望彭先生能夠有比較理智的做法，我剛才提出來的問題，都是很現實的事情，我怕你們年輕人陷入太深，到時候會受到很大的傷害。」

「謝先生，正如我剛才說的話，我真的不知道該如何處理我和淑華的事情，我一向比較被動，我深怕有一天會失去淑華，和淑華這一年多的交往我都是走一步算一步，不論你要求我認真和淑華交往或是離開淑華，我都很難自主。」

「說了這麼多，我還是希望你能考慮一下，就算是幫我的忙也好，像我們這種人，一年裏也很難得開幾次口請別人幫忙。」

「謝先生，我還是剛才的話，可是我真的告訴你，我和淑華交往以來一直很擔心，我深怕隨時就會失去淑華，我想你也一定知道，現在追淑華的人很多，他們每個人的條件都比我好，而且淑華一向對人都很客氣，不太會拒絕人，我怕謝先生可能找錯了對象。」

「我知道有四、五個人很認真的在追淑華……不說這個了。」謝浩山拿起了桌上的名片又看了一眼，對著彭俊德說：「對了，我在美國也有一家電腦公司，彭先生有沒有興趣，或許可以到我那兒上班，我們一向給主管很高的薪水，表現好的專業主管都有三十萬美金的年薪。」

彭俊德苦笑著說道：「這真的……很謝謝您的抬愛，可是你知道我再兩個多月就要當兵了，這也是沒辦法的事。」

「看來很難請你幫忙了……對了，你要喝飲料嗎？」

彭俊德明白這是謝浩山在送客了，便說：「謝謝，我不喝了，謝先生如果沒事的話，我想先告退了。」

「好！請吧。」

謝浩山輕揮了一下手，站在門口的吳秘書就走了過來，對著彭俊德說：「彭先生，車子已經在門口等您了。」

彭俊德對著謝浩山點頭表示謝意後就轉身離去。

謝浩山從口袋裏拿出一個小盒子來，再從盒子裏面拿出一根香煙，吳秘書立刻用自己的打火機為謝浩山點著了香煙，並且說：「董事長，這小子好像很不聽話。」

原來這個吳秘書已經跟著謝浩山十多年，常常必須為謝浩山分憂解勞而得到謝浩山的信任。

「哼，我生意做了三十年，沒見過這麼年輕又這麼老奸巨猾的人。」

「那他是不合作了？」

「沒錯，我說的每件事情他都聽得懂，可也全部拒絕了我，最後我暗示說要給他美金三十萬元請他離開淑華，他也拒絕了。」

「這小子還沒這個身價吧？要不要給他一點顏色看看？」

「你不要動他，他現在一無所有，沒什麼好損失的，再說他又年輕氣傲，你現在去動他會有反效果。」

「我看這小子也不是一無所有吧？他還有一家電腦公司？」

「哼！這種小公司，零碎而已！」謝浩山說完竟將桌上的名片拿起來撕成碎片。

✦　✦　✦

和謝浩山的談話讓彭俊德覺得很懊惱，下午上完課回到宿舍就將這件事情說給譚元茂和丁慶澤聽，譚元茂是自己的愛情顧問，丁慶澤頭腦好人又冷靜，這兩個人可以給自己很好的意見。

丁慶澤對彭俊德說：「阿德，我知道你現在很不爽，可是我說真的，謝浩山對你已經很客氣了。」

「喔？怎麼說？」

「我猜這個老傢伙一定是有所顧忌，所以雖然被你拒絕了那麼多事情，卻沒有和你撕破臉。」

「我也沒有拒絕什麼事情，他也不過就是要我離開淑華。」

「不，另外還有三十萬元美金的事情，不論是說要給你現金，還是說真的會給你一個好的職務，你也拒絕他了，不是嗎？」

譚元茂突然插嘴說道：「等一下，你們剛才說謝浩山有顧忌一些事情，我想應該就是以前電機系學長的事，也就是當初追謝淑華姐姐的奧斯汀，我猜當初謝浩山一定也找過奧斯汀談話，說不定還出言恐嚇，謝浩山這次不想做得太絕了。」

「看來倒是奧斯汀保護了我。」

丁慶澤心想清官難斷家務事，這種事情最難辦，便說：「阿德，這一次我可能沒法幫你了。」

譚元茂想到更深入的問題，便說：「阿德，你知道我現在在想什麼嗎？」

「我不知道？」

「謝浩山說的一點都沒有錯。」

「啊……怎麼說呢？」

「謝浩山這個老傢伙很討人厭沒有錯，他看不起你，還要你離開淑華，可是……說真的，你再三個月就要當兵，謝淑華在國外讀書最少也要兩年，你們這兩年會有什麼變化誰也不知道，萬一你們分手了，謝浩山當然會很高興，而你可能沒有辦法承受這種打擊。」

「這個……那我該怎麼辦？」

「目前只有走一步算一步了。」

丁慶澤也說：「大家有空再想想辦法，你有空就約謝淑華出來玩，盡量對她好一些，其他的就只好以後再說了。」

「也只好如此了。」

✦　✦　✦

煩惱的事只好擱在心裏頭，日子還是得過下去，反正課業、工作還有得忙，想太多也無濟於事，只是謝淑華這方面還是得把握住才行。

晚上彭俊德約了楊英嘉在裴思特見面，彭俊德正在撥打電話給謝淑華，但是沒人接聽，楊英嘉剛來了幾分鐘，自己一個人在泡茶。

彭俊德放下電話走到楊英嘉旁邊，笑著說：「楊董真對不起，我剛忙完，現在沒事了。」

楊英嘉倒了一杯茶給彭俊德，笑著說：「還在煩惱女朋友的事嗎？這女人家就是要兇她，對女人太好總是會寵壞她們。」

「萬一我把女朋友給兇跑了，你怎麼賠我？」

「哈哈，我可沒法賠你，嗯……我們音速專案初步的盈虧已經算出來了，還好有賺到一些錢。」楊英嘉心想應該先處理公事，就從公事包裏拿出一些文件放在桌上。

楊英嘉解釋道：「依據我們和巧樂富的合約，我們的毛利有六百七十萬元，可是開銷也很大，光是人事費用就有三百五十四萬元，佔了百分之五十三，另外再加上赴日本的開銷和一些外包工程和許多工程材料的費用……」

彭俊德看文件上都記載得十分清楚，便再追問一些細節，「阿丁可以拿到多少錢？」

「這個在最後一頁，我還沒告訴他們，阿丁有四十一萬，因為他領的是高級顧問和總工程師的雙重津貼，不過他前面已經領了十多萬元，有一張支票還沒給他。」楊英嘉指著夾在最後一頁報表紙上有一張二十八萬元的支票，上面是丁慶澤的抬頭，也劃了雙線，另外彭俊德也看到譚元茂有超過三十萬、小美女葉怡伶也有二十多萬的收入。

彭俊德對這個金額很滿意，便對楊英嘉說：「楊董，這張支票還是麻煩你交給阿丁吧。」

「這沒問題，我來交給他好了。」

「還有你們業務部的那幾個小伙子，這次沒他們的份，你可要多開導他們才行。」

「這我知道，他們在最後幾天有幫了一點忙，我都會算給他們，不過他們在年終分紅也有收穫，每個人大概會多出三萬元紅利，比他們一個月的薪水要強多了。」

「喔？有那麼多？」

「我算給你聽，扣掉全部的人事支出和開銷，公司的淨利是兩百一十萬，你的接案獎金是百分之三十，有六十三萬，剩下的再抽出百分之十五作為分紅。」

「其餘的呢？」

「最後剩下一百二十五萬，如果不再納入公司的投資，那我們兩人每人就可以另外拿到六十二萬的分紅。」

彭俊德在心裏盤算了一下，自己在這個專案上的實際獲利就超過了一百五十五萬元，可是想到這三個月來的辛苦，不禁軟癱在沙發上了。

「彭總，怎麼了？沒那麼累吧？」

「不是啦，只是想到這三個月來的辛苦，覺得這種事真不是人幹的，還好安全渡過了。」

「你太辛苦了，當然我們是出資合開公司，我才有六十多萬的分紅，可我看你倒是……」

「我怎麼了？」

「你是拼了老命來賺這筆錢！」

看楊英嘉說得誇張，彭俊德不禁笑了出來說：「哈哈，沒有拼老命，頂多是拼了我這條小命而已。」

第十二章　機場離別

星期日下午，彭俊德總算約到了謝淑華，兩人在學校附近逛書局、唱片行，最後玩累了，兩人又坐上彭俊德的機車，一路開往台北郊區，花了五十分鐘來到一家訓狗場，場地位於一片山坡地上，佔地有一千多坪。

彭俊德和謝淑華兩人一起走進訓練場，也沒人阻攔他們，兩人還是第一次到這地方來，到處都是狗吠聲，十分的新奇。

從門口進去走了三分鐘便看到一排樹下蓋了十幾間鐵皮屋，這些鐵皮屋再隔成數十間狗屋，只見裏面多半是大型的狗隻，也有一些屬於觀賞型的小狗，不過數量比較少，正當彭俊德和謝淑華指指點點的時候，有一個狗場員工走過來，對著兩人說：「您們好，敝姓陳，是這兒的員工，兩位找你們的狗嗎？」

「是啊，我的小狗是一隻黃金獵犬，名字叫史蒂芬，大概三個月大。」

「那隻狗我知道，現在正在上課，大概再十分鐘就會回來。」

彭俊德問說：「請問你們都訓練哪一些項目？」

「這個可不一定了，我們一般都會和狗主人商議，再決定要訓練的項目，有時候也會根據小狗的特性作修改。」

「那你們訓練的內容就很多了？」

「對呀，最近有一家保全公司請我們訓練幾隻攻擊犬，另外有幾隻大型犬要訓練成護衛犬，像史蒂芬這種就簡單多了，因為它才進來一個星期，大概就是先訓練大小便、陪主人散步這些的。」

「真是謝謝你們。」

「別客氣，你們看，那好像是妳的小狗。」這位陳姓員工指著遠處有一個訓練師帶著史蒂芬過來了。

「是啊！是我的狗兒子來了。」謝淑華高興的直揮手。

只見遠處的訓練師放開史蒂芬脖子上的皮帶，可是史蒂芬還是站著不動，只是尾巴一直興奮的搖著，接著訓練師又小聲的命令一聲，史蒂芬就高興的狂奔到彭俊德和謝淑華這邊來，彭俊德怕它撞到謝淑華便向前一步先抱起史蒂芬，可是史蒂芬跑步的力道太大，彭俊德晃了一下還是跌坐在地上。

「臭狗狗，害我跌倒。」彭俊德左手抓著史蒂芬，右手還必需擋著史蒂芬的舌頭，以免又被舔得滿臉都是口水。

「這小子還真是胖，才幾天沒見，妳是怎麼養它的？看來過一陣子要讓它減肥才行。」

「史蒂芬過來媽咪這裏。」謝淑華拍了一下手掌，史蒂芬又立刻跳到謝淑華的手上。

「這傢伙真是聽話，看來訓練還真的有效。」

「是啊，它比你還要聽話呢！」

「妳說什麼？妳可不要冤枉好人。」

「本來就是，至少……」謝淑華正想著彭俊德的缺點，最後終於說：「至少它不會和溫蒂眉來眼去的。」

「哈哈。」彭俊德看看時間也差不多了，便說：「要不要回去，不是說好晚上看電影嗎？」

「好啊！」

彭俊德和謝淑華晚上除了一起晚餐之外，還看了場電影，晚上十點送謝淑華上公車回家，最後自己一個人回宿舍，在回宿舍的路上，彭俊德不停的咒罵著自己，「……怎麼今天都不敢提起和她父親見面的事，也不敢問她的意見？……真是笨死了，難道我就那麼怕會失去她嗎？」

✦ ✦ ✦

星期六在裴思特的辦公室裏，許仁宏和蕭立原正在努力工作，彭俊德、譚元茂和楊英嘉在會客室泡茶。

譚元茂在裴思特已經沒有任何職務和工作，但是偶而也會過來聊天，今天看彭俊德無精打采的樣子，譚元茂也覺得心煩，便問說：「你老毛病又犯了？」

「我什麼老毛病又犯了？」

「瞞不過我的，你好幾天沒約會了，也沒有打電話，這兩天又是要死不活的，我看你一定又出了問題。」

「也沒什麼，淑華的姐姐從美國回來，淑華這兩個星期都要陪她。」

楊英嘉將每人的茶杯給斟滿了，笑著對譚元茂說：「對呀，我每次看彭總的表情就知道他和女朋友的狀況。」

「我可不像蛋塔那麼幸運，女朋友對他那麼好！」

「所以我就說嘛！女人家是寵不得的，就好像彭總你對那幾個小學弟一樣，你總是扮黑臉，但是他們就是很服你。」

「連我扮黑臉的事也說出來，別讓大頭他們聽到了。」彭俊德用手指了另一角落正在認真打電腦的許仁宏和蕭立原，接著又對楊英嘉說：「看有沒有比較快樂的事情，說出來聽吧。」

「快樂的事？倒是有一些……，我們業務部最近接案很順利，有一半的案件還是客戶自己找來的，都是一些小超商，希望我們為他們安裝和巧樂富一樣的光罩掃瞄系統，雖然利潤不大，但是積少成多，也很可觀。」

「其實這種個體戶的毛利才高，我想這類型的案子大概還可以再接半年吧？再來就會有競爭者了，另外和我們合作的工程師也會有人出去自己接案子，然後再降價促銷，這是必然的道理。」

「那我們可要好好掌握這一陣子賺錢的時機。」

譚元茂突然問彭俊德說：「對了，我以為小美女會來你這兒上班？」

「我問過她了，她說想休息一陣子……對了，小美女還說今天晚上要請客，叫我們都要一起過去，說要謝謝我們這一陣子照顧她。」

「什麼？小美女這小氣鬼要請客？真的還是假的！」

楊英嘉對彭俊德說：「對了，彭總，我那邊三個業務員最近表現不錯，我說你中午要請他們吃飯，中午可別忘了，你一定要到。」

「一定到，我今天中午正好沒事。」

聽兩人的說話，譚元茂不禁問道：「你們兩個人真奇怪？怎麼工程部吃飯總是楊董請客，業務部吃飯又是阿德出錢？」

彭俊德小聲的說：「噓！小聲一點，我們兩人分工合作，在業務部楊董扮黑臉，我扮白臉，所以每次請業務部的員工吃飯，我就是出錢的大闊佬。」

「我明白了，那工程部的黑臉就是你，扮白臉的就是楊董了。」

「對呀，這是秘密，別說出去。」

✦ ✦ ✦

小美女葉怡伶請客，大美女溫婉姿也一起過來，阿國和阿輝知道了也吵著要出錢，再加上彭俊德、丁慶澤、譚元茂幾個人，楊英嘉因為有事不能過來，因此今天晚上倒像是小型的同學聚餐，在餐桌上幾個好同學各自找人天南地北的聊天。

「今天請你們吃川菜，可別再說我小氣了。」

譚元茂很高興的說：「小美女最慷慨了，誰敢說小美女小氣，小心我扁死他。」

溫婉姿抗議的說：「別再提小氣這兩個字了。」

葉怡伶並不以為意，拿起面前的果汁，對著丁慶澤撒嬌的說：「阿丁哥哥，我敬你一杯，恭喜我們合作愉快。」

「謝了，可惜都快畢業了，不然我也轉系到你們班上。」

「為什麼？」

「你們班上的女生都那麼漂亮，我真的好羡慕！」

這句話說得讓兩個女生開懷大笑，葉怡伶笑著說：「想不到阿丁你也這麼會說話。」

丁慶澤又問葉怡伶說：「對了！小美女我倒是想要問妳，怎麼音速專案結束以後妳就不再工作了？」

「這也沒什麼好奇怪的，反正再不到兩個月就畢業了，我畢業以後馬上就可以找工作，不像現在只能晚上打工，薪水又少，還要看老闆的眼色。」

彭俊德心情非常愉快，舉杯對著葉怡伶、阿國和阿輝三人說：「謝謝你們，如果不是你們，這音速專案可真的沒法完成。」

葉怡伶微笑的對彭俊德說：「阿德你別這麼說，你已經很照顧我們了，也讓我們發了一筆小財，你讓我的人生規劃更容易繼續下去。」

「可是我怎麼看不出妳有什麼明顯的人生規劃？」

「其實大家都有自己的人生規劃，我知道蛋塔畢業以後也不考研究所，等當完兵就回台中去，好像家裏有工廠在等他接手，阿丁早就想出國留學，不拿到博士大概是不會回來了。」

「那妳的規劃呢？」

「說給你聽也沒關係，我可是窮怕了，我這一輩子最大的夢想就是當個有錢人，將來可以的話，我要自己開公司賺大錢，你們看我這四年來那麼辛苦是為了什麼？婉姿就知道，我有個弟弟現在讀大一，從他高中以後的學費都是我在繳付的，所以我這四年來不停的工作賺錢，最主要的原因就是我真的很缺錢，另外我希望能夠吸取更多的經驗，以後才有本事賺大錢。」

聽葉怡伶說完她的人生規劃，彭俊德不禁拍手叫好，「佩服，我們為未來的女強人乾一杯。」

葉怡伶不好意思的說：「你們不要這樣說我嘛！」

本來只是呆坐一旁的溫婉姿也幽幽的說：「真是羨慕你們呀，我可從來也沒什麼人生規劃，我總是走一步算一步，還是阿德比較強，還沒畢業就在賺錢了。」

「我也沒什麼想法，我的弟弟和妹妹都還在讀書，所以要我出國那是不可能了，再讀研究所的話，那我就要晚兩年才能出社會賺錢，我想以後就是走一步算一步了。」

聽完彭俊德的說法，溫婉姿不以為然的說：「唉，你和怡伶就是死要錢，對了！怡伶……」

「什麼事？」

「阿德和妳一樣都是想錢想瘋了，我看呀……我看妳不如嫁給他算了！」

「妳在說什麼呀？」

✦　✦　✦

接到謝淑華姐姐謝淑芬的電話，彭俊德十分訝異，但也答應謝淑芬的邀約，時間約在在晚上九點。

晚上九點果然有車子過來接彭俊德，這位司機是個生面孔，車子一路開到台北縣的郊外，在一間別墅的歐式欄杆大門前停了下來，謝淑芬已經在那兒等待了。

「大衛，有一年沒見了。」

「妳好，妳約我來，不知道有什麼事嗎？」

「我們到裏面再說吧。」

彭俊德隨著謝淑芬進了別墅，大門進去左轉就是一個室外庭院，草皮上有幾張漆成白色的鑄鐵桌椅，兩人在一張比較隱密的桌子前坐下來，桌上有餅乾和兩杯茶，彭俊德望眼瞧去，別墅的建築就在前方不遠處，在房子的另一側停放了十多輛轎車，旁邊還有二十多輛機車，彭俊德聽到房子裏傳來陣陣的音樂聲，窗戶隱約閃爍著五彩燈光，好像有人在開舞會的樣子。

桌子上有一大塊玻璃桌面，擦得很乾淨，彭俊德將茶杯拿在手上，十分溫熱，彭俊德深感謝淑芬做事十分細心。

彭俊德還沒發問，謝淑芬就搶先說話：「今天是淑華同學的生日，裏面好像在開舞會，不過我沒進去，所以也不是很確定。」

「有人生日？我認識嗎？淑華有來嗎？」

「是溫蒂的生日，我和溫蒂並不太熟，淑華今天晚上也過來了，她現在可能正在裏面。」

「淑華……她也在這兒？」彭俊德有些驚訝，但是馬上告訴自己要冷靜下來，又接著說：「我不知道今天是溫蒂的生日……可是這裏是誰家的別墅呢？」

「這是一個小開家的別墅，他常找一些朋友來這兒跳舞或是辦慶生會之類的。」

「小開？我認識他嗎？」

「你大概認識他吧？他總是開著一輛白色賓士車，大家都叫他丹尼斯。」謝淑芬指著不遠處停放的一輛車子，那輛車子彭俊德很熟悉，在新竹、台中和台北國父紀念館都曾經出現過。

「我知道他是誰，那人追淑華追得很勤快。」

「是啊，今天就是丹尼斯去接淑華過來的。」

「啊……」彭俊德感覺到一陣失意，一個星期不見謝淑華，還以為她忙著陪謝淑芬和小姪女咪咪，她最近有一半的課都缺課沒去上，想不到今晚竟然會在這兒狂歡。

謝淑芬看彭俊德默默不語，便問他說：「你是擔心丹尼斯嗎？」

「啊？妳是說……妳說丹尼斯……」本來有些失神的彭俊德這才清醒過來。

「看你這個樣子，讓我想起了我當年的情形，我猜你也聽說過吧？」

「妳當年……」彭俊德心想也不必否認，便回答說：「我是聽過一些傳言，不過那麼多年了，真正的情形也沒有人能夠說得清楚了。」

「當年真是一場錯啊，我一直都很後悔，可是說真的，這麼多年後我回想起來，我也沒有辦法改變當年的結局。」

「我聽說妳在男朋友畢業前夕和他鬧翻了，後來妳也離開了台灣。」

「好些年的事了，我真的很後悔，是我辜負了他……」謝淑芬說著眼淚已經流了下來。

看彭俊德不說話，謝淑芬又繼續說：「我想你也猜得出我今天找你來這兒的用意，我希望你好好考慮你自身的處境。」

「其實我並不太清楚，我還是希望妳能夠明白的告訴我。」

「說真的，要和我們謝家交往真的是很不容易的事情，淑華或許還不明白，我怕她太過樂觀，我也希望你用智慧來處理這件事。」

「這個我知道，淑華和令尊都有告訴過我。」

「大衛，我並不是要你和淑華分開，只是未來的事誰也不能預知，如果有一天你真的和淑華在一起，我會完完全全的祝福你們。」

「謝謝妳。」

「可是我怕你們愛得太深，到時候受傷也會……」謝淑芬停頓了一下又說：「我想告訴你當年奧斯汀和我的情形，或許……」

「凱瑟琳，妳慢慢說沒關係。」

「那時候奧斯汀是學校籃球隊的隊長，人長得又高又帥氣，是很多女孩子心目中的偶像，我和他認識的時候他甚至還有三四個正在交往的女朋友，可是我們很快的陷入了熱戀，我本來以為年輕人戀愛是天經地義的事情，可是到了他畢業的前一個月，奧斯汀聽說再過一年我畢業以後要出國讀書，他內心十分掙扎，他告訴我希望我等他兩年，後來他更因為害怕失去我，因此向我求婚，希望我在出國前能夠嫁給他。」

「這是很好的事情啊？」

「那是對一般人而言，這種事情在我們謝家是不可能發生的，可是我還是將這件事情告訴了我父親，我父親當場大發雷霆，第二天他就去找奧斯汀談話了。」

「我猜令尊那時候正在氣頭上，兩人可能會有一些衝突吧？」

「我後來問過我父親的秘書，聽說兩人有一些言語上的衝突，而且奧斯汀斷然拒絕我父親要他和我分手的提議。」

「後果很嚴重嗎？」彭俊德想起自己也曾經拒絕過謝浩山。

「你不了解我父親這種人，他親自出面處理的事情是不能打回票的，這會令他感覺到屈辱，因此他對奧斯汀十分生氣。」

「這就讓妳父親那麼生氣了？」

「第二天為了這件事，奧斯汀和我大吵了一架，過了幾天奧斯汀跑來跟我道歉，但是那時候我年輕氣盛並不理會他，在學校裏也故意躲著他。」

「喔？」

「等過幾天我氣消了，當我正想找奧斯汀和解的時候，又發生了一件事。」

「什麼事？」

「我到處找奧斯汀卻找不到人，原來他那幾天是回到鄉下的老家去了。」
「發生什麼事情了？」
「原來是我父親派人到奧斯汀的家裏去，聽說言詞上很不客氣，還特意的羞辱了奧斯汀的家人。」
「啊……」
「為了這件事，我和奧斯汀又大吵了一架。」謝淑芬說到這兒，眼淚又忍不住掉了下來，彭俊德也不知如何來安慰她。

過了一會兒謝淑芬的情緒緩和了些，便又接著說：「我很生氣，因為我認為事情不是我做的，他不應該將所受的氣發作在我身上，我哭了兩天，躲在家裏也不去學校，我父親便將我送到美國一個星期，說要讓我散散心，這時候奧斯汀心裏十分後悔，想要跟我道歉，可是到處找不到我，還到我家裏鬧了好幾次，後來我父親報警將他趕走了。」
「這樣就不好收拾了。」
「就在我回台灣的前一天，奧斯汀就吞藥自殺了，我到醫院看他的時候，他還在昏迷狀態，還沒有脫離險境。」
「啊？」
「我父親非常生氣，認為這一切都是我惹出來的，因此過沒幾天又將我送到美國去，後來我就再也沒見過奧斯汀了。」

說到這兒已是過去那一段往事的結尾，兩人沉默了幾分鐘，彭俊德才開口問謝淑芬說：「我猜妳就一直待在美國讀書，後來也結婚了？」
「是的，我在美國拿到碩士以後，父親為我安排婚事，起初我很排斥，但是那時候我父親為我介紹了好幾個對象，都是條件非常好的男性，每個人都有很好的外表和學歷，最重要的是都有顯赫的家世，而我現在的先生追我追得很勤快，因此我畢業不到一年就結婚了。」謝淑芬擦乾了臉上的淚痕，很鎮靜的說：「我希望你所聽進去的不只是關於我的過去而已，我真正關心的是淑華，雖然說你們都快要大學畢業了，可是一談到感情，又有哪一個人不是像三歲小孩子般的無知呢。」

「凱瑟琳，不管妳今天的目的是什麼，我都很感謝妳，可是前幾天令尊來找我的時候，我也同樣拒絕他要我離開淑華的要求，我的理由是淑華對我很好，我不可以無緣無故就離開她，可是我這幾天細細的回想，真正的原因是我已經離不開淑華了，我對她的感情非常的深刻，這是一種不可理喻的力量，只要一說到淑華，我的一切行為舉止都不再聽我的使喚，即使我在淑華的心目中並沒有同等的地位，甚至還有其他好幾個條件更好的競爭者，我只能夠說，如果說我會主動離開淑華，那也只不過是騙妳、騙妳父親和騙我自己的謊言罷了。」

聽彭俊德說得激動，謝淑芬似乎有話要說，但是彭俊德卻繼續說道：「我知道淑華對我很好，可是淑華沒有像我一樣那種希望分分秒秒兩人都要在一起的想法，她一個人也過得很愜意，她十天半個月看不到我也感覺不出少了一個伴，她也不像我一樣，分分秒秒都為她設想，只希望她能夠多展放出一點笑容，希望她多一些快樂，我知道我和她不是在對等的關係上，我甚至懷疑妳父親來找我是不是找錯人了，或許……或許我在淑華的心中並沒有太大的份量？」

「這我倒是不以為然，不然我的父親也不會親自去找你了，我知道追淑華的人很多，可是我……我也說不上來，我和淑華兩個人，我們從小要什麼有什麼，從國中起就有一大堆男生寫信、送小禮物給我們，好像每個人愛我們都是理所當然的事，我怕淑華被寵慣了，她……她和我都不知道有什麼東西是該珍惜的……。」

「其實這些都不重要，真正問題的癥結是我和妳們謝家的家世差太多了，我的朋友幫我分析過，今天即使我賺到了一千萬、一億，甚至是更多，但是在令尊的眼中，我也只不過是一個微不足道的小人物，在他眼中的門當戶對，是要像你們這樣兩代甚至是三代經營事業，而且家資富裕的人，那才算是傳統上有體面的上流社會人士。」

謝淑芬點頭說道：「你說得對，或許家世是我和淑華在戀愛和婚姻方面不能自主的最大障礙。」

「妳知道我現在正在想什麼嗎？」

「我不知道？」

「我現在只希望我從來沒有和淑華見過面，因為我陷得太深了，我又感覺到好像我將要和淑華分開，這種感覺很強烈……」

「真的很對不起你，或許是因為今天我來找你，才會給你這種感覺的吧？」

「上次令尊找過我，今天你又來找我，當然我不認為你今天有什麼不利於我的目的，可是你和令尊真的會令我害怕……」

謝淑芬有些緊張的說：「我不知道如何來安慰你，很多事我們是無法自主的，我今天來的目的都是為了淑華著想，我希望她會有正確的選擇。」

說到這兒兩人都默默無語，彭俊德很想問謝淑芬的婚姻狀況，但是這種事情牽涉到謝淑芬個人的隱私，禮貌上是不應該問的。

兩人一時無話可說，這時候從別墅裏面走出來一對男女，一出大門兩人就嘻嘻哈哈的，那男的將女生的腰摟了過來並且親吻她，過了一會兒那女的將男生推開，兩人坐上一輛車，接著發動車子。

因為燈光昏暗，彭俊德看不清楚遠方的人，但是兩人坐上的竟然是丹尼斯的白色轎車，彭俊德有些驚訝，接著車子倒轉方向，再轉個大彎就要開出大門，因為車子的右車窗沒有關，在幾盞庭院燈光的照映之下，彭俊德看得真切，車子裏面坐的正是謝淑華和丹尼斯，彭俊德十分的震驚，他又驚又怒的站起來，用顫抖的聲音說：「他們，他們……」

可是後面的話全部都說不出來，彭俊德只感覺到一陣暈眩就不醒人事了。

等到彭俊德醒來時人已經躺在醫院，只是神智還很模糊，而且全身無力，兩隻眼睛也張不開。

「他好像醒過來了，要不要叫護士過來？」

「不必了，剛才護士說醒過來就沒事了，讓他多休息。」

這時候彭俊德已經聽出來是林怡姍和黃春華的聲音，心中十分感激這兩個小妮子竟然會在醫院照顧自己，但是身體只要稍動一下全身就是一陣劇痛，彭俊德忍不住的叫了出來，「唉唷⋯」

「大衛，你怎麼了？你不要亂動嘛！」

「對呀，你才剛剛醒過來，應該先休息一下。」

彭俊德也不敢亂動了，只好慢慢的睜開眼睛，林怡姍看彭俊德想要睜開眼睛，便趕快熄滅天花板上的日光燈，再開了病床旁邊的小檯燈，彭俊德還是感覺到一片刺眼的亮光。

林怡姍很焦急的問說：「大衛，你還好吧？身體有沒有不舒服。」

看林怡姍和黃春華兩個人那麼熱心的照顧自己，彭俊德內心十分感激，再過了一會兒總算可以看清兩人的身影，

「這是哪裏呀？這是天堂嗎？我死了嗎？」

「大衛，你沒有死，這裏是醫院，大衛⋯⋯」聽彭俊德這麼說，林怡姍的眼淚不禁流了出來。

黃春華也很心急的說：「大衛你看我，我是春花呀，姍姍也在這兒！」

「這裏是天堂嗎？你們兩個人是天使嗎？」

「大衛這裏不是天堂，我們不是⋯⋯」

黃春華也是淚流滿面，「大衛你不要這樣子，你現在已經好了，你不要⋯⋯」

「喔？妳是春花？那妳是姍姍了？」

「是啊，你認出我們兩個人了。」
「看來我還沒死掉？我還以為妳們兩個人是天使呢，害我嚇一大跳。」
黃春華鬆了一口氣說道：「這樣就好了，你認出我們了。」
「對呀，我想天堂也沒有像妳們一樣，有長得那麼黑的天使吧？」
兩個人一下子還不能會意過來，過了一會兒黃春華才想到彭俊德是在嘲笑林怡姍和自己的皮膚黑，竟然生氣的在彭俊德的頭上用力搥下去，還很生氣的咒罵道：「你這個死大衛，我皮膚黑關你什麼事。」
林怡姍也很生氣的擰著彭俊德的耳朵說：「春花妳搥大力一點，替我報仇，死大衛，我還記得去年聖誕節的時候被你揍了一下。」
彭俊德全然無力反抗，被黃春華在頭上搥的這一下可不小力，感到一陣頭暈還有嘔吐感，林怡姍和黃春華又是一陣手忙腳亂，彭俊德很不好意思，便又問她們說：「妳們在忙什麼？」
黃春華焦急的說：「你不是要吐了嗎？我得準備一些東西才行。」
「誰要吐了？我的肚子空空的，要吐也吐不出來，我快餓死了。」
「對啊，我差點就忘了。」
「有沒有東西吃？」
「不行，一切遵照醫生囑咐，想吃東西也要等護士送過來，我們不能隨便自作主張。」
林怡姍也說：「對呀，何況你現在正在注射營養針，十天半個月不吃也不會死的。」
彭俊德也看到左側的架子上正掛著一個藥瓶，藥水順著管線一直流進自己左手的血管，便問說：「醫生什麼時候過來？」
黃春華回答道：「醫生才剛走沒多久，晚一點還會再過來。」
「現在幾點了？」

「現在是下午四點半，蛋塔也快過來了吧？」

「蛋塔也要過來？」

「蛋塔昨天晚上在這兒陪了你一整天，今天早上看你還沒醒過來，才打電話要我和姍姍過來陪你的。」

「我在這兒睡了一整天了啊？」

「是啊，醫生說昨天晚上十一點鐘的時候，有人送你過來，將你安頓好以後就走了，接著就有人通知蛋塔，蛋塔昨天晚上可緊張死了，一整晚沒睡，反倒是醫生說沒事，休息幾天就好了。」

彭俊德心想譚元茂是遇事冷靜的人，昨天會緊張一定是自己的病情嚴重，另外醫生告訴林怡姍和黃春華說沒事，這可能只是安慰兩個小女生的話。

「今天是星期一，蛋塔跑到哪兒去了？」

「他說早上十點要到女校幫你代課，下午要到你的辦公室去一趟，幫你看好那一些小學弟們。」

「哎呀，我都忘記早上女校還有課，還好蛋塔他記得。」

這時候一個年輕的護士走進來說：「對不起，現在要打針。」

「春花、姍姍你們先出去一下好嗎？我要問護士一些事情。」

「好吧，我們先到樓下等蛋塔。」

打針也很簡單，護士將一些透明藥水注射到點滴瓶裏，接著又對彭俊德說：「彭先生，醫生說你要多休息，還要長期療養才行。」

「對不起，我剛醒來一切都還不太清楚，醫生有沒有說我是生了什麼病？」

「你的病歷表上寫著是急性肝炎，我的天呀！」

「怎麼了？」

「你所有的肝功能檢查項目都很糟糕，GOT和GPT值都很高，彭先生你這條命是檢回來的。」

也難怪譚元茂會著急了，原來自己得的是急性肝炎，便又問說：「醫生什麼時候會再過來？」

「醫生正在樓下看診，等一下有空我就請他上來。」

「哦？醫生就在樓下？」

「我們只是一間小診所，並不是什麼大醫院，一樓是診所，二樓是注射室，醫生住在三樓，二樓有兩間注射室，臨時挪一間給你當病房，我們這兒很少有病人住院。」

彭俊德回想起昨天的情形，看來謝淑芬的反應也是很快，一看到彭俊德暈倒，便立刻要司機將自己送到鄰近的診所，如此不會延誤就醫，也不會因為叫救護車而驚動太多人，只是不曉得這是什麼樣的診所，便問護士說：「小姐，請問妳們診所的醫師姓什麼？」

「我們這兒是王內科，你放心好了，我們醫生的醫術很高明，他曾經在大醫院當過內科主任呢。」

「那我就放心了。」

這時候譚元茂和醫生一起進來了，彭俊德看這醫生已經有一些年紀了，可是卻沒看到林怡姍和黃春華，彭俊德便問說：「蛋塔，春花和姍姍呢？」

「我要她們出去買一點東西，大概要十分鐘。」譚元茂說完便讓在一邊，醫生走到彭俊德的左側，先是用聽診器在彭俊德的胸腔聽了一會兒，又詳細的檢查了彭俊德的兩眼，搖了搖頭後在病歷表寫上資料。

彭俊德看醫生正在忙著，便對譚元茂說：「昨天真是謝謝你了，我聽說你整晚沒睡。」

「那也沒什麼，你知道你得的是什麼病嗎？」

俊德很過意不去的說：「護士說是急性肝炎。」

譚元茂生氣的說：「你說得倒是輕鬆，急性肝炎！，我光是看你的臉色就知道你的病有多嚴重了，你可知道你現在的樣子有多可怕嗎？」

在一旁的醫生抬起頭來說：「彭先生，你得的是病毒性肝炎，來得突然而且很危險，看你的朋友都那麼關心你，我勸你可要好好的保重身體。」

「是，我正想要請問醫生，我該怎麼配合醫生的治療？」

「肝炎的人最怕勞累，也不能喝酒，而且要按時服藥，我們最怕病人的症狀稍微好一點就不再吃藥，那樣子就前功盡棄了。」

「是。」

「另外在飲食方面，維生素A，B，C，E都是很好的營養素，再來要多吃一些全穀類食品、肝臟、酵母之類的東西，蔬菜水果的攝取也很重要。」

「那我什麼時候可以出院呢？」

「我再多觀察兩天，大概明後天就可以出院了。」

「謝謝。」

「你要多休息，也不要熬夜，睡眠要足夠才行。」

「是。」

「好，那你好好的休息吧。」醫生看彭俊德十分配合，微笑著點點頭就走了。

醫生走後沒多久林怡姍和黃春華也進來了，林怡珊問譚元茂說：「蛋塔，醫生怎麼說？」

「醫生說沒什麼事，明後天就可以出院了。」

「那我就放心了，阿德你身體還有沒有哪裏不舒服？」

「還好啦，只是我的頭很痛，剛才不知道被誰搥了一下，還腫了一個大包，春花剛才是不是有人打我呀？」

「沒有沒有，我不知道！」黃春華嚇得臉都變白了。

晚上彭俊德正在閉目休息，譚元茂、黃春華和林怡姍在七點半就被彭俊德給趕走了，彭俊德心想他們應該也有一些個人的私事要處理，就一定要她們離開，反正再晚一點周偉民也會過來，可是一直到了晚上九點鐘，周偉民才姍姍來遲，後面還跟著謝淑華。

看到謝淑華來探病，彭俊德有些出乎意料之外，看來可能是有人通知她來的。

謝淑華一進門就很焦急的問說：「俊德你怎麼了，我聽春花說你生病了？」

彭俊德也很激動，只是不曉得要說些什麼話，抬頭看周偉民，只見周偉民雙手一攤就轉身離去，還不忘關上了房門，再看謝淑華已是雙眼泛著淚光，還不停的問：「為什麼？你……你……。」簡單的一句話竟然說不出來，最後只好躺在彭俊德的身上痛哭。

「好了啦，哭什麼？我這不是好好的嗎？」

「你……，難怪你這一陣子那麼清瘦，精神也不好，看你這個樣子，我好難過。」

看謝淑華確實很關心自己，可是再想起昨天在別墅的那一幕，彭俊德感覺到一陣心痛，可是卻也只能強顏歡笑的說：「別難過了，醫生說我沒事，只是這一陣子太勞累了，還交待我要多休息兩天。」

「你別騙我，我等一下問醫生不就知道了，你這張嘴最不服輸了，要不是大毛病你根本不會來這兒住院。」

「好啦，看妳生氣成這個樣子，算我錯了好不好。」彭俊德躺著說話實在不方便，便用手撐著床墊想要坐起來，一隻右手卻不聽使喚，竟然使不出力氣來。

「哼，本來就是你錯了嘛，平時只會吹牛說身體好，還每天熬夜，這樣子連續幾個月下來，有誰受得了？」

謝淑華伸手去扶彭俊德，可是花了很大的力氣卻不能撼動彭俊德的身子，看來女生的力氣是小了些，彭俊德只好勉強用盡全身的力量將自己撐起來，坐好以後已是氣喘如牛了。

緊接著又是一陣頭暈，背脊也感覺到難忍的劇痛，好一陣子彭俊德說不出話來，等身體稍微舒緩了一些才說道：「我知道了，醫生也禁止我再熬夜，妳就別擔心了。」

看彭俊德這麼痛苦，謝淑華也不忍心再指責他，便在病床邊的椅子坐下來，緊握著彭俊德的手說，「對了，這裏離台北市區那麼遠，你怎麼會跑到這兒？」

「我……我昨天到客戶那兒，身體忽然不舒服，就被人家送到這兒了，大概是這間診所比較近吧？」

「喔，昨天我也在附近……」

「哦？妳也在這附近？」

「是啊，是溫蒂的生日，我也是臨時想到才過來幫她慶祝的。」

「妳看我多粗心，竟然不知道昨天是她的生日，上次她還跟我要生日禮物呢。」彭俊德心想這個溫蒂真是有虧職守，還吹牛說要幫自己的忙，看來是幫了倒忙。

「其實她的生日是星期三，昨天提早慶祝，選星期日開派對，來的人比較多。」

「那我要送她禮物還來得及，明天我叫偉民幫我送個禮物給她。」

「你要買什麼禮物給她？我幫你送給她就可以了。」

「禮物啊？妳不是要我抓一隻髒兮兮的狗給她嗎？」

「亂講，那都是你一個人在胡扯，我哪有說？再說髒兮兮的狗我可不敢抓，我看還是叫偉民好了。」

「這怎麼行，偉民是我們公司的副總經理，怎麼可以做這種事，還是妳來好了。」

「后！他是副總經理，我可是……」

「妳可是什麼？」

謝淑華本來想說自己是彭總夫人，怕被彭俊德取笑，便說：「我可是堂堂的千金大小姐，怎麼可以隨便就到馬路邊抓小狗？」

「這也不行那也不行，甘脆我再買一隻黃金獵犬給她好了。」

「這不行，你不可以對她那麼好。」

「唉，這下子可難辦了。」

「別說這個，我削蘋果給你吃好了。」謝淑華看旁邊的桌子上放著一些水果，就拿起一個蘋果和水果刀，可是削了半天，蘋果被挖了好幾個洞，果皮還是剩下一大半，嘆了一口氣說道：「唉！看來削蘋果還真是不簡單。」

彭俊德從旁邊小櫃的抽屜拿出一條新的毛巾給謝淑華，然後說：「妳到浴室幫我將毛巾沾濕了好嗎？」

謝淑華就到浴室將毛巾泡水再擰乾了，再將毛巾拿給彭俊德，彭俊德擦乾淨了雙手，再拿起剛才的水果刀和蘋果，只見水果刀沒動幾下，一個蘋果就削好了，謝淑華看了不停的鼓掌說：「你看這個蘋果削得多漂亮。」

彭俊德用刀子將蘋果從中間切下去，拿了一半給謝淑華，然後說：「來吧，一人一半。」

謝淑華先是皺了一下眉頭，但又馬上露出笑容說：「還好不是梨子，有人說分梨不好，我可不想和你分離。」

聽謝淑華說得好聽，彭俊德心裏非常激動，用力抓住謝淑華的雙手說：「淑華，妳如果真的不想和我分離，我們不如馬上結婚去。」

謝淑華先是愣了一下，接著好像在哄小孩子一般的說：「哎呀我的好俊德，我們才幾歲呀？怎麼你就那麼急著結婚？」

「淑華，我們都二十二歲了，已經可以結婚，我……我怕我會失去妳。」

「你想到哪兒去了？我們兩個人不是很好嗎？你也真是的，大學都還沒畢業就想要結婚，你是不是想結婚想瘋了？」

彭俊德也覺得這樣子就要謝淑華嫁給他實在是太突然了，照道理謝淑華是不可能答應的，因此索性閉上眼睛休息，謝淑華看彭俊德這個樣子便輕聲的問他：「俊德你是不是生氣了？」

「沒啦，我怎麼會生你的氣？我只是休息一下。」

「喔？你不舒服嗎？」

彭俊德苦笑的搖了搖頭，停了一會兒又問謝淑華說：「那你打算幾歲才結婚呢？」

「我呀，我大概二十六、七歲吧？現在的人不流行太早結婚，尤其是你們男生，以前二十八歲是男生的適婚年齡，現在都已經不適用了。」

「等我到二十八歲，妳還會嫁給我嗎？」

「好啦，到時候我再嫁給你吧！」

「我怕妳會先嫁給別人了。」

「怎麼會呢？我又沒有別的男朋友。」

「可是追妳的人那麼多，像那個鐘錶進口商的小開，還有丹尼斯。」

「丹尼斯？你怎麼知道丹尼斯？」

「我當然知道了，那些傢伙都是有錢人，每個人都開名車戴名表，我怕不是他們的對手，我怕他們隨時都會把妳搶走了。」

「你想到哪兒去了，那些只是普通朋友，再說我爸爸對他們也很不滿意。」

這下子彭俊德可搞迷糊了，便問謝淑華說：「他們應該都很符合你爸爸的期望吧？至少比我好多了。」

「那些人都不務正業，仗著老爸有錢，再說……」

「再說什麼？」

「再說台北開名車戴名表的人一大堆，又不缺他們那幾個。」

彭俊德這才明白，原來像丹尼斯這些人雖然也是有錢人家，但是卻還夠不上豪門世家的條件。

「唉，到底要什麼條件才能娶妳呢？」

「這是以後的事，我現在可還沒想到結婚呢，去年就有好幾個媒人到我家來提親，還好都被我爸爸給回掉了。」

「還有這種事？」

「對了……我再告訴你一件事……」

「什麼事？」

「我爸爸最擔心你了，他聽說你是個窮小子，又聽說你買了很多玫瑰花給我捧場，後來又買了很貴的小狗給我當生日禮物，他很怕你將我從他的身邊搶走了！」

✦ ✦ ✦

彭俊德的脾氣就是相信專業，而且做事情有計劃，接下來的日子裏他果然遵照醫生的指示和自己擬定的復原計劃來執行，不但生活簡單規律，飲食和服藥也完全按照計劃進行，身體也日漸康復。

轉眼間已經五月底了，再半個月這一批大四的學生就要畢業，大家都十分忙碌，好朋友在校園裏見了面也只是揮揮手，每個人都是來去匆匆。

彭俊德盡量利用時間，一有空就約謝淑華出去玩，在這一年春夏交替的季節裏，兩人幾乎玩遍了台北的近郊，但是每多一次的出遊，彭俊德的內心就多一份空虛，對於兩人的未來也就更沒有把握，從謝淑華的口中又套不出什麼話來，看來只好走一步算一步了。

這一天兩人來到一所公立高中，原來學校正在辦園遊會，各地來的年輕學生很多，也非常熱鬧，是這所學校畢業季節系列活動之一，在學校的騎樓和樹下有很多攤位，彭俊德和謝淑華隨走隨看，走了一會兒來到一個賣衣服的攤位，彭俊德看這個攤位十分清閒，一個年輕學生正低頭讀書，旁邊還坐了一個小女生，彭俊德輕拍了這學生的肩膀說道：「紅螞蟻，怎麼那麼用功？」

原來這個學生正是洪明達，看到彭俊德和謝淑華兩人來玩，洪明達又驚又喜，很高興的說：「大衛王，嗯……彭總夫人好。」

「紅螞蟻，你怎麼也叫我彭……」聽洪明達這麼稱呼自己，謝淑華笑得合不攏嘴。

「是偉民哥要我這麼叫的，他說我不這麼叫妳的話，他就要打死我。」

「哇！看來你受到威脅，壓力還蠻大的嘛。」

「沒辦法啦，只好聽他的了！」

「看不出來你還蠻聽話的嘛！今天那麼忙你怎麼還有空讀書？」

「當然要讀書了，我可是跑到孔子廟發過誓的，明年一定要考上個好大學，我現在連電腦也不敢碰了。」

「你讀書有沒有什麼問題？」

「還好啦，我的數學、化學、物理都是搶搶滾，其它的科目也都還可以，就是英文差了點。」

「讀書就是要靠自己，我們能夠幫的忙可不太多。」

「你和偉民哥鼓勵我，我已經很感激了，我上次月考是全班第一名，有幾個老師還不相信，我們班上有一票人跟著我用功讀書，我們班導也很高興呢。」

謝淑華看旁邊的小女生一直看著洪明達，就問說：「這位是……紅螞蟻夫人嗎？」

小女生聽了忙掩著嘴笑個不停，洪明達很不好意思的說：「忘了介紹，這是我的女朋友，你們叫她阿嬌好了。」

「嗨，妳好。」

阿嬌還是笑個不停，洪明達繼續說道：「今天是歡送畢業生的園遊會，我負責這個攤位，我想利用時間讀書，只好請阿嬌來幫我照顧一下。」

「對呀，像你這樣照顧攤位，東西被搬光了你也不知道。」
「不礙事的，我們這是慈善攤位，東西自己拿，另外有一個捐獻箱，你拿了衣服要捐多少錢都沒關係。」
「什麼？還有慈善攤位？」
「我是學校愛心社的社長，這些捐款是要做慈善活動用的。」
「我以前也常逛園遊會，可沒看過有人賣衣服？」
「這是一個熱心家長捐贈的衣服，有兩百多件，賣完為止。」
謝淑華懷疑的問說：「你們收的錢可不可靠呀？」
「當然可靠了，你看我們這個捐款箱，上面有學校的封條，校長還簽了名，我們收了錢要到訓導處才可以開箱子，我當社長也不容許財物上有不清楚的地方。」
「那你們今天賣了幾件？」
「一件也沒賣出去，好像……好像樣式不多，而且大家都不太喜歡這些衣服。」
彭俊德拿起一件衣服來看，有點像是夏威夷的服裝，便說：「對呀，這種衣服花花綠綠的，我才不敢穿呢。」
「總是衣服嘛，紅螞蟻我買一件。」謝淑華故意在衣服堆裏挑了一件又紅又藍又白的衣服，拿給彭俊德，還命令著說：「來，穿上。」
看著這件五顏六色的衣服，彭俊德面有難色的說：「后！這麼花的衣服，妳為什麼不自己穿？」
「哼，要做我的男朋友可沒那麼簡單。」
洪明達很熱心的說：「教室裏有兩間更衣室。」
「可以不要穿嗎？」彭俊德順手將衣服又放了回去。
「不行，你敢不穿！」謝淑華重新挑了兩件一樣花色的衣服，強拉著彭俊德就往教室走去，過了一會兒兩個人走出來，只見兩人身上穿著一模一樣的花衣服，謝淑華從手提包裏拿出太陽眼鏡戴上，又甩了一下頭髮說：「紅螞蟻你看我們如何呀？」

洪明達還沒說話，阿嬌高興的說：「你們兩個人好漂亮哦！」

彭俊德看謝淑華穿著和自己一樣的衣服，也很高興的說：「對啊，可惜沒有花環，不然就像是剛從夏威夷渡蜜月回來。」

「夏威夷渡蜜月？你想得美喔！我們不是說好了要到倫敦渡蜜月的嗎？來！我買這兩件。」謝淑華說著就拿了一千元放進捐款箱。

「謝謝彭總夫人。」

聽洪明達又稱自己為彭總夫人，謝淑華樂不可支，笑著對洪明達說：「才一千元而已，哪像我旁邊這個小氣鬼。」

「哼！誰是小氣鬼，紅螞蟻你幫我挑十件，三件大的六件中的，還有一件要特大號。」彭俊德心想肥仔肯定要特大號的衣服才穿得下。

謝淑華懷疑的問說：「十件？你有帶錢嗎？」

彭俊德看了一下錢包，只有五千多元，便拿了五千元放進捐款箱裏，洪明達嚇了一跳，趕忙阻止已經來不及了，便對彭俊德說：「大衛王，五千元太多了，這樣我很不好意思。」

彭俊德裝作生氣的樣子，「不是有人說我是小氣鬼嗎？真要氣死我了！」

謝淑華微笑著道歉說：「好啦，算我錯了好不好。」

「本來就是妳的錯。」

「你只剩下兩百元，等一下吃飯怎麼辦？」

洪明達搶著說：「大衛王，我們這裏有很多賣吃的攤位，等一下讓我請客好嗎？」

謝淑華很高興的說：「好呀，這樣中餐就有著落了。」
彭俊德對謝淑華說：「等一下機車加油妳可要幫我付錢才行！」
「好啦！」
「晚餐也要妳請。」
「好啦！我知道了啦。」
「那我要吃神戶牛排。」
「你想得美喔！」
「……」

✦ ✦ ✦

快樂的校園生活終於過去，又是離別的畢業日，彭俊德、譚元茂、丁慶澤、周偉民一行人一大早就在校門口等待，會拍照的許仁宏則是拿著全副攝影器材站在一旁，等不到五分鐘就有一輛黑色大轎車開了過來，車上下來了謝淑華、黃春華和林怡姍三個女生，黃春華一下車就急著說：「快，最美的時刻，我們一定要留下最好的回憶。」

幾個人趕緊穿上學士服，譚元茂也是有備而來，找好了場景便指揮著許仁宏一張接著一張的拍，一點也不心疼膠卷，拍最多的是譚元茂和黃春華的合照，看大家都興高采烈的樣子，反而是彭俊德好像提不起勁的感覺，也只有和謝淑華合照時會露出一些微笑來。

譚元茂眼看校園的景點都拍過了，便問許仁宏說：「大頭，拍多少照片了？」

「剛才用了五卷底片，相機裏這一卷還有十幾張，我袋子裏還有十多卷底片，不過今天是用不完了。」

謝淑華忽然說：「鐘樓好像還沒拍呢？」

譚元茂就怕有人提起這件事情，只好向謝淑華解釋道：「我們學校的傳統，鐘樓是不拍畢業紀念照的。」

「哦？你是說那個迷信啊？我才不信邪。」

「不要這樣嘛，今天就不要拍鐘樓了。」

謝淑華生氣的說：「你們也真是的，難怪剛才在文學院拍照的時候，你們就一直躲著鐘樓，不敢讓鐘樓給拍進去。」

彭俊德也過來幫譚元茂說話，「淑華你就別爭了，蛋塔怕春花跑掉，妳牽就他們一次吧。」

「好吧，看在春花的面子上我就不拍鐘樓，不過相機裏還有一些底片，那就幫我和俊德多拍一些吧！」

許仁宏看工作又來了，便大聲的說：「好！站好，後面正好是一片阿勃勒樹，真是漂亮極了，我數一二三就拍，好……」

拍了三四張以後，兩人又跑到一棵大樹下，謝淑華故意拿下自己和彭俊德的學士帽，然後斜靠在彭俊德的左臉頰上，對著許仁宏說：「可以拍了！」

「我要數了，一……」

彭俊德斜看著謝淑華秀麗脫俗的臉龐，尤其是她的睫毛和耳鬢的髮絲在初晨的陽光中泛著金黃色的淡彩，彭俊德忍不住的親吻了下去，謝淑華沒料到彭俊德會在拍照的時候親吻她，生氣的站起來用力搥打著彭俊德，還大聲的罵說：「死俊德，這麼多人你也敢……」

許仁宏大聲的說：「快，用力打他，我多拍幾張。」

這下子謝淑華反而打不下去了，譚元茂也趕緊過來當和事佬，對著眾人說：「我看今天也拍得差不多了，大家先休息一下，要記得九點準時進大禮堂。」

眾人便脫下學士服，也一齊幫忙收拾器材，彭俊德看時間還很早，便對謝淑華說：「淑華，現在才六點四十，我們要不要到處逛逛。」

「好呀，不過我想先到鐘樓走走。」

「也好。」彭俊德心想反正不拍照就好了，走走也是無妨。

校園裏寂靜清涼，也只有幾個早起的人正在運動，沒一會兩人走到文學院和行政大樓中間的鐘樓，看著鐘樓挺立在晨光中，謝淑華不禁讚道：「哇！你看鐘樓那麼漂亮，不拍照真是可惜。」

「這可不能開玩笑，萬一蛋塔和春花真的分手了，那可就完蛋了。」這時候彭俊德心裏想的卻不是這樣，一年多來譚元茂和黃春華的戀情進行得十分順利，兩人如膠似漆的沉浸在愛河裏，唯有彭俊德覺得自己和謝淑華的交往卻不是很踏實，表面上兩人仍是十分甜蜜，但是謝淑華卻一直不能給彭俊德肯定的承諾。

「我知道啦，春花肯定跑不掉了，就怕蛋塔這小子會花心。」

「放心好了，蛋塔也快當兵了，我猜他們倆應該沒問題才是。」

「那我就放心了。」

兩人走到文學院的階梯坐了下來，遠看著鐘樓被一個小圓環包圍著，謝淑華指著頂端的大鐘說：「你看那個鐘，好像一個女生發胖的樣子，連腰身都沒了，我真怕以後也會變成那樣。」

「怎麼會呢？哪有人會變成那個樣子，更何況是妳了。」

「我和別人有什麼不同，我有一天也會變胖的嘛。」

「如果妳真的變胖了，我也一樣喜歡妳。」

謝淑華沉思了一會兒，忽然生氣的說：「喔？你是說我以後真的會變得那麼胖了嗎？」

「不是啦，我是說希望妳嫁給我，我永遠不會變心的，我敢發誓。」

「哼，希望真是如此。」

兩人又沉默了一會兒，謝淑華才對彭俊德說：「俊德，我明天就要到美國去了。」

「什麼？怎麼那麼快？」這真是晴天霹靂，彭俊德只知道謝淑華畢業後要到美國深造，可是沒想到竟然會那麼突然。

「也沒什麼，反正美國去過很多次了，我哥哥和姐姐也在那邊，不必準備太多東西。」謝淑華並不覺得有什麼特別，就好像在說著一件很平常的事情。

「我……我不是說準備什麼……，我是說今天是畢業典禮，妳明天就要走，不必那麼急吧？」彭俊德盡量壓抑自己激動的情緒，可是說話還是結結巴巴的，「妳……就不能晚幾天再走嗎？」

「我爸爸要我早一點過去，本來他要我連畢業典禮都不用參加了，他已經在那兒等我了。」

「喔？他現在不在台灣？」

「他上個月已經先過去了，公司有重要的事在忙著。」

「我明天去送妳好嗎？」

「好呀！不過我媽咪明天也會到機場送我。」

「我明天先到機場等妳。」

「好吧。」

✦　✦　✦

晚上在學校附近的餐廳，三〇一室和二〇三室的八個學生聚餐，再加上林怡姍和黃春華共十個人剛好圍成一桌，幾個人身上都穿著花襯衫，原來上個月彭俊德在洪明達那兒買的衣服都分送給了幾個好朋友，還約定今天要穿來聚餐，幾個大三生不知何為離愁，滿口一直恭喜著彭俊德、譚元茂和丁慶澤三個畢業生。

周偉民為林怡姍和黃春華倒了兩杯果汁，恭喜她們說：「姍姍、春花，我也恭喜妳們順利的畢業了。」

「謝謝。」

「妳們兩個人畢業了，有沒有什麼打算？」

黃春華有氣無力的說：：「不知道耶，大概就是先找個工作了？」

「那姍姍呢？」

「我媽媽要我先回家，說我在台北玩了五年，都玩瘋了，要我先回台南老家再說。」

看來分別是在所難免了，彭俊德心中不太高興，不想找人聊天，只是自己悶悶的夾菜吃。

丁慶澤關心的問彭俊德說：：「阿德，你今天怎麼了，好像有心事？」

「沒啦。」

「怎麼不帶妳女朋友過來？」

黃春華搶著替彭俊德說話：：「淑華今天晚上也有聚餐，對了，她明天就要去美國了。」

譚元茂嚇了一跳，轉頭問彭俊德說：：「什麼？是真的嗎？」

彭俊德很難過的低著頭說：：「我也不知道，她也是今天早上才告訴我的。」

「怎麼會這麼突然？不必走得這麼快吧？到美國……」

「也沒辦法了，我明天還要到機場送她呢。」

「阿德……我真的很抱歉……」

「淑華要走，你抱歉個什麼？」

「我以前打包票，說要幫你追到謝淑華，我本想趁著當兵前這一段時間，幫你再多加油的……」

看譚元茂一臉難過的表情，彭俊德很是傷心，但還是生硬的擠出一點笑容安慰譚元茂說：「沒關係，她說到了美國會立刻寫信給我。」

「這真的是……」

「蛋塔別再說了，又不是生離死別，不必這麼難過。」

譚元茂久久都說不出話來，最後才嘆了一口氣說：「唉，一切就交給命運吧！」

黃春華也很難過的說：「都是我不好，不過我也是今天才知道這件事情。」

「這不關妳的事，我猜就連謝淑華也沒想到她會這麼急著離開台灣，這一切……這一切一定都是謝淑華的爸爸……」

彭俊德眼看整個氣氛都要破壞了，便笑著招呼大家說：「不說這個，今天是我們哥兒們聚餐，大家乾一杯。」

「我猜也是……」

大家這才放下心情，盡情的用餐。

過了一會兒，彭俊德才小聲問周偉民說：「偉民你有沒有想過，如果有一天我們公司收起來不做了？那可能會有什麼影響？」

周偉民看彭俊德問得認真，便說：「就如同你以前所說的，公司真的收了也不會有太大的損失，幾個同學都還年輕，就算失業也不算太大的打擊，最難過的就是我們的客戶，如果我們公司還在，對於他們的保障永遠都在，要是我們不在了，以後別說是軟體過時，就連平時電腦的維修保養、員工訓練、專業咨詢都會產生問題。」

「你說的沒錯，真正支持我們的就是客戶，所以我有一句話要說。」

「什麼話？」

「就是盡量將傷害減到最低。」

彭俊德看周偉民有些聽不懂，就繼續解釋說：「有機會我們要做好全部客戶的記錄，留下所有的資料，留下所有的原始程式，說不定以後還會用到，如果感覺到公司支持不下去了，便要留意可以合作的伙伴，對客戶後續的服務可以請他們代勞。」

周偉民不解的問說：「留下爛攤子給人家，別人要嗎？」
「不是爛攤子，我們留下一批客戶給別人，這是金雞蛋。」
「啊！我忘了，客戶是金雞蛋，哈哈。」
「偉民你的能力實在很強，頭腦又好，反應也靈敏，未來的一年還是要靠你了。」
「一年，是啊……我也只能再做一年了。」

✦ ✦ ✦

晚上十一點多的班機，彭俊德八點半就在機場等候，到了九點果然就有車子載謝淑華過來，開車的李司機也不陌生。
「妳媽媽呢？她不是說要一起過來嗎？」
「她十點才會到。」謝淑華小聲的說：「她故意晚一點來，要讓我們多聚一會兒。」
李司機手上拿了一個小型的黑色行李箱，走過來對謝淑華說：「二小姐，我先去辦手續。」
謝淑華點了點頭，又想著暫時無事，便拉了彭俊德的手走到一家咖啡廳坐了下來。
兩人沉默了許久都無話可說，彭俊德默不吭聲，無聊的攪拌著面前的咖啡，最後還是謝淑華先開口說：「俊德你今天話好少喔。」
「我本來話就不多。」
「等一下我媽咪來了，你可就要走了，我有話要和我媽咪說。」
「好啦。」
又過了一陣子，彭俊德才又問說：「妳媽媽是要來送妳的嗎？還是她也要去美國？」

「她臨時決定要陪我去美國，我知道她想去看我哥哥。」

「喔？」

「還有看在西雅圖的小孫子。」

「妳是說妳哥哥的兒子？」

「是啊！」

「那妳的狗兒子呢？」

「史蒂芬還在家裏，過一陣子我爸爸會將它送過去。」

又坐了一會兒，謝淑華覺得今天的氣氛很沉悶，再看手錶也已經快十點了，心想今天都要怪彭俊德，平日彭俊德都會逗自己高興，今天卻有些反常，便問說：「俊德，你今天怎麼都悶悶不樂？」

「也沒什麼！」

「笑一個嘛！」

看彭俊德動也不動，謝淑華低頭仰著臉看他，還逗著彭俊德說：「來，笑一個給我看。」

彭俊德輕輕露出一絲微笑，謝淑華還是不滿意，用手在彭俊德的臉上擠弄，想要將彭俊德的兩個嘴角往上拉，彭俊德也由她去了。

謝淑華努力了半天，總算將彭俊德的嘴角拉成了U字形，這才滿意的說：「這樣才像話，看了也舒服。」

見謝淑華這般調皮，又不因為兩人即將分離而有一絲難過，彭俊德真是生氣了，便將謝淑華的左手抓了過來，對準她的左手腕用力咬了下去。

謝淑華嚇得拉回左手，可是已經太遲了，只見左手腕上兩排深深的齒痕，謝淑華嚇得眼淚都掉了下來，驚恐的說：「你……你幹嘛？你為什麼咬人？」

彭俊德的氣還是沒有消，又用力抓住謝淑華的右手，想要再咬她的右手，可是這一回謝淑華有了防備，將手緊緊的抱在胸前，彭俊德想著再用力拉扯的話，怕會拉傷了她，便放開了雙手。

謝淑華真是嚇到了，和彭俊德在一起快兩年了，彭俊德一向對自己呵護有加，別說是打自己了，平日就連比較重的話也不敢說，去年在學校書法社鬧得不愉快的事也是假的，那只是自己故意裝哭捉弄彭俊德，萬萬想不到今天彭俊德竟然會真的咬自己，而且還咬得這麼用力。

謝淑華又驚又怒，彭俊德卻很鎮靜的說：「教妳永遠記得我。」

聽彭俊德這麼說，謝淑華的眼淚已經奪眶而出，忙用手遮住了滿是淚水的雙眼，站起來很生氣的說：「我不喜歡這樣，我要走了。」

彭俊德抽出一張紙巾給謝淑華，謝淑華很生氣將紙巾丟在地上就往門口走去，彭俊德只好放了兩百元在桌上，然後也跟了出去。

兩人走了沒多遠，彭俊德看見前面不遠站著李司機和一位穿著入時的貴夫人，這一位貴夫人當然就是大財閥謝浩山的夫人沈秋儀，也就是謝淑華的母親，彭俊德和沈秋儀是第一次見面，只好硬著頭皮向前問好：「阿姨好，我是彭俊德。」

沈秋儀見自己的女兒雙眼紅腫，顯然才剛哭過，心想年輕人離情依依，哭一下也是正常的，便轉而向彭俊德說：「你就是俊德？謝謝你過來送淑華。」

「阿姨妳也要去美國嗎？」

「是呀，我正等著淑華，還有一些手續要辦。」

彭俊德看沈秋儀十分客氣，頓生好感，再看她手中拿了一個小手提包，又掛了一件長袖外衣，便說：「阿姨，我幫妳拿衣服。」

彭俊德便厚著臉皮跟著沈秋儀和謝淑華一起來到三樓，李司機已經幫沈秋儀和謝淑華辦好機票和行李的手續，看女兒都不說話，沈秋儀只好自己開口對彭俊德說：「俊德你就送到這兒吧，我還有一些話要和淑華說。」

彭俊德只好唯唯諾諾的將衣服還給沈秋儀，又趁機將一張紙條塞進謝淑華的手中，然後就轉身離去。

沈秋儀望著彭俊德離去的背影，輕聲的對謝淑華說：「這就是妳的男朋友？」

謝淑華也不說話，只是點了點頭，沈秋儀看謝淑華心緒不佳，以為這只是小情侶因一時分離而感傷，也不知如何安慰她，只好隨意的說：「好像太年輕了點？」

謝淑華不想多說話，只是牽著母親的手轉向身後走去。

在飛機上，謝淑華將剛才彭俊德塞在手上的紙條打開來看，原來只是一張航空公司的便條紙，上面用鉛筆很潦草的寫著「愛妳至深」四個字。

第十三章　軍旅生涯

時光荏苒，一年多的時光匆匆而過，當兵的生活既規律又忙碌，彭俊德進入部隊以後就接了人事官的職務，而且部隊裏又加派了一個大專兵來幫忙，彭俊德本來應該是清閒極了，但是不知什麼原因，有人知道了彭俊德的專長，部隊裏又開始嘗試用電腦處理資料，因此經常有一些電腦的小狀況要彭俊德去處理，有幾次還是營長親自召見，有時候還要到別的縣市出差修電腦。

又是台北的冬天，彭俊德來到裴思特的辦公室，裴思特的經營陷入了困境，周偉民、許仁宏和小黑已經入伍當兵，蕭立原和小斌兩人已經是大學四年級的學生，公司裏竟然再也招不到幾個像樣的人才，蕭立原和小斌也嘗試在校園裏招幾個學弟來接手，可是年輕人只知玩樂，並不專心於正業上，登報招考來的人員也不甚滿意，流動率大，專業能力不足，真是讓彭俊德傷透了腦筋。

彭俊德坐了不到二十分鐘，楊英嘉也進了辦公室，兩人寒喧了幾句楊英嘉就拿出一些公文，彭俊德直接問楊英嘉說：「楊董，依我們的交情就不用再客套了，最近有沒有重要的事情？」

「唉，我也說不上來，我總覺得不管什麼事，就是沒勁道，不管是工程部還是我那兒都一樣。」

「我也想過很多，只怪我們放手太晚了！」

「怎麼說？」

「當初偉民和大頭都是很好的領導幹部，那是我們有意栽培的人才，可是忘了還要再接再厲，你看肥仔和小斌也是很認真的在寫程式，可是他們兩個人被保護得太久了，他們就只能當程式工程師，要當一個工程部的主管卻是不行。」

「我那邊也是，去年一個回家鄉，今年兩個傢伙炒股票賠了精光，現在正在跑路，剩下的都是新手，我已經孤掌難鳴了。」

「當初我們先往壞處設想，竟然是正確的……」原來當初彭俊德和楊英嘉在裴思特正發達賺錢的時候就想到未來的發展，那時候預想最壞的狀況就是裴思特營運不良，可能要將整個公司收起來，以免損失更大，而現在就是這個局面。

「唉！這個公司……」

「楊董，我們兩個都不是婆婆媽媽的人，公司的事情，我們兩個人決定就可以了。」

楊英嘉輕敲了一下桌子說道：「好！那就這麼決定，反正公司就是我們兩個人的。」

於是兩人坐下來擬定解散公司的計劃，「……這些數字還可以應付，以前每個月十萬元的提撥款，現在正好拿出來用。」

「現在有三個試用期的員工不必說明，我看他們也做不久，長期的員工有四個……」

一直花了半個多小時兩人才將細節談妥，楊英嘉如釋重負的吐了一口氣，接著又問彭俊德說：「對了，你今天怎麼會放假？」

「我剛好到台北出差，加上例假日，一共有四天。」

「四天？可是你每次都那麼匆忙？好像也沒有太多空閒，要不要找個時間一起吃飯？」

「不必了，我還要拜訪一些朋友。」

「好吧，下次有機會再……，對了我想……，我是說等你退伍以後，如果有機會的話，大家再一起合作，自從我們在嘉義推銷錄影帶出租軟體以後，我覺得我們真是最佳拍擋。」

「那當然好了，有機會的話我們一定還要再拼一拼。」

✦ ✦ ✦

星期六早上十一點多，剛離開陳興國的球室，彭俊德站在路旁等候，乾爹張鎮三說好了要派車子來接自己，彭俊德心想除了陳興國教練之外，王石磊教授、史老師、黃順天、劉筱君、陳智豪、乾爹張鎮三和蘇宜倩一家人都對自己那麼好，這趟難得到台北來，一定要一一登門拜訪這些人才行。

等了十分鐘，想不到開車過來的竟然是劉筱君，車子還沒停好，劉筱君開了車窗大聲說道：「大衛快進來。」

看劉筱君緊張的樣子，彭俊德急忙上了車，又問劉筱君說：「什麼事呀？那麼緊張幹嘛？」

劉筱君很興奮的說：「不告訴你，等一下子你可別笑出來。」

「什麼事情那麼神秘？對了……阿傑呢？阿傑怎麼沒開車來？」

「后！這個世道……只好我這個總經理來開車了，現在阿傑可神氣了，他為乾爹做義工，搞的行頭可多了，你待會兒等著瞧。」

車子開了二十多分鐘來到一所國小附近，彭俊德看時間已經接近中午十二點，是小學要下課的時間。

「別說話！」劉筱君將車子停在路邊，拉著彭俊德的手往學校門口走去，接近校門口時兩人躲在一棵路樹後面，劉筱君指著一個剛走出校門口的人說：「你看！」

原來那人正是阿傑，只見他穿了一件黃色小背心，上面印有紅色「愛心家長」四個字，手裏拿了一枝長竹竿，竹竿上的大紅布印著白色的大字「遵守交通指揮。」

也有其他幾個家長一齊幫忙，還有幾個學校老師也在忙著，每個人身上都是穿著寬寬大大的背心，只有阿傑因為長得人高馬大，背心根本就不合身，勉強緊繃著穿上去，顯得十分滑稽，可是阿傑也不管別人異樣的眼光，還是很認真的工作著，嘴裏的口哨嗶嗶作響。

彭俊德笑得樂不可支，劉筱君和彭俊德走到阿傑旁邊，彭俊德拍了一下阿傑的肩膀說：「嗨阿傑，你可真忙呀！」

看到彭俊德和劉筱君，阿傑很是高興，但是在劉筱君面前不敢太放肆，便說：「大小姐妳們怎麼有空過來？」

劉筱君將車子鑰匙交給阿傑，並且說：「乾爹今天要請大衛吃午飯，我們都快遲到了。」

「對不起，對不起。」阿傑忙將身上的背心脫下來，三個人一起上了車，阿傑因為兩隻腳太長，車子座椅還作了調整才坐得上去。

劉筱君看阿傑有些緊張，便說：「阿傑你別開太快，我跟乾爹說十二點四十才會到。」

阿傑看時間還很充裕，便放慢了車速，彭俊德笑著對阿傑說：「阿傑，你剛才可真忙呀，真不好意思還要你來開車。」

「沒關係，那邊幫忙的人很多，又不差我一個。」

「可是你的背心實在太小了，你要訂製一件特大號的才行。」

「這可不行，背心也是熱心家長捐獻的，我不想再花他們的錢。」

「你不就是熱心的家長嗎？又不是亂花錢，你家老三今年才五年級，做一件可以穿兩年，很划算呀。」

「這樣啊？那我可以考慮，對了大小姐，妳下午有沒有要去哪兒？」

「我下午要陪乾爹，哪兒都不去，你下午可以去忙你的事情。」

「喔，老趙說他最近很清閒，他下午可以幫妳開車。」

「我知道了……，你下午要去哪兒？」

「我下午要去柔道館，晚上想要去看公道。」

「好吧。」

阿傑所說的公道就是台北市警察局的警官楊宏道，彭俊德聽阿傑和劉筱君說話，知道楊宏道出了事情，便問說：「阿傑你要去什麼……館，還有公道出了什麼事情？」

「下午我要去柔道館，因為學校裏有一個巡守隊的組織，後來請警察局幫忙辦了一個柔道訓練班，這已經是第二期了，我和公道都是助教，今天下午三點要集訓，一共有三十多個人呢。」

「那公道呢？」

「公道……就是前天，公道在示範一招柔道動作的時候自己摔傷了。」

「什麼？公道自己摔傷了？」看阿傑說話支支唔唔的，彭俊德有些懷疑。

「是啊，我晚上有空，想要過去看他。」

✦ ✦ ✦

用完了午餐，彭俊德和劉筱君陪著張鎮三聊天，張夫人坐在一旁，手裏多抱了一個小女娃兒。

原來劉筱君和陳智豪結婚一年多就生了個女兒，不但劉筱君和陳智豪很高興，張鎮三夫婦更是喜形於色，劉筱君和小女娃在醫院還沒幾天，張鎮三夫婦好說歹說的將小女娃抱到陽明山的公館，還請了一個護士專門照顧她，現在小女娃兒已經六個月大了，陳智豪夫婦給她取了名字叫陳雅筑。

彭俊德正在講著早上在國小校門口看到的趣事給張鎮三聽，張鎮三聽了大樂說：「哈哈，我也真想看阿傑穿著背心的樣子，也真虧了他，還不管別人在背後笑他。」

「是呀，他可認真了，拿著竹竿吹著口哨，又長得那麼大個兒，看有誰敢不聽他的指揮。」

劉筱君也說：「他還說下午要去柔道館，我看他是玩瘋了。」

張鎮三有些訝異的問說：「柔道館？去年他說警察局要幫校園巡守隊辦一個柔道訓練營，怎麼今天還有呢？」

「他說這是第二期，是不相同的家長，還說他是助教呢！」

「真奇怪，他長得這麼高大，還學什麼柔道？」

「對呀，難道還有誰會來找他的麻煩？」

彭俊德笑著對張鎮三說：「乾爹，其實這個原因也很簡單。」

「喔？是什麼？」

「阿傑說他是校園巡守隊的隊長，又是家長委員，又是家長義工，所以他和警察局合辦這個活動，他當然要以身作則了，怎麼可以不參加呢？而且他一定是想著這個學校義工是代替乾爹做的，所以才會特別認真。」

張鎮三這才體會到阿傑是這個想法沒錯，很感慨的說：「是呀，是我同意他利用上班時間抽空去做義工的，他私底下和幾個管家聊天也是說要替我做功德，沒想到他這麼認真……」

劉筱君也誇讚說：「阿傑現在每天幫我開四趟車，從來沒請過假，他是兩頭忙呢。」

張鎮三很高興的說：「那就讓他去學柔道好了，反正他也玩得很快樂，不是嗎？」

劉筱君問彭俊德說：「對了大衛？你好像也快要退伍了吧？」

「還沒呢，還有六個月。」

「那也快了，我這邊很忙，我想等你退伍了以後過來幫我的忙好嗎？」

彭俊德很怕劉筱君會提起這件事，以前張鎮三和劉筱君也曾向彭俊德提了幾次，彭俊德也思考過幾回，可是一直無法說服自己到張鎮三的公司上班，心想可能是自己下意識裏一直拒絕這個提議吧？但是現在一下子倒也想不出如何來回答劉筱君。

張鎮三看彭俊德沉默不語，便說：「對呀大衛，蘿拉真的很辛苦，幾十家公司、工廠都靠她，偏偏傑森又是一副倔脾氣，說了他多少次，也不過來幫忙……。」張鎮三嘴裏埋怨的正是他的乾女婿陳智豪。

「乾爹、大姐，這個事情等我退伍了再商量好不好，到時候我找傑森一起到乾爹的公司看看，說不定我還沒開口傑森就先答應了。」

劉筱君感覺到彭俊德言不由衷，也不想再勉強他，便說：「好吧，到時候我可是會去找你的。」

「對了大姐，前一陣子我班上的小美女在找工作，我想介紹她到妳那兒去？」

彭俊德沒有答應要到手勝上班，竟然還想為葉怡伶找工作，劉筱君嘆了一口氣說道：「唉！好吧，如果是別人，我一定要和你條件交換，要不就兩個人一起過來，要不就通通別來了，誰叫我是你的大姐，這個小美女我也見過面，應該是很好的人才，過兩天妳叫她直接來公司找我。」

劉筱君拿出一張名片給彭俊德，彭俊德看時間也差不多了，便站起來說：「乾爹、乾媽，我可能要先走了。」

張鎮三知道彭俊德還要去拜訪一些人，也不堅持要留他，便說：「好吧，我還有事要和蘿拉談，你就坐老趙的車，如果還要去別的地方，告訴老趙一聲就行了。」

彭俊德道謝之後就自行離去，張鎮三看著彭俊德離去的背影，很感慨的對劉筱君說：「唉！這麼好的孩子，怎麼會這個樣子？」

「乾爹，你是說大衛不到公司來幫忙的事嗎？」

「那件事可以慢慢來，我是說他和女朋友的事情，不知道是不是還是那個老樣子？」

「這個我也不清楚，問太多次了，我現在都不敢開口問他了。」

張夫人不知道他們在說些什麼，便問說：「大衛發生了什麼事嗎？」

張鎮三很難過的說：「說到這個我也為大衛難過，大衛的女朋友謝淑華去年夏天就去了美國，一直都沒有寫信回來，大衛連續寫了幾十封信給她，也都沒有回音，看來兩個人是失去聯絡了。」

劉筱君也接著說：「我問過他幾個同學，他們知道的也不多。」

「大衛卻是什麼也不說，什麼事都放在心裏，唉……對了蘿拉，你能不能透過什麼關係，看能不能找到大衛的女朋友？」

「這件事我已經拜託傑森幫忙，他問過在美國的台灣同鄉會，也問過幾個美國大學的台灣同學會，另外也問了好幾十所美國著名大學的研究所，就是找不到這個人。」

「那不就是失蹤了？」

「傑森比我還要關心大衛呢，他甚至跑到謝家的公司去找謝浩山問這個問題，謝浩山卻不肯出面。」

「妳還有沒有其他的辦法？」

「我也沒辦法了，我曾經想過，等大衛退伍以後，我給他一筆錢讓他到美國去，看是要讀書還是找女朋友都可以，可是他連到公司來工作都三心兩意的，更別說是拿我的錢了。」

「這個臭脾氣！對了……傑森用了那麼多關係都找不到人，就算大衛親自到了美國，我看也是白費力氣。」

「那我可就沒辦法了！」

「我私底下也拜託了幾個政界的朋友，請他們問外交部在美國的辦事處，也是沒有下聞，我想……妳能不能找一些像包打聽、徵信社之類的公司幫忙？」

「美國可能有偵探社願意接這種案子，這件事情就交給傑森去辦好了。」

「好，要花多少錢都沒關係，總是要將人給找出來問個清楚，做人不可以這麼無情無義的。」

✦ ✦ ✦

晚上八點鐘彭俊德來到台北一間小公寓拜訪，這正是台北市警官楊宏道的家，楊宏道左手包裹著紗布，還用一條大白布吊在胸前，看來受傷並不輕，但是還能坐在沙發上和彭俊德聊天，彭俊德坐立難安，因為楊宏道一見到彭俊德就破口開罵，罵人的聲音非常宏量。

「……阿傑真他媽的王八蛋，三腳貓功夫也跟人家當助教，我摔他就沒事，他摔我就害我跌了個狗吃屎，醫生說骨膜發炎，要一個月才會完全好，這個傢伙下次不要讓我看見了。」

「公道，怎麼你摔他、他摔你的，到底是怎麼回事？」

「這你可不瞭解了，我們學柔道的人首先要學護身倒法，這樣才可以保護自己不受傷，兩人對練的時候，動作要正確，而且要一氣呵成，你將人摔出去，那個人用護身倒法可以很安全的落地，可是阿傑這個傢伙……咳……」楊宏道說話太激動竟然咳嗽了起來。

「慢慢說，慢慢說。」

「其實那一天跟本就沒有人要和阿傑練習，你看他那個大塊頭也知道原因，而且那一天警察局一次就派來四個正式教練，又不是沒有人在教，就是阿傑這個傢伙多事，有人問他那天教的小外割的動作，他就找我要示範，結果我將他的腿一掃，再將他的重心往旁邊一放，啪的一聲，我摔得好看，他落地也很漂亮，旁邊的學員都也鼓掌叫好。」楊宏道喝了一口茶又接著說：「接著換他來，他先將我的腳給掃倒了，接著應該要將我往旁邊放倒才對，誰知道他竟然將我又拉了回來，一看動作不對又將我給丟在地上，害我的護身動作全都做不出來，當場我的左手就折到了，到了醫院照X光，幸好沒有骨折，不然看我改天怎麼整他。」

「別再罵他了，他又不是故意的。」

「哼，有什麼不一樣？笨和故意我看都差不多，總之我這隻手都是他害的。」

「好了，等一下你就不要罵他了，給我一點面子嘛！」

正說著就聽到外面有人按門鈴，彭俊德心想這一定是阿傑來了，站起身便要開門，誰知門已經自動打開來，進來的是劉筱君的弟弟劉進德，後面還跟了阿傑。

彭俊德不禁問道：「咦？阿德你怎麼有公道家的鑰匙？」

楊宏道坐在沙發上大聲的說：「大衛你別管他，這小子經常到我家白吃白住，當然有我家的鑰匙了。」

「我還不是常常請你喝酒，好兄弟就要這樣子計較嗎？」

楊宏道看阿傑手上提了兩瓶金門高粱酒，眉開眼笑的說：「阿傑別這麼客氣，我都已經快好了。」

這下子彭俊德可糊塗了，剛才還聽到楊宏道罵了老半天，才不到兩分鐘就變了樣，楊宏道看到彭俊德狐疑的表情便笑著說：「都坐下來聊天，別光是罰站，大衛你別這麼看我，我已經罵阿傑罵了兩天，罵得我都煩了，他又這麼客氣，我家裏已經有六瓶金門高粱酒了。」

彭俊德這才釋懷，原來阿傑覺得對不起楊宏道，每天都提了高粱酒來謝罪，楊宏道的氣早就消了。

阿傑看楊宏道心情很好，便拿出一瓶高粱酒，對著大家說：「今天這麼冷，我們來喝一杯怎麼樣？」

楊宏道伸出還能動的右手阻止阿傑說：「這個不行，醫生說我暫時不能喝酒。」

劉進德笑著說：「咦？公道不喝酒？公賣局要倒閉了！」

阿傑也說：「喝酒可以通血路，身體好得快。」

楊宏道也很想喝酒，便說：「好吧！就一小杯。」

彭俊德說：「你們喝，我的身體不太好，醫生交待不能喝酒。」

阿傑對於彭俊德的事比較清楚，便說：「大衛，你是說以前急性肝炎的事嗎？都那麼久了？」

「是啊，可是我一直都沒有再去檢驗，還是不喝的好。」

楊宏道也說：「不要勉強他，等過一陣子醫生點頭了，大家再一起喝個痛快！」

「對呀，身體健康最重要了。」

阿傑也贊同的說：「對呀大衛，身體健康最重要，像我身強體健的，對了……你想不想學柔道？改天我教你幾招，我的小外割很厲害，這麼一掃對手就倒了！」

「喔，不要！謝謝你了。」

軍旅生活比較規律，讓彭俊德感覺到日子過得真是快，人事官的工作比較固定，又有一個大專生在幫忙，自己樂得每天到處走走、修修電腦，日子過得倒也愜意，只是好景不常，在二月底的一天裏，發生一件讓彭俊德不能承受的打擊。

閒著沒事的輔導長正在發信，「阿德你的信，三封。」

彭俊德伸手拿了過來，很高興的說：「謝啦，今天竟然還有三封信，我來看看。」

有兩封不必看內容就知道是誰寫來的，第一封信是用小楷毛筆寫了很漂亮的字，正是林家星寄來的信，林家星去年七月底就和阿絹一起去美國深造，彭俊德從裏面抽出信紙和一張照片，照片是林家星和阿絹站在美國開拓西部紀念碑前的照片，人物很小，但還是可以看得出兩人十分的親密。

彭俊德將信打開來看，只見信紙上用淡紅棕色印著十多行橫線和一首短詩，「流水涓涓淨，輕煙嬝嬝然，雲淡風清後，星光拌孤帆。」正是林家星自己印製的專用信紙，上面也是用小楷毛筆寫著：「俊德，別後半載思之甚深，兄在美國一切順遂，語言生活皆能適應……」

林家星信中談的都是瑣碎雜事，彭俊德還是非常高興，第二封則是林怡姍寄來的，彭俊德打開來看，「大衛，真是抱歉，今年忘了寄賀年卡給你，罪該萬死，下次改進，我知道你偷偷罵了我一百多遍，我大人大量已經原諒你了。我現在找到一份會計的工作，有空到台南玩，我陪你到玩瘋了為止，姍姍。」

彭俊德不禁笑了出來，心想林怡姍還是像個小孩子一樣，連寄個賀年卡也會忘記，一封信又寫得隨隨便便，聽說她和黃春華每次一聊電話就是兩三個小時，怎麼寫信又寫不了幾個字？

第三封信非常奇怪，並不是一般的信封，有點像是賀年卡，不過新年已經過去一個多月，肯定不是賀年卡才對。彭俊德便打開來看，竟然是一張粉紅色的喜帖，外面一個大雙喜的燙金字，裏面附了一張新郎和新娘的照片，新娘竟然是彭俊德日夜思念的謝淑華，彭俊德十分震驚，不由自主的喃喃自語著：「怎麼會這樣？怎麼會這樣？」

過了許久彭俊德才鼓起勇氣細看照片上的新郎，只見那新郎露出笑容，臉上洋溢著喜氣，雖然是個黑髮黃皮膚的華人，但是彭俊德並不認識，並不是當時和彭俊德一起追逐謝淑華那群人當中的任何一個。

彭俊德又看了卡片上橫印的字樣，「……與美國唐納德先生訂於三月一日結婚，當日中午宴請嘉賓，席設巴黎凡爾賽餐廳，歡迎闔府蒞臨……」

「為什麼？為什麼？她……」彭俊德心緒煩亂，這件事情的打擊實在太大，彭俊德越想要安定自己的情緒，整個心思卻是越加紊亂，口中喃喃的唸道：「三月一日……她……她連研究所都還沒畢業？她……」

彭俊德越想越是頭痛，最後眼前一黑竟然暈了過去。

✦　✦　✦

黃順天接到電話立刻就趕到台中的醫院，在醫院裏的彭俊德還沒有醒過來，黃順天急得好似熱鍋上的螞蟻，連醫生都給他問煩了，過沒多久從走道一頭走來一位中校位階的軍官，也不說話就拉了黃順天來到一間會客室。

這位軍官和黃順天一起坐了下來，很慎重的對黃順天說：「姐夫，剛才醫生說沒問題了，彭俊德只是跌倒而已，頭又撞到地上，流了不少血，但是沒什麼大問題，一切包在我的身上。」

原來這個軍官正是彭俊德軍隊裏的營長，名字叫做鄭霆飛，黃順天果真是好本事，彭俊德才下部隊沒多久就打聽到鄭霆飛剛好是自己太太的遠房親戚，便刻意的巴結，甚至還將鄭霆飛的兩個弟弟安排在自己的公司上班，再拜託鄭霆飛一定要多多照顧自己的這個好朋友，可是今天實在太過心急，連說話的口氣也不是很好，「包在你身上？你負得了責任嗎？」

鄭霆飛很委曲的說：「姐夫，其實彭俊德在部隊裏人緣很好，我也交待連上的幹部要看好他，本來應該不會出事，誰知道今天早上會發生這種事情。」

鄭霆飛說完便拿出早上彭俊德收到的喜帖給黃順天看，黃順天看了喜帖的內容也是很震驚的說：「竟然……竟然會發生這種事情……」

黃順天知道彭俊德對謝淑華用情很深，但是也有很久的時間沒聽到彭俊德提起謝淑華的事，本來以為兩人分開日久，可能感情淡化也說不定，依照今天的情形看來，彭俊德實在無法接受謝淑華結婚的事實。

鄭霆飛看黃順天傷心難過，也不敢插話，黃順天知道這件事情不能怪任何人，只怪彭俊德實在太過死心眼，過了一會兒醫生也到會客室來了。

「鄭營長你找我？」

「陳醫師，這位是黃先生，他是我的姐夫。」

「是是，黃先生好，您是病人的……」陳醫生還真的有些怕眼前這位西裝筆挺的黃先生，剛才已經被他煩一陣子了。

「我是他的好朋友，他的父母將他交給了我，交待我要看好他。」黃順天胡謅一番，說是彭俊德的好朋友倒是十分恰當。

「剛才我再徹底檢查一遍，彭俊德也沒什麼大礙，皮外傷而已，顱內沒有出血，可能會有輕微的腦震盪，一般情形明天就可以出院了，回診的時候再拿一次藥就可以了。」

聽了陳醫師的解說，黃順天也放心多了，感激得直握著醫生的手說：「陳醫師真是謝謝你，以後還是要多麻煩你。」

「黃先生你不用操心，像彭俊德這種年輕小伙子，再過一兩個星期又是生龍活虎，保證身體比你還要好呢！」

「哈哈，那真是多謝了。」

「我另外查過他的病史，他以前曾經患過急性肝炎，我不確定這次暈倒是不是和他的肝炎有關，所以我也做了一些檢驗，不過還要兩三天才會知道。」

「謝謝你，想不到你們這麼仔細。」

「不客氣，你們繼續聊，我還有一些事要忙。」

陳醫生說完就轉身離去，鄭霆飛也對黃順天說：「姐夫你看醫生也這麼說，你就別再操心了。」

「好，一切還是要拜託你，有事情再打電話給我。」

接著黃順天也走了，可是鄭霆飛並沒有跟著離去，只是坐在那兒抽著煙，過了大約十五分鐘，從會客室另一頭走道很匆忙的跑來一個年輕的軍官，一進來就大聲的喊道：「報告營長，程正龍報到。」

「小聲點，你不知道這裏是什麼地方？你當做是你的連長辦公室嗎？還怕別人不知道？」

原來進來的正是彭俊德連上的連長，姓名是程正龍，程正龍看鄭霆飛的臉色，心想今天肯定又要挨一頓罵，便說：「報告營長，我連上的人報告說彭俊德已經沒事了，明天就可以出院。」

「你坐下來說話，別報告了，這裏就是你和我兩個人，難道你跟那些醫生護士報告嗎？」

「是。」

鄭霆飛慢條斯理的抽了一口煙，又接著說：「你這個小王八羔子，你可別說營長我沒照顧你，你這一陣子捅了那麼多摟子，哪一次不是我替你擦屁股的。」

「是是。」

「可是營長交待你這麼個芝麻綠豆的小事情，你也會搞砸了，我可真佩服你了。」

「營長……我……」

「我什麼？難道營長我冤枉你？」

「不是……不是……」

「不是什麼？彭俊德這小子又不是愛摸魚的大白鯊，也不跟人家打架滋事，我這才交給你來帶，別說我不知道，上個月他還到你家裝了一台電腦，彭俊德對你這麼好，可你卻照顧到他腦袋開花，我千交待萬交待的，結果你當營長我在放屁啊？」

說到電腦，程正龍更心虛了，原來裴思特解散，留下來七八台電腦，彭俊德拆成了零件，部隊裏哪兒缺零件都找他要，又聽說程正龍的弟弟讀大學也缺了一台電腦，彭俊德很熱心的整理一台給他送過去，這件事情程正龍也很感激，想不到連鄭霆飛都知道了，很緊張的說：「不是……，報告營長，其實彭俊德和連上的兄弟都很合得來，我也按照營長的指示，不敢讓他太勞累，也不敢讓他太清閒了，平時什麼假都放給他，你看這一陣子我將他養得肥肥的，說不定回了家，家裏人還不一定認得出他來。」

「說得好聽，那又怎麼會摔成這個樣子？你們輔導長向我報告說，腦袋都跌破了，地上還流了一大灘血，現在還有腦震盪。」

程正龍心裏頭將這輔導長罵了幾百遍，接著說：「報告營長，輔導長這個王八蛋你可別信他，他專門誇大事實，彭俊德也不過破了一點皮，流了一兩滴血，不礙事的。」

「你他媽的別以為營長我什麼都不知道，才流了一兩滴血？為什麼人到現在都還沒醒過來？」

「是……不過說真的，彭俊德這小子要鬧兵變，我也沒辦法呀！」

「哼，沒辦法？我再問你，彭俊德過兩天就要出院了，接下來你要怎麼做？」

「這個……我想……我會好好的安慰他，要他節哀順變吧？」

「你……什麼節哀順變？你當他死了爹娘啊？」

「不是……不是……」

「真是的，你是小老百姓啊？還是剛出道的小兵？怎麼會那麼笨呢！我問你，彭俊德鬧完了兵變，接下來又會鬧些什麼事出來？」

「這個……，該不會要鬧自殺吧？營長……，這小子會不會來真的？這可就不好了。」

「我怎麼知道他會不會來真的？反正你要為自己想想，萬一他出了事，你也吃不了兜著走，你準備回家吃老米飯吧！」

「這……有了，報告營長，我回去就叫連上的弟兄們都給我小心點，叫衛兵別讓彭俊德這小子接近了，刺刀……連美工刀水果刀也都收起來，伙房裏的菜刀也不准這個小子拿……就連他上廁所，不論是大便小便，都要兩個人看著他……」

✦ ✦ ✦

彭俊德只在醫院待了兩天，但是回到部隊裏卻整天心神不寧的，偶而還會鬧頭痛，這可苦了身邊的幾個人，大家連哄帶騙的就是希望彭俊德能夠靜下來。

程正龍正在辦公室裏忙著，門外走來一個小兵，程正龍一看到他就大聲問道：「阿狗？幹嘛呀？有事嗎？」

阿狗正是程正龍安排在彭俊德身邊的人，只見他一臉憂愁的說：「報告連長，這苦差事我真幹不下去了，這小子瘋瘋癲癲的，昨天半夜三點還不睡覺，先是哭了半個多小時，又說要找我談心事，你看我這可怎麼辦才好？」

「你真他媽的狼心狗肺，這種小事也叫苦，阿德不就是我們的好兄弟嗎？每次出差他不都是找你一起去的嗎？我也知道你們看電影、吃飯都是他出錢，你是喪心病狂了？」

「不是啦，三更半夜我不睡覺也沒關係，可是那又會吵到別人，這小子又是哭又是笑的，我看他是真的瘋了！」

「你也真笨，他不過是鬧兵變嘛！又不是什麼大不了的事，上次朱哥鬧兵變不是更扯嗎？落跑了四五天才給抓回來，阿德不過才鬧那麼一兩下子，你就勉為其難，算是連長拜託你了。」

「連長……，那我該怎麼辦？」

「你就看著辦吧，要不然晚上你就陪他出去吃宵夜，白天陪他出去泡妞，總之你自己設法，這種小事別來煩我。」

「晚上出去吃宵夜？」

「你他媽的別以為連長我什麼都不知道，你和阿猴還不是經常半夜裏跳牆出去鬼混，不會連阿德也一起帶出去？他到外面要怎麼鬧都沒關係，不是嗎？」

「可是……可是……」

「可是什麼？沒事的話你快給我滾蛋！」

被臭罵了一頓的阿狗看程正龍心情不好，只好溜之大吉，程正龍心想彭俊德最近的行為是很怪異，這事情得先報告營長才行，便撥了電話到營部，沒多久營長就親自接了電話，「喂，正隆嗎？有什麼事？」

「報告營長，代誌大條了……」

✦　✦　✦

在部隊的會客室裏，彭俊德非常高興，原來是黃順天和黃安妮一起來看他，彭俊德看黃安妮婷婷玉立，也是一個小美人兒，很高興的對黃順天說：「會長，你生的女兒怎麼這麼漂亮？我看你其貌不揚的，小安妮該不會是偷抱來養的吧？」

黃順天也高興的說：「我女兒漂亮是我的事，你管我怎麼養。」

「小安妮妳現在有幾個男朋友？我猜可能有好幾打吧？」

黃安妮很不好意思的說：「老師你怎麼這樣子說呢。」

「小心安撫你那些男朋友，要他們別每天爭風吃醋的打架。」

黃順天看彭俊德有說有笑，很高興的說：「你別窮操這個心，我規定她要到大三才可以交男朋友，我的女兒這麼漂亮，又不怕嫁不出去。」

彭俊德笑著對黃安妮說：「說的也對，那妳可要趕快長大，明年就大三了，到時候我幫妳介紹十個八個男朋友……喔，說錯了，不用人家介紹，到了大三就會有一大堆人在排隊了。」

黃順天也笑著說：「那以後再說了。」

「對了會長，你公司的電腦和那些光罩掃瞄系統……」

「正常的很呢！每天都在替我賺錢。」

「那就好，早知道當初就應該算你貴一點，害我少賺很多錢。」

「看來還是我有賺錢的命。」

三個人又聊了大約十分鐘，門口跑來一個瘦小的阿兵哥卻站著不敢進來，只是輕輕的對著彭俊德招手，彭俊德走過去問說：「阿猴，什麼事？我有客人。」

「時間差不多了，該走了。」

彭俊德看手錶已經接近十一點，便對黃順天說：「會長，我要到彰化幫忙修電腦，不能再聊了。」

黃順天擺了擺手說道：「沒關係，你公務要緊，我待會兒還有一些事，有空再來看你。」

彭俊德和阿猴離開還不到一分鐘，鄭霆飛帶了程正龍和一個小兵也來到了會客室，這個小兵正是時常照顧彭俊德的阿狗。

看到鄭霆飛三個人進來，黃順天很客氣的站起來，鄭霆飛在程正龍面前也不說黃順天是自己的親戚，便介紹說：「大家坐下來，這一位是黃先生，這位是彭俊德的連長。」

「連長好。」黃順天很熱絡的和程正龍握手。

程正龍看黃順天一副大生意人的派頭，竟然對自己那麼客氣，也連聲的說：「黃先生好，黃先生好。」

黃順天有些懷疑的說：「鄭營長，我剛才看彭俊德都很好呀，不像有什麼狀況？」

程正龍知道自己比鄭霆飛還要暸解彭俊德的情形，便解釋道：「黃先生，彭俊德的情形時好時壞，如果有親友來看他，他的心情就會好一些，有時候要他出差修電腦，他也就正常得多了，要是放他一個人沒事幹的話，過沒多久就變成又哭又鬧的，我可真不知道該怎麼辦才好，上一次他還拿自己的頭去撞牆，傷口也是這兩天才好的，幸好我在他身邊安排了十幾個人照顧他，不然真的會出大事情。」

其實程正龍也不過安排了兩個人照顧彭俊德，只是黃順天聽起來很是窩心，便說：「有那麼嚴重啊？」

阿狗也說：「是啊，有時候晚上一兩點他都不睡覺，還會跑到廁所裏哭，我和阿猴就帶他出去吃麵，不過我都有遵照連長的指示不讓他喝酒，我們經常都是混到清晨四五點才回來。」

「辛苦辛苦！」

程正龍突然有個想法，便對鄭霆飛說：「營長，我倒是有個建議。」

「什麼建議？」

「我想彭俊德離退伍還有一段時間，要不要找個醫生開證明，讓彭俊德提早退役算了。」

鄭霆飛很不高興，鐵青著臉說：「你說什麼屁話？這個不行，彭俊德是我們的好兄弟，他再兩三個月就可以退伍，這件事情你要負責，你負責……一定要讓彭俊德光榮退伍。」

「是，那現在該怎麼辦呢？」

「我想應該要給他找個醫生，這件事情還是要麻煩你，彭俊德也不過是一時失戀，可能是那個什麼……躁鬱症吧？你帶他去看醫生，就是……就是看精神科醫生。」

程正龍當場就傻了眼，顫聲的說道：「營長，這個……看醫生是好，可是……我就怕彭俊德他不肯去。」

「這個我不管，這種小事你去辦就行了，看你是用哄的、用騙的，還是給他趕鴨子強上架都可以，營長對你有信心。」

✦　✦　✦

要騙彭俊德上精神科門診可真的讓程正龍傷透了腦筋，只好找了阿狗和阿猴商量，心想營長說的也沒有錯，彭俊德是該看精神科醫生，可是一般人對於精神科醫生可都是盡量避而遠之。

阿狗也有一些鬼點子，「連長，就騙阿德說營長有躁鬱症，要到精神科那兒拿藥，然後騙阿德也一起看醫生去。」

「這怎麼可能，你看營長吃得像肥豬似的，心寬體胖的人哪像有躁鬱症的樣子？你想些別的吧！」

「那就說旅長好了！旅長比較瘦一些。」

「你真他媽的王八蛋，沒事說到旅長那兒去，你幹嘛不說是總統有躁鬱症呢？小心旅長槍斃你。」

「是……」

阿猴也說：「那不如說連長你有躁鬱症，需要看精神科，要阿德陪你一起去。」

「真他媽的，你們兩個存心找我麻煩嗎？等一下營長，等一下旅長，現在又說到連長我這邊了？」

「不是啦，不過連長你最近老是被營長罵，我看你來假裝有躁鬱症最像了。」

程正龍在心裏頭將阿狗和阿猴兩人罵了個狗血淋頭，可是心想這兩個人也是熱心有餘，一些鬼點子卻不管用，嘆了一口氣說道：「唉，看來找你們兩個王八蛋也沒用，不管那麼多了，下午兩點準時出發看病去，我們三個人誰也不許逃，至於怎麼做，我會找營長商量。」

果然鄭營長有好點子，馬上撥了電話聯絡醫院裏熟悉的醫生幫忙，不過事情卻是比想像中順利許多。

在醫院裏，彭俊德拿了醫生的轉診單，程正龍憤憤不平的罵道：「這個醫生真是他媽的王八蛋，有兩種藥一起開就好了，還轉診個屁。」

彭俊德解釋道：「連長，醫生說要開一些治療肝炎的藥給我，另外規定我睡眠一定要正常，因此要請精神科醫生也幫我開藥。」

程正龍很高興，心想彭俊德這小子那麼精明也會上當，便說：「好吧，改天你別跟人家說我來過精神科。」

「連長，來精神科看病又不是什麼大不了的事情，根據統計全台灣有百分之六十的成年人有躁鬱症，何況你是陪我來，又不是你患了什麼精神病。」

「對呀，不過要睡好覺不就是到藥房買幾顆安眠藥吃，還要轉診什麼呢？你不嫌麻煩我還嫌麻煩呢！」

「安眠藥大多是處方用藥，很容易上癮，因此還是請醫生開藥方比較安全，我是不可能到藥房買安眠藥的。」

「虧你還這麼講究，我程正龍可不信這個邪，哪一天我安眠藥當糖吃給你看，每天吃他一百八十顆的，你看我會不會上癮。」

阿狗在一旁搭腔道：「報告連長，如果你真的吃一百八十顆安眠藥的話，那您也不用看醫生了。」

「怎麼了？」

「我和阿德就要到殯儀館看您了。」

在很多人的期待下彭俊德果然順利退伍了，但是退伍前的身體和精神狀況一直很不好，退伍當天黃順天去接他竟然撲了空，原來彭俊德坐立難安，一大早天還沒亮就搭了計程車離開軍營。

黃順天又親自開車到彭俊德嘉義的老家，誰知彭俊德在家裏待了不到一個小時，竟然提了個小背包就出門去了，要去哪兒也沒有告訴家人，黃順天只好到處打電話給彭俊德的同學、朋友，可是彭俊德竟然杳如黃鶴，沒有人知道他的行蹤。

時光似箭日月如梭，日子一天天過去，譚元茂和黃春華結婚了，丁慶澤出國讀書去了，周偉民、許仁宏等幾個好朋友也相繼退伍，每個人似乎都是正常的生活著，只有彭俊德真的消失得無影無踪，三年裏一些舊日好友竟然沒有人再見到彭俊德的蹤跡，好像這個人就這樣從世界上消失了。

彭俊德去了哪兒？連嘉義的老家都沒有他的消息，最關心他的譚元茂也不敢打電話到嘉義問了，每次只要一提起彭俊德的事情，彭俊德的父母親就老淚橫流，唯一能夠得到的訊息就是每當彭俊德的弟妹要註冊繳費或是逢年過節的時候，總會由台灣某個地方寄來匯票，只是地址都很奇怪，有時候是苗栗的山上，有時候是梨山的果園，還有一個奇怪的住址竟然是在花蓮一個十分偏遠的山地鄉。

三年裏彭俊德沒有和台北的朋友聯絡，也沒有回過嘉義老家一趟，原因連他自己也說不上來，只是覺得萬念俱灰，生活已經沒有了目標，一心只想離群索居，就這樣，彭俊德過了三年自我放逐的日子。

第十四章　東山再起

這一天在台中譚元茂的家裏，譚元茂正和黃順天通著電話，譚元茂十分興奮，原來黃順天已經找到彭俊德了。

「黃董，你是怎麼找到他的，我費了好大的力氣，卻是連個影子也沒見著。」

「唉，這一下子就花了我二十多萬元，我這次可是吃了秤砣鐵了心，一定要將他挖出來不可。」

「你是請人去找他的嗎？」

「是呀，我找了台北的徵信社，他們很厲害，我只給了他們一點線索，他們立刻派了四個年輕人分兩路去找，先是找了戶政和警政單位，又找了監理處，後來全部出發，一路從花蓮問到台東，又從台東問到屏東，最後是在屏東一間廟裏找到他的，我交待如果他要出來和大家見面那是最好，如果他還要當縮頭烏龜的話，我就要徵信社的人看住他，大夥兒一起到屏東看他去。」

「那他怎麼說？」

「他沒說什麼，他聽說你有急事要找他，只說他今天就會到你那兒去，他說大概傍晚就會到了。」

「傍晚？都快六點了還沒看到人，該不會黃牛了吧？」

「他不是那種人，我想不用多久就會到你那兒了。」

「那我再等一會兒，不管怎麼樣，真是多謝你了。」

「怎麼說這種話，大家都是自己人，對了……你和大衛到了台北，一定要來我這兒一趟。」

「好，我一定抓他過去。」

「有事再聯絡了。」

在一旁的黃春華看譚元茂一臉笑容，再從他和黃順天談話的內容也知道已經找到彭俊德了，便問說：「黃董怎麼說？是不是有消息了？」

「他說阿德大概快要到我們這兒了。」

「還是黃董有辦法，不然每次打電話到嘉義問，伯父和伯母都是一把眼淚一把鼻涕，我還要反過來安慰他們呢！」原來最近譚元茂有急事要找彭俊德，又不敢打電話到嘉義，只好請黃春華幫忙撥電話，可是情形也和以前一樣，弄到最後黃春華也不敢再打電話了。

「真是辛苦妳了，現在可好，人也找到了，幸好還來得及。」

兩人正說著，就聽到屋外一陣機車的引擎聲，譚元茂聽得清楚是彭俊德以前那輛破舊機車的聲音，便起身打開門來看，果然是彭俊德沒錯，只是和以前俊俏模樣的彭俊德差太多了，譚元茂都給嚇了一跳，黃春華也出來迎接彭俊德，眼前的彭俊德留了一大束的長髮，因為頭髮太長只好用橡皮筋在後面綁了馬尾，臉上的鬍鬚也有好幾天沒刮了，身上一件長袖襯衫和牛仔褲又舊又髒，還背著一只破爛的小背包，譚元茂和黃春華看得都說不出話來。

彭俊德將機車停好，走到兩人面前冷冷的說：「嗨蛋塔、春花，好久不見了。」

看彭俊德這麼狼狽，譚元茂心裏很難過，但在好友的面前並不表現出來，只是微笑的領著彭俊德走進家裏的客廳。

兩人邊走邊談，譚元茂搭著彭俊德的肩膀說：「春華你先將阿德的行李拿進去，再放個洗澡水，要多拿兩條乾淨的毛巾……，阿德你今天一路從屏東騎機車過來的嗎？」

「是的，因為路途比較遠，我騎了七個小時。」

「看你又髒又累的，你先洗個澡，等一下一起吃飯，我有事情要和你談。」

彭俊德洗完了澡，身上穿著譚元茂的舊體育服，三年不見的彭俊德在南台灣晒得黝黑，再加上人又削瘦了一圈，看他這個樣子，譚元茂心中十分不忍。

彭俊德不知道譚元茂為何急著找自己，便問說：「蛋塔，聽說你最近一直在找我，有什麼急事嗎？」

「是阿星急著在找你，他說台北的王石磊老師過世了，要你到台北去一趟。」

「什麼……？」彭俊德十分震驚，三年多不見老教授，印象中的老教授總是身體硬朗、談笑風生，想不到在台中第一個聽到的竟然是故人過世的消息，彭俊德顫抖著說：「怎麼會呢？老師他……」

「老師過世的時候已經八十六歲了，前一陣子身體一直不好，阿星說老師生前一直唸著你的名字，希望能夠和你見最後一面。」

「老師……老師他……」

「老師他是上星期過世的，後天是告別式，我答應阿星一定要將你帶到台北。」

「對不起……我不知道……我……我……」彭俊德太過傷心，最後竟然說不出話來。

看彭俊德激動的神情，譚元茂知道彭俊德外表雖然冷漠，但是內心對於故交舊友的感情還在，總算是有些像以前的彭俊德了，便安慰他說：「我知道，別再多說了，吃完晚飯我陪你先去剪個頭髮，鬍子也要刮掉，你這一身衣服也不行，明天先穿我的衣服，我看你也累了，晚上早一點睡，我們明天一大早就要出發。」

這時候黃春華也抱著小兒子走過來說：「對了，張董和大姐也在找你，你到台北要記得和她們聯絡。」

黃春華說話時還不時輕拍著手裏的小兒子，彭俊德看譚元茂的兒子含了個奶嘴，卻是一點也不怕生，只是瞪著一雙大眼睛看著自己，彭俊德好奇的問說：「這是你們的小孩子啊？」

黃春華笑著說：「是啊，剛才在睡覺，我不想吵醒他，是不是呀，我可愛的小包子。」

「他叫做小包子？」

「本來是給他取名字叫譚昭成，可是他阿公就管他叫小包子，現在大家都這麼叫他。」

「小包子現在多大了？」

「已經快兩足歲了。」

「兩歲還在吃奶嘴呀？羞羞臉。」彭俊德伸出右手食指逗弄著小包子的奶嘴，想不到小包子竟然伸出兩隻小手，彭俊德順手將他抱了過來。

譚元茂看彭俊德笨手笨腳的，小包子在彭俊德的懷裏不太舒服，便將孩子抱了回來，接著又說：「別管抱小孩子了，先吃飯吧。」

晚上還不到九點，彭俊德因為太過疲倦，在客房裏躺下來就呼呼大睡了。

譚元茂看彭俊德睡得熟透，便將彭俊德的背包拿到客廳，將裏面的東西全部倒在長茶儿上，小聲的對著黃春華說：「你先將阿德的背包和衣服拿去洗。」

黃春華便將彭俊德的背包和衣服全部放到洗衣機裏洗，回到客廳時看到譚元茂正在檢查彭俊德的行李，黃春華剛走到長茶儿旁，只聽到譚元茂咒罵一聲：「這個王八蛋！」

黃春華不知道發生了什麼事情，不禁問道：「怎麼了？」

譚元茂不高興的說：「妳別管！」

被譚元茂頂了一句話的黃春華不禁眼眶泛紅，隨即眼淚也掉了下來，兩人相戀多年，又相約在譚元茂退伍之後結婚，婚後譚元茂果然如婚前所承諾的對黃春華疼愛有加，結婚三年來，兩人婚姻幸福美滿，黃春華還未曾被譚元茂用這種口氣罵過。

譚元茂看黃春華在一旁流淚又不敢哭出來，覺得自己不該將脾氣發洩在她身上，便拉了黃春華的手讓她坐在自己身邊說道：「對不起，我不是在說妳，妳看這些東西。」

譚元茂將放置在桌上的雜物稍作整理，從裏面挑了幾樣給黃春華看，裏面有一包藥包，還有兩瓶感冒口服液，另外有幾顆藥片，譚元茂解釋道：「妳看阿德這個傢伙，身體弄成這個樣子，感冒就自己隨便買口服液喝，這藥包是醫生開的藥，也是感冒加上腸胃炎，另外這些藥片都是胃乳片……」

黃春華心裏也是非常難過，當初在台北的時候，彭俊德還是個很健康的大學生，只有一次身體發生狀況，那都是為了音速專案長期熬夜所引起的，後來彭俊德自己調養得很好，想不到失蹤三年的彭俊德，身體竟然會變成這個樣子。

譚元茂看裏面有兩本舊雜誌，一本是屬於比較冷門的雜誌，內容深奧且偏重於硬、韌體的部分，是專門出版給比較內行的電腦行家，再翻了雜誌的內頁，看彭俊德還有註記，有些地方用紅線劃了重點，譚元茂很高興的說：「還好，看來阿德這個傢伙還沒死掉。」

另外一本則是與網路有關的電腦雜誌，一大半比較艱難的文章連譚元茂也看不懂，又看到彭俊德也在裏面有關NOVELL、UNIX的討論方面劃了很多記號，譚元茂笑著對黃春華說：「別看阿德這小子這麼落魄，他還想當電腦駭客呢。」

譚元茂看到另外有一本陳舊的小冊子，竟然記載著彭俊德的股票分析，後面幾頁還有彭俊德進出股市的記錄。

譚元茂看到這兒，很高興的對黃春華說：「阿德這小子還會買股票，我以為這傢伙已經是行屍走肉了，看來還有得救。」

「這樣你也放心了，大家都是好朋友，還有什麼不妥的地方，你就多鼓勵他一下不就好了。」

「真希望就如妳所說的，可是你看他自己一個人生活了三年……，妳看他都將身體搞成這樣子了。」

黃春華不想看到譚元茂總是為彭俊德擔心，便故意的岔開了話題，指著小冊子說：「你看阿德他是怎麼買股票的？」

「咦？」

「怎麼了？」

「阿德倒是很少進出股市，幾個月才買賣一次……」

「他有沒有賠太多錢？」

「不知道……，我看……都是高股利的電子股，脫手時機……，大概不會賠到錢，全部的資金有……現在大概是……」譚元茂默默的盤算著彭俊德的股票，「嗯，兩百萬元……接近三百萬，我簡單結算就是這麼多，不會差多少的。」

「三百萬？阿德怎麼會有這麼多錢？你不是說他沒工作，公司又倒了。」

「我哪知道呀？我又不是他肚子裏的蛔蟲，過兩天再問他吧。」

「有錢總比沒錢好，表示他這三年沒餓到肚子，而且還能寄錢回家。」

「改天再問他好了，難不成他還敢去搶銀行嗎？」

✦ ✦ ✦

早上八點鐘譚元茂就催著彭俊德去台北，可是等彭俊德準備妥當時，譚元茂和黃春華卻還在依依不捨，黃春華將小包子放在機車的小椅子上，又再叮嚀譚元茂說：「你別開太快了，要小心開車。」

接著黃春華就騎著機車離去，譚元茂看著黃春華離去的背影，臉上露出一絲奇特的微笑，彭俊德看了覺得很奇怪，心想難道譚元茂這小子結婚了三年，竟然還是那麼愛戀著黃春華，過了一會兒譚元茂發覺彭俊德正用奇怪的眼神看著自己，很不好意思的說：「怎麼樣？我老婆很漂亮吧？」

聽譚元茂這麼講彭俊德感覺更奇怪了，雖然彭俊德和黃春華是熟透了的好朋友，也不過是看久了順眼而已，可從來沒有人會認為黃春華是個美女，不過譚元茂認為自己的老婆漂亮，別人當然也不會抗議。

譚元茂看時間也不早了，便說：「我們也該走了。」

「春花要去幾天？」

「不知道，每次我出差，她就到我父母那兒住幾天，我媽媽喜歡小包子，總會多留她們住一陣子，最後都是我去將她們請回來的。」

「怎麼不將你爸媽也接過來一起住？」

「他們說住我大哥那兒習慣了，有時候也會來我這兒住幾天，對了，他們也常提起你呢，下次我帶你一起過去拜訪他們。」原來譚元茂的父母生了兩個兒子，小兒子就是譚元茂，兩老跟著大兒子住，兩個兒子都是在父親的印刷工廠上班，大兒子主持公司的內部業務，譚元茂則是專門跑外面接生意。

兩人上車就直接往台北出發，不到十一點就到了陽明山的張公館，想不到出來迎接的竟然是陳智豪，陳智豪知道彭俊德要到張鎮三這兒，早已等了好一會，陳智豪看到彭俊德下車就立刻迎上去，用力握住彭俊德的雙手，十分激動的說：「你這個傢伙可真會跑呀！」

彭俊德看陳智豪這樣熱情，自己也覺得很內咎，還好譚元茂過來解圍，譚元茂對陳智豪說道：「學長，看你該怎麼感謝我。」

「快快，乾爹都等急了，蘿拉也是，我真受不了他們。」

彭俊德看著陳智豪覺得很新奇，原來幾年不見，陳智豪稍微胖了一些，奇特的是竟然還留了一簇山羊鬍子，和以前一臉光鮮的陳智豪大不相同。

三個人邊走邊談，陳智豪好像有著說不完的話，「怎麼了?你看我這鬍子怎麼樣?還好看嗎?哈哈!」

「你怎麼會留這種奇怪的鬍子?」

「這原因可多了!我本來是要抗議到我們公司做裝潢的室內設計師，那小子留了兩撇鬍子就自以為是藝術家，他聊天的時候總是說我們搞工程的人都是冰冷無情的電腦狂，我氣不過，就花了一個月留了這個山羊鬍子。」

「大姐沒有跟你抗議嗎？」

「哈哈，這個我最樂了，就是因為她的緣故我才沒將這個難看的鬍子剪掉。」

「是怎麼一回事？」

「她每天跟我抗議說我這鬍子難看，要我給剃了，我就是不剃，看她敢怎麼樣，她對我可是一點兒辦法也沒有，哈哈！」

聽陳智豪說他的歪理，彭俊德和譚元茂都樂得哈哈大笑，彭俊德接著問說：「大姐一定每天都氣得睜大了眼睛來瞪你。」

「那倒沒有，她也習慣了，不過再也沒人敢說我傑森怕老婆了。」

「哈哈……」

過不多時已經來到客廳，張鎮三夫婦已經等很久了，大家多年不見各有一番別後的話語，彭俊德看張鎮三夫婦已顯老態，內心十分感慨，畢竟歲月不饒人，彭俊德還是強作歡笑的對張鎮三說：「乾爹、乾媽，你們精神那麼好，還常爬山嗎？」

張鎮三笑著說：「你乾媽爬就好了，我走不了幾步路就累了。」

「你乾爹越來越懶了，說沒精神出去散步，可是每天在家裏都跟筑筑玩瘋了。」張夫人說的筑筑就是陳智豪和劉筱君的獨生女兒陳雅筑。

「筑筑很大了吧？」

「已經四歲了，讀幼稚園小班，下午才會回來。」

「四歲了？時間過得可真快呀！」

這時候劉筱君拿了一壺茶進來，她也十分關心彭俊德的近況，人又是個直腸子，便單刀直入的問說：「大衛，你怎麼變得那麼黑了，又那麼瘦？該不會都沒有吃飯吧？」

「不是啦，我前一陣子都住在山上，那兒的人每天爬上爬下，都是瘦巴巴的，沒有一個人是胖子，我在那裏算是最胖的了。」

看彭俊德還會開玩笑，劉筱君心情也比較輕鬆了，便說：「在哪兒呀？改天傑森也去那兒住幾天，你看他都胖成這個樣子了。」劉筱君為大家都斟上茶，彭俊德看得奇怪，張鎮三家裏的管家有一二十個人，怎麼會讓劉筱君泡茶？

看彭俊德皺著眉頭，張鎮三笑著說：「你還懷疑什麼？我這個乾女婿就只喜歡喝他老婆泡的茶，連我們兩個老的也沾光才能喝到這麼香的茶呢。」

劉筱君笑著說：「乾爹真愛說笑。」

陳智豪也開玩笑的說：「乾爹這你可就誤會了，我可是要蘿拉泡茶給你們喝，這才騙說我喜歡喝她泡的茶。」

劉筱君也不理會眾人開她玩笑，又繼續問彭俊德說：「對了大衛，聽說你前些日子住在廟裏？」

「喔，那是在屏東，我聽說那間廟的廟祝剛過世沒多久，我就過去幫忙了。」

「什麼？你去做乩童？你行嗎？」

「不是做乩童啦，那間廟需要有人幫香客解籤詩，一個月可以賺一萬元，另外他們也開了兩班小學生的書法班，我就在那兒教書法，一個月他們給我三千元。」

「真的呀？那你現在毛筆字應該寫得很好了……」

張鎮三夫婦聽彭俊德賺的都是蠅頭小利，心中很不以為然，劉筱君反倒十分高興彭俊德並沒有想像中的落魄，心想如果再加以鼓勵，或許就可以再找回以前那個意氣風發的彭俊德了。

第二天早上九點，譚元茂陪著彭俊德來到殯儀館的禮堂，告別式會場已經佈置好了，只是賓客還沒有到齊，彭俊德和譚元茂先在室外稍等，不一會兒林家星趕了過來，看到彭俊德和譚元茂自然是十分的高興，但是場合不宜也不能太親熱，只是輕聲的說：「蛋塔真是謝謝你，還好你們趕到了。」

彭俊德很難過的對林家星說：「阿星，我不知道老師他會……」

「別說了，生老病死是很正常的事，還好你趕過來了，老師知道你來送他，心裏一定很高興。」

「老師還惦記著我嗎？」

「是啊，老師雖然年紀大了，人卻很清醒，最近兩三個月老師覺得自己的身體不行了，唸著說要見幾個師兄弟，後來大家都陸續的回來了，老師很高興，可就是找不到你，老師也說了你幾回。」

「老師一共有幾個門生？」

「十二個，老師說你是他第十二個學生，也是他的關門弟子。」

往事歷歷在目，彭俊德回想起當初在老教授書齋的情形，想不到老教授竟然那麼認真將自己視為門下學生，自己這幾年來可沒有多少長進，就連老教授的書齋也沒去過幾次，心中真是百感交集。

林家星帶彭俊德進入告別式的靈堂，彭俊德看到靈堂中央掛著老教授的照片，比自己印象中還要年輕，再想到當初老教授對自己照顧有加，眼淚已經流了下來，林家星忙拿出面紙給他。

彭俊德擦了眼淚，這時候施智遠走了過來，搭著彭俊德的肩膀說道：「俊德，我可想死你了，老師也一直唸著你呢。」

「施老師……對不起……我不知道……」

「沒關係，你過來了就好，老師在天之靈一定很高興。」

「都是我不好。」

看彭俊德淚流不止，林家星安慰著他說：「老師只是惦記著你，可也沒有罵你，你就別再傷心了。」

施智遠拿出一個紙袋交給彭俊德說：「這是老師交待要給你的東西。」

彭俊德忙止住眼淚，將紙袋裏的東西拿出來，原來是一方小硯台，彭俊德記得這是第一次到書齋時老教授送給自己的東西，自己一直沒有拿走，如今硯台的一側已新刻了一行字：「君子有三樂，而王天下不與存焉」，說的是老教授因為收了彭俊德這個學生而高興，另外還有一本老教授的書集，施智遠解釋說：「這是老師前年最後一次書法展的作品集。」

彭俊德打開第一頁，裏面夾訂著一張宣紙，上面是老教授親筆寫的字：「余年至耄耋，近覺氣虛體衰，想天年將至，今眾弟子隨侍在側，了無他願矣！書法無常道，唯勤而已，以此勉之，俊德惠存。」最後幾個字歪歪斜斜的，想是老教授身體不好，勉強將這些字寫完。

彭俊德知道這是老教授覺得已無法再見到自己，因而囑咐施智遠一定要交給自己的東西，拿著書集的兩手竟然微微顫動，施智遠看彭俊德激動的神情，正想要安慰他，此時彭俊德感覺到腹中一陣翻絞，痛得他臉色鐵青，全身直泛冷汗，譚元茂和林家星正要過去扶他，彭俊德已經痛得跪了下來。

✦　✦　✦

彭俊德勉強全程參加老教授的告別式，最後譚元茂和林家星硬是架著他去看醫生，還好腹痛只是腸胃炎的症狀，吃過藥之後很快就沒有事了，譚元茂有事先回台中，彭俊德多留兩天拜訪在台北的舊日友人。

張鎮三、劉筱君、陳智豪、黃順天、陳興國、史教授和彭俊德見了面，都各有一番安慰和鼓勵，彭俊德表面上道謝，心裏卻也不置可否，畢竟漂泊流浪了好些日子，想要鼓起精神來也不是容易的事，最後讓彭俊德有起回生激動感覺的地點，竟然發生在嘉義。

彭俊德自從出現之後，從屏東到台中、台北，花了足足五天的時間才又回到嘉義的老家，在家裏被父母親足足數落了老半天，彭俊德也只能乖乖的聽訓。

彭俊德感覺到家裏和以前大不相同，顯得有些冷清，弟弟還在當兵，妹妹也在台中讀書，幸好再一個月弟弟就會退伍，妹妹再一個半月也可以放暑假陪家人。

彭俊德在家裏閒混了幾天著實無聊，有一天突然想到以前的老伙伴楊英嘉也是好久不見了，便騎著機車到嘉義市區，可是當年的錄影帶店面已經頂給別人，彭俊德又問了兩家才查到楊英嘉的電話，透過電話聯絡，彭俊德和楊英嘉約好下午一點見面。

下午彭俊德依約到了一家飲料工廠的倉庫，只見楊英嘉一個人正躺在大樹下的躺椅休息，楊英嘉看到彭俊德很是高興，忙招呼著說：「彭總，快過來泡茶。」

彭俊德看楊英嘉穿著一件短袖汗衫，脖子上還掛著一條毛巾，好像工人似的，但也不好意思問他，便說：「楊董你可真清閒啊？」

「噓……別叫我楊董，這裏沒人這麼叫我。」

「怎麼了？這裏又沒有別人。」

「我現在是個送貨員，你叫我楊董會讓別人笑死的。」

彭俊德不喜歡楊英嘉這麼見外，不高興的說：「送貨員也沒什麼不好，憑勞力賺錢，大家還不都是出來混口飯吃。」

「唉！我是瞭解你，可是別人……」

「好了，先泡茶再說吧。」

兩人邊泡茶邊聊天，原來楊英嘉和彭俊德分開的三四年之間過得很不順遂，楊英嘉並不是喜歡抱怨的人，可是在彭俊德面前卻很自然將心裏的苦處說出來。

「……也不是我沒本事，我本來就說過錄影帶這一行不好做，我太太就是捨不得放手，還說經營了十多年也有感情，一直到又賠了一兩百萬元她才死心。」

「還賠了那麼多錢啊？」

「錄影帶的店面、中盤商的代理權再加上一些舊帶子和設備，我後來賣了一百五十萬元，接手的人就更慘了，最後還血本無歸。」

「怎麼會這樣子？」

「現在大家都習慣看有線電視，嘉義市有那幾個家庭沒裝第四台？唉！這可害了我們這些小商人，不過這也是趨勢吧？」

「原來影視娛樂已經發展到這個地步了。」

「我也投資了一些股票，剛開始股票一直漲，我也跟著大家買，越買越多，當股票大跌的時候我可慘了，每跌一波我又補買一堆，股市一波一波的跌，我可是一層一層的套牢呀。」

「我記得我們公司拆股的時候可沒賠到錢啊？公司兩年裏也為我們賺了不少錢是吧？」

「這可就更一言難盡了，後來我也做了一些投資，我拿兩百萬放在朋友那邊合夥做借貸的生意，接受人家用土地、房屋作二胎抵押，可是我和朋友都不內行，一些抵押品也沒真的去看，後來倒帳的都是不值錢的房地產，即使比較有行情的，也是第一胎先拿了去，就這樣子兩百萬賠了精光，我的朋友更慘，他自己也賠了一千多萬。」

「那你現在呢？」

「現在？沒辦法了，我就是這個樣子，開老闆這輛一噸半的小貨車，每天送送貨，一個月兩萬八千元。」

看來楊英嘉這幾年的境遇真的很不好，彭俊德只好安慰他說：「幸好沒有欠債。」

「怎麼會沒有欠債？這又是一筆糊塗帳了，我當初正賺錢的時候，親戚朋友也會來借個一二十萬的，就這樣我在外面也有超過一百五十萬的款項沒有收回來，可是我倒霉的時候也只好厚著臉皮到處張羅了，我和我太太就三萬五萬的借，也欠了人家三四十萬元。」

「那還好吧？算一算還不太糟。」

「彭總，這你可就不清楚了，外面的錢我收不回來，我欠別人的錢，別人可是急著要呢，明天一張五萬元的票就要到期，我真的不知道明天要怎麼過？唉……也不能怪人家催得急，借我錢的朋友當時跟我聲明好的，只能借我急用，也沒跟我要利息錢。」

「你明天急著要五萬元？」

「是啊，我剛才和我太太通過電話，我和她也不過才籌了兩萬多，還差了一大截。」

「這個不早說。」彭俊德說著就從口袋裏拿出支票本，稍微想了一下便簽了一張五萬元沒有抬頭的支票，另外又簽了一張二十五萬元寫了楊英嘉的名字又再加劃雙線的支票。

「這是以前一直欠著你的錢，你先收下來吧。」

楊英嘉看兩張都是當天即付的票子，便問彭俊德說：「你……你什麼時候欠我錢？」

「你怎麼忘了？在台北的時候呀！」

「台北？」楊英嘉實在想不起來，當初裴思特解散時，所有的帳目都是楊英嘉親自結算，大家合作愉快分手也明白，兩人應該是沒有任何金錢上的瓜葛了。

「你忘了我那時候買了裴思特的辦公室，花了我三百多萬，我現金不夠你借我二十萬，後來大家竟然忘了這件事情，前些日子我翻了舊記事本才想起來的，過了這麼多年，加個十萬元利息也是應該的。」

楊英嘉也想起來了，當初和彭俊德好似兄弟般的感情，二十萬元只是兩人私底下的借貸，後來公司賺了不少錢，結果兩人竟然都忘了這件事情。

楊英嘉十分激動，用顫抖的聲音問彭俊德說：「前些日子蛋塔和我談起你來，他說你失蹤了一陣子，他怕你坐吃山空，他說你身上可能沒什麼錢了……你……」

「我身上？我怎麼會沒錢？」

「我想蛋塔也只是亂猜的吧？可是這一陣子社會的變化很大，各行各業賠錢的人多，賺錢的人少。」

「哈哈，我還好啦。」

「你是怎麼賺錢的？」

「我哪有賺錢？裴思特拆夥的時候我還在當兵，我結算還有四百一十多萬存款，我用兩百三十萬還清了房貸，剩下的一百八十萬我全部投資了股票，股票後來也賺了一點錢。」

楊英嘉沒想到彭俊德還能在股票上賺錢，又接著問：「你身上都不留一點現金？你這三年都不必花錢嗎？」

「我自己還有一點收入，我的辦公室後來租給別人，每個月租金三萬元，我平時很節省，有時候一個月也花不到三四千元。」

楊英嘉聽到這裏竟然哭了出來，彭俊德安慰他說：「你怎麼這樣呢？老朋友見面應該高興才對。」

過了一會兒楊英嘉才止住激動的情緒，對著彭俊德說：「彭總你這錢我受之有愧，不應該這麼多……」

「我們是老朋友，就別說這麼多了，換了是你的話，我相信你也會這麼做的，當初黃董不也是很高興我們有著很好的情誼嗎？」彭俊德說著就強將兩張支票塞到了楊英嘉的口袋中。

聽彭俊德談起了黃順天，楊英嘉忽然笑了出來，「你說到黃董，我倒是想起了放在他桌上的那塊牌子。」

彭俊德記得那塊牌子寫著「錢與老婆恕不外借」，也忍不住笑了出來，「哈哈，過去的日子真好不是嗎？」

想到過去的日子，楊英嘉真是感慨萬千，突然抓住彭俊德的雙手說道：「彭總，我這幾年可真是糟透了，只有在台北那幾年我才過得像個人樣，你……要不要我們再來一次，我們從頭再來……我們是最佳拍擋，我想辦法把放出去的那些錢拿回來……我還可以再投資。」

看楊英嘉又是激動又是哭泣，彭俊德也不禁動容，想要安慰楊英嘉卻也說不出話來，楊英嘉又接著說：「這幾年來，我將五、六百萬元的老本都花光了，有時候連吃飯都有問題，這種日子真不是人過的。」

彭俊德心中十分感慨，幾年的時光裏，人事滄桑，此時彭俊德十分懊悔自己只會躲在小角落裏過著獨居的生活，看著落魄的楊英嘉，彭俊德不禁站了起來，但是離開社會多年，在彭俊德看來也是前途茫茫，只好淡淡的笑著說：「楊董，我離開太久了，投資的事以後再說……，如果真的有了眉目，我再通知你好嗎？」

瞭解彭俊德脾氣的人都知道，彭俊德不說沒有把握的話，楊英嘉知道彭俊德說出這句話來，已經是很沉重的承諾了。

✦ ✦ ✦

六月底彭俊德接到譚元茂的電話，兩人一起來到桃園國際機場接周偉民的飛機。

遠遠看到周偉民過來，彭俊德和譚元茂用力的揮手，周偉民立刻飛奔了過來，三個人又是握手又是擁抱，譚元茂大聲的說：「周博士，真是了不起。」

其實周偉民不過剛拿到美國的碩士，但也是很高興的說：「別叫我周博士，要叫我帥哥—偉民。」

「哈哈，帥哥博士啦。」

周偉民是桃園人，幾個人也不先送周偉民回家，而是跑到了桃園火車站前一間很雅緻的咖啡廳，下午的人潮不多，正好適合聊天，好友多年不見當然有說不完的話。

幾個人坐了一個多小時，彭俊德看到從一樓的迴旋梯上來一個大近視眼，正是周偉民的同班同學章守義，看章守義畏頭畏尾的模樣和大學時候沒有兩樣。

彭俊德用力招手要章守義過來，「小黑，我們等了一個多小時，星巴克咖啡廳這麼大，你也找不到？」

「對不起，公忙公忙。」

三個人看到章守義的情形都很不以為然，周偉民更是覺得奇怪，便問章守義說：「小黑你怎麼越混越回去了？我還以為你會開著大轎車來接我，結果還是麻煩阿德和蛋塔！」

「哪來的大轎車？我可還沒發財呢。」

當初幾個年輕人在台北努力奮鬥的時候，章守義是幾個大學生裏面家境最窮困的一個，父親早逝，還留下很多債務，但是章守義在裴思特幾年的時間裏也賺了一些錢，還累積了很好的職場經驗，更何況退伍兩年，憑著章守義的學經歷應該要有很好的際遇才是。

譚元茂也挖苦著章守義說：「沒發財？你助學貸款老早就還光了，畢業的時候你還偷偷存了三十多萬元，那筆錢可是你的私房錢，我還以為你這小子應該早就五子登科了，哪知道你一點都沒有長進！」

譚元茂一向最照顧章守義，因此章守義也不敢回嘴，只是委曲的說：「我那能像你那麼厲害，老婆、兒子……好像房子、車子和銀子也都有了。」

彭俊德聽了也有同感，便說：「對呀蛋塔，小黑說的一點都沒錯，你是這個樣子。」

「你這個臭小黑，竟敢管到我身上來了，你自己呢？快拿三張名片出來。」

章守義只好乖乖拿出三張名片，譚元茂看上面的頭銜是「欣德化工股份有限公司業務經理」，不解的問說：「這是什麼？你不是在精茂電子嗎？怎麼又換工作了？」

「是今年換工作的，原來的工作不太順利，現在暫時渡個時機。」

彭俊德很不高興章守義這麼沒有志氣，生氣的說：「小黑不是我說你，你以前是我們裴思特的一員大將，我知道你的工作能力，怎麼還要暫渡什麼……時機。」

譚元茂也想問個清楚，便說：「對呀，就憑著你名校畢業生的金字招牌，要找工作還會難嗎？」

「我也不想……大概是機運不好吧？」

彭俊德好奇的問章守義說：「告訴我，你原來在精茂電子是怎麼不順利的？」

章守義苦笑著說：「在那兒我可是受了不少氣，我退伍就進去上班，一直做了一年八個月，薪水兩萬四，本來還可以升上小組長，可是廠長說我是學資工的，不是他們電子的專長，硬是空降了一個毛頭小伙子來當我的頂頭上司，我氣不過，就這麼不幹了。」

彭俊德生氣的說：「薪水兩萬四？現在的景氣有那麼差嗎？」

譚元茂又接著問：「那你現在呢？總不會是真的經理吧？薪水呢？」

「我……我是送貨員，經理只是好聽一些，我們公司是代理德國的特殊葯水，是製作電路版用的，薪水有兩萬二，其他的福利也還好。」

「這你也幹得下去？你不是說你阿公要洗腎……還有你媽媽也……，以前你半工半讀也沒有幾次少過兩萬二！」彭俊德差點就要罵出來了，在裘思特的時候，彭俊德確實是給幾個學弟很好的薪水。

「所以說暫渡時機嘛，裘思特還在的話，我也不用這麼活受罪了。」

說到裘思特彭俊德就是一陣心痛，再想到章守義這兩年的不順遂，彭俊德很難過的說：「裘思特或許是我這輩子最大的敗筆吧？生平第一個事業最後竟然只能維持兩年的壽命。」

被罵得有些委曲的章守義突然激動的說：「阿德……學長，你有什麼路子……你如果還有好的點子，或是……裘思特要重新開張，我小黑拼了這條命……我也跟定你了，我……我這兩年，我在外面受的氣也夠多了……。」

「小黑……我也是泥菩薩過江，自身難保……」

章守義並不了解彭俊德這幾年的情況，只見譚元茂和周偉民低頭不語，章守義繼續說道：「我家裏的情況並不比以前好，我賺的錢剛好只夠家裏花用，這麼多年來我都是咬牙苦撐，我不敢失業也不敢隨便換工作，因為我只要一個月沒有收入家裏就斷炊了……我也很想要奮發振作……可是我……」

陳智豪和劉筱君婚後住在石牌地區一棟公寓裏，知道彭俊德閒著無事，陳智豪打電話要彭俊德到他那兒走走。

✦ ✦ ✦

這還是彭俊德第一次到陳智豪的家，陳智豪很高興的招呼他說：「你難得來我這兒，千萬不要見外。」

陳智豪的家裏倒是十分簡樸，並沒有太多的佈置和設備，看起來非常清爽。

陳智豪在家裏可享受了，只見劉筱君忙進忙出，先是準備了一整桌的晚餐，接著又是泡茶又是切水果，陳智豪卻只是坐在沙發上指揮，連彭俊德想要幫忙也被他阻止了，還說：「別管她，她忙慣了。」

彭俊德覺得這個家似乎有一些冷清，便問說：「筑筑呢？」

「她今天住乾爹家，因為我和蘿拉比較忙，晚上經常不在家，乾爹和乾媽也喜歡她住那邊。」

「筑筑在乾爹那兒？我就不信你和大姐不會想女兒？」

「怎麼不會呢，有時候我們早一點回來也會到陽明山上住，一個星期也會住上個兩三天。」

彭俊德看陳智豪翹著二郎腿說話，一副大老爺的架式，很不以為然的說：「你這個樣子也未免太享受了吧？你就不怕別人說你是沙豬？」

「哼！放心好了，沒人會叫我沙豬的，反而是一大堆人說我怕老婆，聽了就有氣。」

這件事情彭俊德倒是可以理解，劉筱君本來就是個公認的女強人，賺的錢也比陳智豪多，看來陳智豪為了這件事很不高興。

這時候劉筱君忙完工作走過來坐在陳智豪身邊，笑著對兩人說：「對呀，總是有一些人喜歡亂說話，當初你學長可是用了鑽戒才打動我嫁給他的，還有啊……你看他這個樣子，哪一點像是怕老婆的人？」

彭俊德笑著對劉筱君說：「是啊，這個我最清楚了，學長是貪戀大姐的美色，他是讓妳迷惑住了，這才娶大姐妳當老婆的。」

彭俊德一番拍馬屁的話惹得劉筱君掩住嘴笑個不停，陳智豪也大樂道：「對啊，說我討了個漂亮老婆還差不多。」

陳智豪忽然坐起身來對彭俊德說：「對了大衛，你也幫幫學長的忙，看我能不能丟掉這個怕老婆的惡名？」

「我看你是多慮了吧？你哪一點怕老婆了？我怎麼都看不出來。」

陳智豪也不理會彭俊德安慰的話，繼續說道：「我本來想過自己開個公司，看能不能賺多一點錢，也好每天抬頭挺胸過日子，這樣子別人就不會說我都是用我老婆的錢了。」

「有那麼嚴重嗎？」

「乾爹要我到他的公司上班，還說要給我比蘿拉更高的薪水，這我可就更頭大了，別人會說我是沾了蘿拉的裙帶關係。」

「看來乾爹的面子還不夠大，這麼多年了，你還是不肯到他的公司上班？」

陳智豪似乎有些急切，很親熱的摟著彭俊德的肩膀說：「看你有沒有好的點子，咱們哥兒倆合作開個公司玩玩，不然讓我投資也行。」

彭俊德輕嘆了一聲說道：「唉！我離開業界太久，我已經不行了，不過我倒是很滿意目前的生活，自由自在的，都沒人管我。」

「你就是這個死脾氣，怕什麼？真的開了公司當老闆，又有誰會來管你？」

「我真的不行啦。」

「就算幫學長我這個忙吧？」

「學長你不要為難我，我今天是客人，你怎麼盡談這些事呢？」

看彭俊德這麼推拒，陳智豪不高興的放開彭俊德，「不然我要跟你談什麼事？要談心事嗎？要談心事的話，我不會找我的漂亮老婆談？」

「算了吧，你也知道我和你都是一樣的脾氣，你的原則就是不到乾爹那兒……，好吧，你到乾爹那兒上班，我就開個公司讓你投資。」

「你怎麼說這種話？你知道我不想到乾爹那兒去的。」聽彭俊德這麼說，陳智豪似乎有些洩氣。

「你看吧，還是我厲害，一句話就堵了你的嘴，我再說一次你到乾爹那兒上班，我就開個公司讓你投資。」

豈料陳智豪並不生氣，反而大笑的說：「別吹牛了，我明天就到乾爹那兒去，然後十年後你再開公司啊？」

「誰吹牛了？你真的到乾爹那兒上班，我一個月就開個公司……反正呀……反正我是吃定你了，哈哈。」

「你說什麼？你有種再說一次，一個月……」

「說一百次也是一樣，你到乾爹那兒上班，我一個月就弄個公司出來，不然的話，我就是……我就是路邊的狗屎，嘿嘿！你的臭脾氣我可清楚得很！」

「氣死我了，好……我就咬定你這句話。」

彭俊德走後，客廳裏只剩下陳智豪和劉筱君兩人。

陳智豪將電視關了，劉筱君舒服的斜靠在陳智豪身上，閉著眼睛說：「傑森，今天真是謝謝你了！」

「怎麼這麼說呢？」

「我知道你不想到乾爹那兒去的，為了讓大衛再站起來，今天真的委曲你了。」

「妳拜託我的事情，我當然要做好了，再說我又不是完全為了他。」原來今天陳智豪激彭俊德開公司的事情，竟然是受劉筱君的委託。

「怎麼說你不是完全為了他？」

「我每天看妳早出晚歸的，我也很不忍心看妳那麼累，更何況乾爹和克誠又那麼誠意，我……算了，就怕那一些王八蛋又要胡說八道了。」

「為了我和大衛讓你受委曲了。」

「沒什麼好委曲的，更何況妳現在又懷孕了，我也應該分擔妳的工作，妳在手勝的工作量不可以再那麼重了。」原來劉筱君已經懷孕，這已經是第二胎了。

「好啦，我知道了，你過一陣子到手勝來，我就輕鬆多了。」

「唉，不知道大衛說的是真的還是假的。」

「想不到一次失戀，打擊竟然那麼大？」

「那當然了，妳要是不嫁給我，我的打擊就更大了。」

劉筱君也很喜歡陳智豪開自己的玩笑，笑著說：「你看大衛是不是已經忘了謝淑華？」

「別傻了，怎麼可能！」

✦　✦　✦

彭俊德和陳智豪、楊英嘉商議的結果，還是重起裴思特的爐灶，租了一間七十幾坪的辦公室，比多年前的舊辦公室大了很多，三個人設定了三百萬的資金，每個人出一百萬，楊英嘉先是將嘉義的房子加貸，再設法收回一些放款，很快就籌措了一百萬元，為了方便工作和照顧家人，楊英嘉甚至將全家人搬到台北，在彭俊德和楊英嘉的堅持下，讓陳智豪掛名當董事長。

公司開始招募人手，彭俊德將章守義設定為工程部主任，並且負責招考人員的工作，一切以吸收電腦專業人才為第一考量，不過招募新進工程人員並不順利。

「小黑你怎麼還不能下決定？」

「有很多人來應徵，但是都不太適合。」章守義將桌上一些資料拿給彭俊德看，裏面有幾張是應徵人員的考試卷。

「考試成績真的都不太好……」

章守義指著其中幾張資料說：「這兩個實力比較強，但是他們過去一年裏都換了五六個工作，我想他們在我們公司也做不長，我也就不錄取了。」

「你這個決定很好，可是廣告費就白花了，對了小黑，你也在業界混了兩年，有沒有像你這樣子的人？比如說能力還不錯，做人也忠厚老實，又想換工作的？」

「我是認識一些人，可是大家學的東西都不一樣。」

「這沒關係，只要會任何一種程式語言都可以，我們再訓練就好了，像化工、物理、機械的人才都可以，我覺得像商業類科如會計、銀行系的也行，重要的是脾氣好，和人能夠合得來。」

「有呀，我知道一些這種人。」

「好，你負責聯絡，問一下他們的意願，再問他們薪水的要求，過兩天我們再來討論。」

彭俊德和章守義正忙著，卻聽到楊英嘉大聲喊著：「彭總電話！」

彭俊德拿起電話就聽到劉筱君的聲音：「嗨大衛，真是謝謝你了。」

「大姐是妳呀？妳是說傑森的事情嗎？」

「是呀，我和乾爹唸了他好久，他就是那個死脾氣，還是你行，幾句話就說得他動心了，他說下個月就到乾爹這兒上班，大姐真的很感謝你！」

「妳太客氣了，妳從來也沒拜託過我什麼事，這麼多年來這還是妳第一次開口要我幫忙，我當然要全力以赴了。」

「還是你厲害，他本來是死也不到乾爹這兒來的，結果你公司一開張，又開口要他出錢投資，他不來也不行了。」

「哈哈，那你要告訴乾爹，我也有一份功勞。」

「好的，過兩天大姐再好好的謝你，改天見。」

「ＯＫ，拜拜。」

在另一頭劉筱君很高興的掛了電話，張鎮三夫婦就在旁邊，張鎮三很憂心的說：「蘿拉，妳這樣子兩頭騙他們，我怕妳說謊不太好呀！」

「哎呀乾爹，這個就好像學校的老師，總是要鼓勵小孩子說，你畫得好棒呀，你長得好可愛呀，這可不算是說謊吧！」

「可是我怕他們有一天會說出來。」

「你放一百二十個心好了，他們兩個人都是一樣的牛脾氣，絕對不會說出來的。」

張夫人也擔心的說：「希望不會有什麼業報才好。」

「乾媽，我這是善意的謊言，我這可是功德一件呢，阿彌陀佛，喔不是，是功德兩件！」

「真的嗎？」

「那當然了，其實我也沒做什麼事，我聽克誠說他已經差不多說動了傑森要到手勝來上班，可是沒有台階讓傑森下，而大衛要開公司，卻又是怕這個怕那個的，我甘脆就讓他們互相的推一下，這叫做水到渠成，我可沒做什麼壞事……」

結果就是兩個精明的大男人，讓一個更精明的女人給騙了。

才。

章守義果然有些手段，一口氣就找了八個人過來，與其說是招來的人手，倒不如說是章守義從業界獵來的人

剛開始是一連串訓練的工作，彭俊德首先訓話說：「……我在這個行業已經很多年了，可是我希望我們新的公司能夠有新的氣象，我們要結合最好的服務和工程品質給客戶，所以必須要有新的作法……」

「今天我們這個行業和以前已經大不相同，首先我們公司的業務要限制在三大行業，我已經決定了，就是汽車零件庫存系統、醫療院所和店面經銷商三大類，我們不能再像以前那樣子包山包海的做……只有一種人例外，那就是我們的舊客戶……」

接著是一連串的專業課程，中午休息的時候章守義暫時鬆了一口氣，對著彭俊德說：「彭總，還有沒有要注意的地方？」

「對了，你要放大眼睛看他們的表現，還有這幾個人你都認識，你不要讓他們和我太親近，讓我保持一點老闆的神秘感。」

「好，沒問題，下午都是我的課程，你可要盯著我，我有什麼不妥的地方，你要告訴我才行。」

看章守義的表現很好，楊英嘉忙招了彭俊德過去談話，「彭總，我和你都不掛頭銜也沒關係，但總是要有人來當這個總經理，我覺得小黑不錯，你是嫌小黑只會寫程式嗎？」

「這你可不懂了，小黑這幾年在外面吃虧受氣，歷練也差不多了，有機會我會提拔他，只是我另外還有個如意算盤。」

「什麼算盤？」

「我們兩個不掛頭銜也不好做事，過兩天再看看，比如說人事主任、行銷經理都可以，倒是這個總經理我已

經有人選了。」

「啊！我知道了，你是說……帥哥偉民？」

✦　✦　✦

老同學章守義出面加上老朋友的人情攻勢，又聽說彭俊德將總經理的缺懸空了要留給他，本來想要在大學院校找教職的周偉民很快就答應了。

彭俊德將一些舊時的檔案拿出來整理，以前舊客戶的資料都還有留存，不論是電腦檔案或是書面資料都很齊全，一共有兩百多家客戶，光是一一拜訪就要好幾個星期，彭俊德心想這些工作還是得自己來才行，而且過了這麼多年，不知道這些客戶是不是還存在著。

剛開始總是不太順利，公司只能接到一些小案子，八名程式設計師都很清閒，彭俊德安慰章守義說：「小案子正好可以訓練員工。」

可是公司總是要有大案子才能夠成長，根據楊英嘉的估算，裴思特三百萬的資金只夠用七個月，因此彭俊德也急著要快一點進入狀況。

過了一個月，裴思特的好運來臨，彭俊德在公司裏接到電話，從另一頭傳來周偉民興奮的聲音：「大衛，拉到了大客戶了，我約好了下午三點曼綠蒂餐廳簽約，你一定要趕過來。」

「是怎麼一回事？」

「我也是走了狗屎運，本來我要送蔡老闆回去三重，半途下車加油，那個永嘉加油站是我們以前的老客戶，那站長還記得我，我看他們還在使用我們的舊系統，我很熱心要免費為他們更換新的系統程式，結果站長說不行，他說我們的舊系統完美無缺，用了七年多也沒出過狀況，他相信還可以用好幾年，那還是ＤＯＳ的系統呢！」

「哦？」

「蔡老闆本來還三心兩意的，聽了我和站長的談話，在車上就一直問我們公司的狀況，再加上我舌燦蓮花努力給他吹牛一番，他就急著要和我們簽約，不過我答應要算他便宜的，重要的是這位蔡老闆牽涉到的相關產業很多，後續的案子會接不完的。」

七年前的案例竟然也能拉來大客戶，彭俊德不禁感嘆的說：「永嘉加油站？真是我們的貴人……」就這樣，新的裴思特公司動起來了。

✦　✦　✦

在台中譚元茂的家中，彭俊德算是常客了，每次台中有案子，彭俊德就搶著出差，順便和昔日的死黨見面。

彭俊德抱著小包子和譚元茂一起在社區裏散步，這是一個兩百多戶的中小型社區，因為離市中心比較遠，所以全部都是獨棟的建築，裏面還有小公園、停車場、另外還有一個小型兒童遊樂場和六個籃球場，三人就站在球場旁邊觀看。

「蛋塔，你們社區這麼熱鬧，怎麼就沒看你打過籃球？」

「以前的球伴都在台北，不想打了，而且春華又不打籃球。」

「喔，是為了她呀？那有沒有打桌球？」

「本來也常到附近的國小打桌球，可是現在有了小包子，春華不能陪我打球，我也就沒什麼興趣了。」

「這倒是個好理由，等小包子長大再打球好了……不對，我是說等小包子長大了，再訓練他當國手好了。」

彭俊德抱著小包子，還順便親了一下他的臉頰。

「哈哈，好主意，就這麼決定。」

這時候彭俊德不禁多看了球場幾眼，譚元茂看得出彭俊德十分羨慕正在打球的幾個高中男生，笑著對彭俊德說：「怎麼了？你也想下去打嗎？」

「不打了，這幾個傢伙認識我，上星期他們人數不夠拉了我下場，對方還吹牛說有三個是校隊選手，結果我一下場就打得他們落花流水，有幾個輸不起的還說以後都不跟我玩了。」

「哈哈，讓這些小子踢到鐵板了。」

「對了，你說明天有什麼事情？」

「明天台中有一個印刷機械和材料展，難得這次展覽的規模很大，你陪我去一趟。」

「印刷機械和材料……我可不太熟……，好吧，明天我就陪你看看有什麼新鮮的玩意。」

「對了，你說這趟來台中是要來投資的？」

「是的，我和傑森可能要投資一家有工業產品設計能力的公司，我先來探個路。」

「學長要和你合資？」

「是的，在丰勝底下有一家小型關係企業，叫作『日晟精密製造』，專門生產高檔的精密接頭，最近因為人才流失而想要撤掉研發部，我建議可以成立一家外包公司，我打聽到台中有一家公司有這個能力，可是因為營運不良而想要找買主，我就是為了這件事情來的。」

「行……厲害，你以前也跟我談過幾件投資案，可是大部分都是狗屎玩意，你這次的投資模式，我看倒是可行，表面上看起來萬無一失，但還是要做深入的調查才行。」

「傑森也和我談過了，本來日晟公司的研發部就很失敗，沒有業績壓力，沒有進度表，也設計不出好東西，如果改成外包的話，可能是日晟的一個轉機，而且買一個營運不良的公司也比較便宜。」

「台中印刷機械及材料展」是十分專業的展覽，僅開放給業界參觀，現場不賣門票，只有持貴賓卷的人才可以進入，許多來自各國有名的廠牌都來參展，有大型印刷機械及許多新開發的藥劑、材料，甚至還有整廠設備輸出等，不一而足。

彭俊德對這個行業比較陌生，只能陪著到處走馬看花，「蛋塔你可要小心些，科學報導說許多印刷顏料和染料都是致癌物質。」

「沒關係，現在的機器進步很多了，不論是機器或是材料都有一定的安全標準，何況我又是跑業務的，不碰那些東西。」

「你做業務又怎麼會來看展覽？」

「我當然要來看了，這一次展出的都是全世界最先進的器材，如果不參觀的話，那可是會落伍的。」

「你說的有道理，你看才沒多久的時間，彩色影印的機器已經那麼先進，記得以前影印一張要一千兩百元，品質也不好。」

「我最近才感覺到電腦真的有些用了，以前的電腦只能打打文書，應用試算表，可是現在真的取代很多舊有的工作方式，也產生不同的工作型態，你看以前的鉛字排版幾乎是在一夜之間消失的，現在的排版工作也都是在電腦上完成，連媒體記者拿的也是高檔的數位相機，一台三十多萬，我們公司最近也買了一台。」

過了一會兒，譚元茂和一家公司的業務在商討正事，彭俊德插不上嘴就自己一個人閒逛，不多時來到一個攤位，彭俊德看這攤位很大，光是穿西裝打領帶的業務員就有八九個，展示的都是化學品，有染料、油墨、顏料、洗劑和一些特殊的化學藥品。

一個業務員正在向一個顧客推銷布料印染劑，「……寶石藍是最難配的顏色，還有金橙黃，沒有一家公司可以像我們這樣給您做保證，我們公司可以做完全的服務，而且採用的都是德國安全標準……」

這攤位設有日本式的懇談區，擺了幾組很精緻的桌椅，彭俊德發現裏面有一個人一直瞧著自己，彭俊德覺得有些眼熟，但卻想不起來此人是誰，更何況自己又不屬於這個行業，因此並不想停留。

那人看彭俊德正要離開，遲疑了一下便站起來說：「彭先生請留步。」

聽這人的聲音，彭俊德才想起來此人正是謝浩山的貼身秘書，印象中這個人姓吳，那人拿出名片給彭俊德，上面寫著「樺美化工公司」，職稱是總經理，名字是吳先泰。

「吳先生你好？我們有很多年沒見了，你的記性可真好。」

「彭先生你的記性也很好。」

「恭喜你高升總經理，看來謝先生還是非常的看重你。」

「這也沒什麼，我跟著謝董二十多年了。」

彭俊德看會場人潮很擠，並不想逗留，便說：「我今天只是陪朋友來逛逛而已，今天的人真多，我可要先走了，您忙吧！」

「彭先生，嗯……有件事想要告訴您。」

「喔？有什麼事嗎？」

「是這樣，是……我們家小姐她今天人在會場。」

「什麼？你說……她……今天在這兒？」彭俊德聽說謝淑華人也在這個展覽會場，著實嚇了一跳，好多年的時間裏都沒有人在自己的面前提起這個令自己心痛的女人，彭俊德努力讓自己鎮靜，卻掩飾不了自己驚訝的表情。

「是的，她是為了公務而來。」

「喔？公務？……那很好呀，恭喜她了。」彭俊德說完就要轉身離開，吳先泰卻又拉了彭俊德的袖子一把，彭俊德有些不高興，但還是按捺著性子說：「吳先生你還有事嗎？」

「彭先生，嗯……有件事想要拜託您。」

「吳先生您太客氣了吧，你怎麼會有事情拜託我呢？」

「我們小姐已經結婚了，我想……我想請彭先生您不要再見到她。」

彭俊德十分的不解，便笑著說：「不要見她？我已經六年沒見過她了。」

「我是覺得你和我們家小姐不適合再見面了。」

「我想這不是謝董還是蜜雪兒告訴你的吧？」彭俊德環顧了四周，會場的人潮很多，便笑著說：「吳先生，你這可真是不情之請了，你看這才剛開幕沒多久，人潮就這麼多了，別說我不想和蜜雪兒見面，即使反過來說，我現在想和她見個面都很困難，這些話就不用再說了吧。」

「彭先生，我知道這是不情之請，還是希望你能夠通融，給我一個肯定的答覆，我和謝董都是一個脾氣，我不喜歡被人拒絕。」

彭俊德笑著也不答話，對吳先泰做了一個軍式的舉手禮，還扣了一下腳跟，接著就轉身離去，只留下臉色一陣青一陣紅的吳先泰。

✦　✦　✦

彭俊德和譚元茂參觀完展覽便開車回家，一路上彭俊德一直想著自己剛才真不知道是該去找謝淑華還是要躲著她。

兩人進到客廳坐下休息，黃春華拿了兩杯咖啡過來，想要說話卻又是支支唔唔的樣子，彭俊德不禁問道：「春花妳怎麼了？」

黃春華有些遲疑的說道：「阿德，剛才淑華來這兒找過你。」
「什麼？」彭俊德萬萬想不到謝淑華會想要找自己，自己多年來一直努力的就是忘了這個昔日的情人。
「她知道你台北公司的電話，又探聽到你人在台中，就自己一個人過來，剛才在這兒等了一個多小時，後來有事情就先走了。」
「等了一個多小時……」
「她留了一個電話號碼。」
黃春華拿出一張紙條給彭俊德，上面有一支手機號碼，下方又寫著謝淑華三個字，字跡娟秀正是昔日常見的筆跡。
「見面又有什麼用……她還說些什麼嗎？」
「我問她為什麼還要見你，她也說不出來。」
譚元茂也問黃春華說：「妳有沒有問她前幾年去了哪兒？怎麼我們都找不到她的人？」
「她說她在巴黎唸法國文學。」
「難怪了，大家都以為……」原來那時候謝淑華一離開台灣就失去消息，彭俊德的幾個好朋友運用了很多關係，拜託在美國的同鄉會、同學會、辦事處找人，結果當然是找不到了。
「她說她到美國沒幾天，她的父親就安排她到法國讀書，她們謝家在法國也有企業，她在那邊生活也很方便。」
「當然方便了，方便到最後還結了婚。」
「她說她的先生是美國當地的華人世家，是他的父親介紹的，後來一路從美國追她到法國，最後兩人就結婚了。」
「難怪結婚典禮也是在法國巴黎。」

「她希望你可以打電話給她。」

晚上十點半彭俊德才回到裴思特的辦公室，本想員工應該都已經下班回家，想不到才打開門就跑出一隻大狗撲到彭俊德身上，害彭俊德差點跌倒，這狗全身金亮的長毛，還在彭俊德的身上舔個不停，彭俊德依稀可以認得這是當年的黃金獵犬史蒂芬，看到多年不見的老朋友，彭俊德將史蒂芬緊緊抱住，很高興的說：「臭狗狗，你這隻臭狗狗……」

彭俊德抬頭一看謝淑華正坐在會客室的沙發上，章守義也在那兒陪著她。

「大衛你終於來了，我要先回去了。」章守義看到彭俊德來到公司，不禁鬆了一口氣，並且小聲的說：「她等了快三個小時了。」

彭俊德有些驚訝，謝淑華倒是先打了招呼，「嗨俊德，你一點也沒變。」

多年不見的謝淑華更顯得雍容華貴，不僅還擁有年輕時的美麗，更添增了成熟女性的信心和韻味，彭俊德微笑的說：「我變了很多，妳也變了，我差一點就認不出來。」

「看你還好我就放心了。」

「謝謝妳。」

「我今天到春花那兒找過你。」

「我知道，春花有告訴我。」

「那你為什麼不打電話給我？」

「對不起，我忙到現在還沒閒下來。」彭俊德不敢正視謝淑華，只是低著頭整理公事包。

謝淑華用項圈將史蒂芬綁在門上的把手，輕聲的說：「坐下。」，史蒂芬很溫順的坐下來，謝淑華接著又說：「我這次回來，是來看台灣的市場，我爸爸說想要再做一些投資。」

「很好，恭喜妳了。」

「有可能是電子業或是資訊業。」

「電子業或是資訊業？可是有一點我覺得很奇怪？」

「什麼事奇怪？」

「妳已經嫁出去了，要參予的應該是妳夫家的事業吧？何況妳父親的年紀又不是很大，我記得妳還有個哥哥，他也經營了妳們謝家很多的事業。」

「這是我爸爸的意思。」

「那就好了，妳真是一個乖女兒。」

謝淑華聽得出彭俊德意興闌珊，並不太想和自己說話，傷心的說：「俊德，我知道我對不起你，我……我們還是朋友嗎？」

「我們當然是朋友了，蜜雪兒小姐。」

「你……你為什麼不叫我淑華，你不要叫我蜜雪兒。」謝淑華這還是第一次聽到彭俊德叫她蜜雪兒，說話的聲音有些顫抖。

「你的朋友不是都叫妳蜜雪兒嗎？我們也算是朋友吧？」

「不，你從來不叫我蜜雪兒的……」謝淑華的眼角泛淚，但是彭俊德還是忙著看公文，並不理會她。

看謝淑華有些傷心，彭俊德最後還是站了起來，抽了一張面紙為謝淑華擦去眼角的淚水，並且笑著說：「不必這樣，美女沒有流淚的權利。」

「俊德我……我待會兒就要走了，我爸爸也回台灣了，他在飯店等我。」

「飯店？」

「他在那兒談生意，這兩天暫時不回家。」

「真是太可惜了，我可以送妳到飯店嗎？」

「好吧。」謝淑華不知道彭俊德心裏打什麼主意？剛才還冷冰冰的，現在竟然說要陪自己到飯店。

兩人坐電梯到了一樓，彭俊德猜想謝淑華一定有車子在樓下等她，只要陪她走到樓下就可以了，想不到這次謝淑華竟然是自己一個人過來的，彭俊德只好叫了計程車陪著謝淑華到飯店去。

在車上，謝淑華問彭俊德說：「春花說你前一陣子過得不太好？」

「別聽春花亂說，妳看我現在不是很好嗎？」

「春花不會亂說，她也是你的好朋友。」

「我有一陣子身體不太好，妳也知道的。」

「我以為你已經結婚了？」

「晚一點吧？等我的事業穩定一些再說吧！」

「你有對象了嗎？」

「我的公司才重新開張了一年多，現在哪有空談這種事情？」

「我希望你的生活能夠過得很好。」

「像妳那麼好嗎？」

「……」

大約二十五分鐘就到了飯店門口，彭俊德下車為謝淑華打開車門，冷冷的說：「我就送妳到這兒了。」

謝淑華下了車說道：「謝謝你，拜拜。」

「Good-Bye, Miss Michelle.」，彭俊德說完後就上車離去。

在車上彭俊德自言自語著：「我不是要送妳……，只是請妳……請妳不要留在我的裴思特，那是我最後的避風港……」

第十五章　駭網幽靈

如果說裴思特是彭俊德心靈上的避風港，那麼彭俊德很快又多了兩個避風港。一個月後彭俊德、陳智豪和譚元茂合資買了一家產品設計公司，還取了個好聽的名字「鈦星設計」，利用了丰勝的一些資源，和丰勝也有實質上的合作關係。

接著彭俊德的事業進行得更加順利，隔了三個月，彭俊德、陳智豪和周偉民合資成立了一家網路管理公司，讓周偉民掛名當董事長，並且取名為「偉翔網路實驗室」，小黑章守義也升任為裴思特的總經理。

匆匆來去的謝淑華又失去蹤影，彭俊德也更加努力於工作，但是謝淑華的身影卻是揮之不去。

✦　✦　✦

肥仔蕭立原也拿到碩士回來了，彭俊德和周偉民很熱情的去接機，蕭立原家住新竹，但是聽到裴思特重新開張，蕭立原立刻要周偉民開車回台北，想要看裴思特的新公司，幾個人在車上有說不完的話。

「真想不到裴思特又開張了，你們也不寫信給我。」

「誰知道你在哪兒？還寫信給你呢？幸好你要回來還會聯絡蛋塔，不然你就準備搭公車了。」

「真是謝謝你們了，還好你們比較清閒。」

周偉民抗議的說：「誰清閒了？我每天忙裴思特的事，最近還忙著新開張的網管公司，我都快累死了，看大衛有沒有比較清閒？」

彭俊德：「我也忙得很，我的公司最近在裁員，這事很難辦。」

蕭立原：「裁員！你那麼狠呀？」

「我和朋友合買了一家ＩＤ公司，本來的公司體質不良，行政系統很亂，因為只是成立才兩年的小公司，想要資遣一些不好的員工，有一大半已經自動離職了，我怕好的設計人才會流失，正在和他們討論。」

「ＩＤ公司？你說的是工業產品設計的人才嗎？這可不得了，最近這種人才在美國很紅，他們光是專業軟體訓練至少就要一年，購買一套軟體也要上百萬呢。」

「什麼？一套軟體就要上百萬？」彭俊德心想這次真是賺到了，光是設備、軟體再加上專業的人力，這次可是佔了很大的便宜，難怪譚元茂會說這是一個很好的投資案。

「裴思特重新開張？而你又買了新公司？你到底有多少錢？你是不是挖到寶了？」

「哪有挖到什麼寶？我可是花光了我的老本才有錢投資的。」

周偉民對蕭立原說：「大衛是賣了股票，再加上房子的貸款，投資下去的錢早就超過五百萬了。」

「五百多萬元！那要多久才賺得回來？你的風險很大呀！」

「你現在才知道。」

沒多久三個人來到裴思特公司，章守義見到蕭立原就大聲的嚷嚷，「肥仔，你瘦了耶！」

蕭立原也很高興的抓住章守義的臂膀說：「廢話，我本來就很瘦，你這個小黑不也漂白了嗎？」

「快過來參觀，看我們的新公司如何？」章守義拉了蕭立原的手就往裏面走去。

蕭立原看新的公司比以前大了兩倍有餘，不禁讚嘆道：「真漂亮，也比以前大多了！」

「沒錯吧，新公司新氣象，和以前不太一樣。」

蕭立原看到工程部竟然還有兩個女性工程師，不禁說道：「對呀，我們以前七八個光棍，現在你們還加入了好幾個電腦美女呢。」

章守義很高興說：「沒錯呀！你看我們的總機小姐也很漂亮吧，這一位是王佳芬小姐，這一位是肥仔。」

原來幾個大男生正好站在總機櫃台旁邊，總機小姐王佳芬非常害羞，只是低著頭辦公，蕭立原一時竟然沒有看見。

「嗨，蜜司王妳好，果真是裴思特的大美女。」蕭立原很大方的伸出手來要和王佳芬握手。

反而是王佳芬比較保守，羞澀的將兩隻手指放在蕭立原的手上，也算是握了手，很害羞的說：「嗨……肥仔你好。」

聽王佳芬也叫蕭立原為肥仔，在場的人哈哈大笑，周偉民笑著說：「小芬妳可要小心些，上次有個人當面叫他肥仔，差點就被他打個半死。」

想不到這句玩笑話竟然嚇得王佳芬目瞪口呆，蕭立原看她的眼淚都快掉出來了，趕忙安慰她說：「哈哈，我就是肥仔，從小到大別人都是這麼叫我的，你別聽偉民亂說，以後妳就叫我肥仔好了。」

✦　✦　✦

接到「企業經理人才藝募款晚會」的帖子，彭俊德真不知如何是好，又接到陳智豪的電話，才知道自己的資本雖小，但也算是幾家公司的大股東，再加上有好事者說彭俊德是手勝張董的乾兒子，大大提高了彭俊德的身份，竟然將彭俊德也加入名單之中。

光是進場的門票就要一萬元，這當然也要納入慈善捐款，另外有一個大廳展示出一千多件拍賣品，大多是藝術品，其中特意挑了一百件要在晚會現場拍賣，許多企業家出錢支持，因此晚會還沒有開始，大會已經募集到一千多萬的善款了。

彭俊德和陳智豪穿戴整齊來到現場，彭俊德不禁抱怨說：「傑森你也知道我最近手頭緊，今天我怕會出糗！」

「我還不是一樣，蘿拉有錢又不自己來，還將我們的位置排在這麼前面。」原來陳智豪是被劉筱君請來的，而衝著手勝這個金字招牌，大會竟然將彭俊德和陳智豪的位置排到最前面一排。

「你不要抱怨了，大姐在家裏看小孩，不然她一定會親自出席這個晚會。」原來劉筱君已經生了第二個孩子，而且是個男生。

「好吧，算她有理好了。」

「小孩子已經四個月了吧？取名字沒？」

「昨天才取好的，陳詠祥。」

「這個名字好嗎？」

「沒關係，兒孫自有兒孫福，本來也請人算了幾個名字，可是我都不喜歡，昨天我和蘿拉翻了字典，一下子就取好了。」

「蘿拉有交待什麼事情嗎？」

「對呀，她的私房錢多，又可以用手勝的公帳，竟然只派我們兩個窮光蛋來，不過她說看到喜歡的東西可以用手勝的名義買下來，乾爹付帳。」

「太好了，我們也不必為乾爹省錢了。」

「對了，你最近投資公司的錢是從哪兒來的？花了不少錢吧？」

「我賣了一半股票，有一些個股我覺得漲得太高，而我又缺錢用，正好賣了，另外我也用房子貸了兩百萬元。」

「你真狠呀，不過做生意就是要像你這樣子才夠力，前一陣子楊董告訴我說他去年也是加貸了房子，又收回幾十萬元帳款，老婆娘家再幫忙出一些錢，他這才能夠回到台北找大家一起奮鬥。」

「厲害！我看他也是豁出去了。」

「你最近還有其他的計劃嗎？」

「有呀，老朋友查理最近和我聯絡，他說想要做生產事業。」查理就是吳凱立，和陳智豪也是很好的朋友。

「生產事業？」

「也還在商量而已，八字都還沒一撇呢。」

「他想要生產什麼？」

「他說想要做電腦用的揚聲器，就是一般說的喇叭。」

「電腦喇叭？這個我知道，我前一陣子才買了一組，花了我三百元。」

「不是那種簡單型的電腦喇叭，是比較高檔的。」

「是什麼高檔的喇叭？」

「這種東西在市面上還沒有全面流行，好的電腦揚聲器可以有效強化遊戲、影視和音樂的音效，尤其現在流行網路遊戲，好的遊戲音效非常重要，目前比較高檔的五點一聲道有六個喇叭，可以創造出多聲道的環繞音場，每一組市價要一萬元。」

「聽起來好像還可以。」

「查理說他在美國有朋友會提供技術，有了資金就可以開公司，有很多部分也可以委外生產，不會太費事，通路也沒有問題。」

「查理這個人很可靠，你再多留意一下，有好事情可要知會我一聲，我那兒還有五百萬的閒錢，要投資大家一起來。」

「好啦，缺錢的話一定找你，對了，今天這到底是什麼玩意？我還是第一次參加。」

「我也是第一次來，今天是由一些熱心的企業家所組成的募款晚會，因為他們募的錢十分透明化，因此來支持這個活動的人也很多。」

「那我們算不算是企業家？」

「大概不算吧？憑我們那一點小小的資金，我們大概算半個吧？」

「喔？」

「聽說今天來表演才藝的都是一些公司的高級主管，只有少部分是電視台的演藝人員。」

「還好沒有叫我們表演。」

「對呀，真是謝天謝地。」

「那待會兒怎麼辦吧？」

「大力鼓掌叫好就行了。」

「好吧，要是有人表演或是有人出價我們就鼓掌支持吧！」

晚會現場的氣氛十分熱絡，除了當紅藝人的表演之外，又請來台灣最知名的電視主持人，在串場、說笑、提高價格方面也使出了渾身解數，上台表演的人也都十分賣力。

另外還有業界人士的表演，有些商界的名人平時只能在報紙雜誌上看到名字，想不到今天竟然見到了蘆山真面目，有人表演京劇，有人表演雜耍，有個重量級的董事長表演路邊小販叫賣，十分的傳神，引起滿場大笑不止，而拍賣出去的物品也都有很好的價格。

「各位來賓，接下來的節目是由聯晴科技公司的蜜雪兒小姐所表演的小提琴演奏，她要演奏的曲目是『夢幻曲』，請大家鼓掌。」

彭俊德不禁抬頭起來看，心想這個蜜雪兒該不會是謝淑華吧？

接著從舞台另一端走出來的果然是一陣子不見人影的謝淑華，她一出來就吸引了現場所有人的目光，今天謝淑華和彭俊德印象中清麗優雅的模樣大有不同，為了這個晚會，她刻意的裝扮了一番，一頭慵懶大波浪的長髮，加上一襲白色晚禮服，真可說是艷光四射，在燈光照射之下更是閃閃動人，彭俊德看得如痴如醉。

謝淑華不疾不徐的架好小提琴，再深吸一口氣，右手的琴弓很輕柔的拉出一個長長的低音，接著又很婉轉的將幾個迴轉的旋律拉了上去，整個曲子輕雅浪漫，十分討好現場的氣氛，不過謝淑華只是表演整個曲子的一部分，表演了四五分鐘後，謝淑華放低琴音並且深深一鞠躬，現場爆出了熱烈的掌聲。

「蜜雪兒小姐請慢走。」正要離開的謝淑華被主持人留在現場。

「聯晴科技好像是最近才成立的新公司，請問您是……」主持人一邊訪問謝淑華，一邊快速的翻著手中的資料，「啊……抱歉，蜜雪兒小姐是聯晴科技公司的董事長……」現場來賓聽說這一位漂亮又有職業小提琴演奏水準的蜜雪兒竟然是一家公司的董事長，全部都給予熱烈的掌聲。

「謝謝大家。」

主持人誇張的擦去額頭上的汗水，接著又說：「實在是太不禮貌了，不過我們難得看到這麼好的表演，怎麼沒有人……」主持人還沒說完，舞台底下就有人大聲的喊叫：「安可，安可。」

「這才對嘛！我認得你王總經理，不過要我們蜜雪兒小姐安可一曲的話，您可要上道一點才行。」

在舞台的另一角又有人喊道：「五萬元！」

「哈哈，王總經理我不找你，已經有人喊價了。」主持看到台下一個舉手的男士，便笑著說：「陳董，我待會兒再讓你說話，我要先問一下我們蜜雪兒小姐……」

主持人將麥克風拿到謝淑華前面，謝淑華微笑的說：「對不起，我今天沒有準備安可的曲子。」這句話惹得現場一陣大笑。

主持人也很風趣的說：「哈哈，陳董，五萬元不行，如果你再加價的話，我保證等一下就會有安可的曲子。」

「六萬！」

「七萬！」

「八萬！」

「蜜雪兒小姐，已經有人加到八萬元了，不知道您……」

謝淑華笑著說：「很謝謝剛才那一位先生，可是我真的……」

「一百萬！」

想不到竟然有人會由八萬元直接跳到一百萬元，現場眾人七嘴八舌的討論著，原來剛才晚會的義賣也出現幾次上百萬的價碼，可是為了一支看不見摸不著的安可曲竟然叫價一百萬元，這可真是奇聞了。

主持人循著燈光找了一番，原來是陳智豪舉手喊價，彭俊德也給嚇了一跳，台上的謝淑華更是驚訝，謝淑華和陳智豪沒有見過幾次面，但是坐在陳智豪旁邊的彭俊德可就熟悉了。

陳智豪被請到了台上，主持人說：「原來是陳經理，您可真是一位善心人士。」

陳智豪的台風也很穩健，很風趣的說：「今天所有的來賓都是善心人士，剛才我是幫一位好朋友喊價，他交待我不能說出他的名字。」

「哪一位都沒關係，只要支票能夠兌現就好了。」主持人的話又引來了哄堂大笑，隨即又轉向謝淑華問說：「蜜雪兒小姐妳知道是哪一位先生嗎？」

謝淑華微笑著點了點頭，還看了一下座位上的彭俊德。

「蜜雪兒小姐，這妳總不能拒絕了吧，今天的晚會沒有募到這一百萬元是不行的，待會兒下台我會挨罵，我們大家再鼓掌一次好嗎？」

現場又響起如雷掌聲，謝淑華心想也不能再推拒了，略想了一下，閉起眼睛之後稍作停頓，剎時小提琴立刻連續幾個高音拉了上去，她所表演的正是昔日畢業話劇表演的小提琴曲子，這曲子已經不曉得在彭俊德的腦海中迴旋了幾百次，想不到今天能夠這麼清晰的再度聽到這個熟悉的旋律，彭俊德又再度沉醉在謝淑華的琴音裏……

坐在椅子上的彭俊德閉目回想起當時謝淑華在新竹、在台中、在台南、在高雄和在其它地方表演的情景，昔日兩人卿卿我我的甜蜜景象已是過眼雲煙，彭俊德心中泛起無限的感慨。

✦　✦　✦

回到家裏，陳智豪被劉筱君數落了一番，「給你三百萬，你才花了一百萬，你可真是會替乾爹省錢！」

「那一些什麼油畫、國畫、陶瓷藝術品我又不懂，還有三輛車要拍賣，可是我又不想買車。」

「算了，反正又不是我的錢。」劉筱君說完就生氣的走進廚房。

彭俊德小聲的問陳智豪說：「傑森，你怎麼還認得淑華？已經那麼久了？」

「我差點就認不得她了，上次見面應該是……我和蘿拉結婚那時候吧？都那麼多年了。」

「你又怎麼會出一百萬呢？」

「你不要說出去，我是故意氣蘿拉的，有苦差事就派我去，他當我是她的工友呀？我偏偏給她買個看不見的東西，況且三百萬我只花一百萬，算是便宜她了。」

「你怎麼沒說乾爹給你三百萬的事？」

「我有說呀！我不是說可以用手勝的名義買東西嗎？只是沒跟你說有三百萬而已，你別再問了……我問你，你這次花了多少錢？」

「就是門票錢而已……一萬元吧？」

「小氣鬼……」

「好了，別罵我了……」

「我再問你，你還……喜歡謝淑華嗎？」

不知道為什麼陳智豪忽然問到謝淑華的事，彭俊德一時不知如何回答，過了一會兒才說：「這個……，傑森我知道你很關心我，我也曾經考慮過這個問題，我和淑華這輩子已經不可能了。」

「怎麼說？」

「先別說淑華已經結婚了，即使今天她還是未婚，或是她離婚了，我問你，她可能會嫁給我嗎？」

「嗯……，我想不會吧？」

「前幾天香港正天投顧的游經理幫我估算了一下，他說依照我投資公司的獲利情形和我目前的資產，我有六千萬元的身價，說真的，如果這個數字傳到謝浩山的耳朵裏，我還真的怕會把他給笑死的。」

「六千萬難道就少了？謝浩山要不是有他老子留下來的龐大資產，他會有今天？」

「我是說我這一輩子都不可能和謝淑華有好的結局了，傑森，我們都是學理工出身的，有時候用分析和理智來處理感情也是不錯的方式。」

「像你這麼說，我和蘿拉一輩子都不用結婚了？」

「你……你們是例外。」

「例外？你就不會是例外？我再問你，如果謝淑華找你出去談判的話？你會去嗎？」

「出去？我當然不會去了，我發誓。」

✦　✦　✦

謝淑華來電話說想要見面，彭俊德沒考慮就答應了，兩人相約在咖啡廳見面。

「俊德，那天真是謝謝你。」

「你是說晚會的事嗎？那也沒什麼。」依照彭俊德的個性，他不可能會去沾手勝的光采，可是陳智豪千交待萬交待，如果謝淑華問起這件事情，那就絕對不要否認，不然肯定會越描越黑。

「不，你那天真的幫了我很大的忙。」

「那天晚會的氣氛很好，大家都很支持。」

「那天我真的很尷尬，來的貴賓雖然都是善心人士，但是也太小氣了些，哪有人五萬六萬的喊價，又不是路邊的拍賣會。」

「對許多人來說，五萬六萬也是很大的金額了。」

「不管怎麼樣，還是很感謝你。」

「那我也謝謝你這杯咖啡。」

「我也謝謝你百忙之中還能夠出來。」

兩人謝來謝去的，不禁都笑了出來，過了一會兒彭俊德又說：「恭喜妳在台灣的事業那麼成功，妳現在已經有兩家公司了吧？」

「是呀，我在英國有一家製藥公司，在台灣的是分公司，主要是行銷和配售，另外一家聯晴公司生產電腦周邊的零組件，過一陣子在英國有一家電腦公司也要開工了。」

「那妳很忙了？」

「英國、台灣兩頭忙。」謝淑華又關心的問彭俊德說：「我猜你的事業一定也很成功吧？」

「也沒有，還過得去。」

「不只是這樣吧？」

「怎麼說的？」

「我猜你這兩年一定賺了不少錢吧？不然的話，慈善晚會怎麼會邀請你去？而且你一出手就是一百萬元？」

「沒有，沒有……」

✦ ✦ ✦

失蹤兩年的小美女葉怡伶出現了，當年葉怡伶因為彭俊德的介紹而進入手勝工作，因為有劉筑君的照顧，工作得相當愉快，但是不知道什麼原因，在工作兩年之後人卻消失了蹤影，彭俊德接到她的電話還真是嚇了一跳，也答應葉怡伶晚餐的邀約。

兩人多年沒有見面，葉怡伶更顯得成熟，穿著也都是十分高雅的搭配。

「小美女，妳比以前更漂亮了！」

葉怡伶笑著說：「你要說好聽的話也太慢了吧，大學的時候你這張嘴可沒有那麼甜。」

「唉，那時候我要是口才好一點的話，說不定早就追上妳了。」

「別耍嘴皮子了，憑你阿德那一點本事，快坐下來吧。」

「真是的，我的本事都讓妳看穿了。」

「有時候你們追女生，還真的很傷人呢。」

「怎麼說？我也沒追過妳……，最多也不過是大一那時候好玩寫了一封情書給妳，我知道班上有好幾個人也喜歡妳呢！」

「對呀，先來說你那種情書，一點自信也沒有，也沒什麼誠心，說穿了只是投石問路，說不定還希望女生來倒追你們是吧？你們也想得太美了。」

「我沒想那麼多，或許說男生膽子小比較適當？」

「哼！膽子小？這個世界真不公平，大家都認為男生追女生才正常，可是男生又膽子小？假如全世界的男生都膽小的話，我看所有的女生都嫁不出去了。」
「不要再罵了，看又是哪個男生惹妳生氣，我去揍他一頓，替妳出出氣。」
「不用了，本姑娘今天心情好得很，沒人惹我生氣。」
「喔，那妳找我幹嘛？」
「我專程來謝謝你的。」
「謝我？」
「是呀，這麼多年來，你總是我的貴人，謝你也是應該的，今天才專程請你出來吃飯。」
「那怎麼可以，請妳吃飯是我的榮幸，怎麼可以讓美女請吃飯？」
「又要嘴皮子了，唉！」
「怎麼了？」
「像你剛才既幽默又風趣，還會逗女孩子開心，本來也是很好，可是我實在太了解你了。」
「怎麼了？我又惹妳生氣了？」
「不是啦，如果今天我是別的女生，說不定還會以為你喜歡我才會逗我開心，可是我的想法卻不同了。」
「什麼想法？」
「你今天只是將我當成好朋友，可是你不會追我。」
「怎麼說？」
「你逗我笑又說我是美女，我當然很高興，可是你卻一點也不緊張，你也不會在乎是不是在我面前會說錯話，我說得對嗎？」
「妳說得太深奧了，我聽不太懂。」
「你對謝淑華就不會這樣子，你在她面前可是戰戰兢兢的，生怕說錯了話，做錯了事。」

提到謝淑華的事情，彭俊德陷入了沉默，葉怡伶看他不開心，很不好意思的說：「對不起，我知道你們分開了。」

「別這麼說，一些好朋友都不願意在我的面前提她，怕我會傷心，可是逃避也不是辦法……」

「不提她了。」

餐後，彭俊德為葉怡伶點了一杯甜酒，自己也叫了一杯白蘭地，彭俊德非常好奇當初葉怡伶突然離開手勝的原因，便問說：「妳原來在手勝那兒上班，不是挺好的嗎？」

「所以我才謝謝你呀，當初我第一次要你幫忙找工作，結果你讓我參加音速專案，我不到三個月就賺了二十多萬元，拿到錢之後我就寄了十萬元回家，我老爸高興極了，可是他不知道我還暗槓了十萬元的私房錢，後來你又介紹我到手勝，因為是你介紹的，蘿拉就特別照顧我，我上班四個月她就將我調到她的身邊當秘書，她也知道我很有企圖心，就將一切事務都交給我，我雖然很辛苦，但也學了很多，而且蘿拉給我的待遇也很好，在手勝我真的毫無怨言。」

「那後來又為什麼走了？有人欺負妳嗎？」

「有蘿拉挺著我，誰敢欺負我？倒是一些人對我太好了，讓我無法消受，最後只好對不起蘿拉了。」

「我聽不懂？」

「那時候我跟著蘿拉到處走，見識到了很多公司的大老闆、總經理，結果呢……結果問題就來了。」

「是什麼問題？」

「有幾個比較正常的就死命的追求我，另外有幾個不長眼的用錢就想要壓死我，那時候有一個大老闆還開口說一個月給我五十萬元要包養我，我的天呀，他當我是什麼人？」

「妳可真是委曲了。」彭俊德看葉怡伶面目秀麗，在當時又是蘿拉身邊的機要秘書，迷人的風采當然有很多的追求者。

「這些委曲我都跟蘿拉說了，衝著公務我也儘量忍耐，可是不能忍耐的就是那一些有錢又有閒的公子哥兒們。」

「這些人怎麼了？」

「他們追我可勤快了，每天早中晚班，又是鮮花又是水果的，就當我是供桌，每天好幾輛車在公司外面等我，你也知道，他們都是未婚，本來就有權利追我，再說伸手不打笑臉人，他們每個人都將我捧在手心裏，我真不知道要如何趕走這一些人，這種事我可就沒法應付了。」

「你趕蒼蠅也不會呀？真笨。」

葉怡伶不理會彭俊德說笑，繼續說道：「你也知道，我的人生規劃是以後要當老闆，我又不想當老闆娘……」

彭俊德一時想不出來老闆和老闆娘有什麼分別。

葉怡伶繼續說：「那時候我也被煩夠了，而且我已經有了一些積蓄，因此決定離開公司，所以我幾乎是逃命般的溜掉了。」

聽葉怡伶說得好笑，彭俊德怕又挨罵，只好抿著嘴不敢笑出來。

「後來我寫了幾封信向蘿拉道歉，只是這種原因我也很難解釋。」

「是很難解釋，難怪蘿拉也不知道妳為什麼會離開了。」

「你可知道我逃掉了以後，發生什麼事了嗎？」

「怎麼了？」

「我結婚了！」

「什麼？」

葉怡伶很無奈的說：「是啊，本來我是怕被男人給綁死了才會離開手勝的，想不到我竟然會在離開手勝半年以後就結了婚。」

「真是令人意想不到。」

「所以說啊，女人真是可憐唷。」

「這跟女人有什麼關係？」

「我是說女人身不由己，你們男人追女人可厲害了，轎車、鑽石、玫瑰花，反正能用的武器一大堆。」

「那妳先生是怎麼追妳的？」

「不是我先生，是我的前夫，我離婚了。」

「什麼？」彭俊德更吃驚了，葉怡伶才剛說已經結婚，還不到一分鐘的時間，竟然離婚了。

葉怡伶看彭俊德誇張的表情，瞪了他一眼又接著說：「別這麼驚訝，在台灣每四對夫婦就有一對離婚，沒什麼大不了的。」

「說說看妳前夫是怎麼追妳的？」

「我那前夫可厲害了，我離開蘿拉以後在南部找工作，沒兩下子就讓他查出來了，怎麼躲他也躲不掉，他對我可說是照顧得無微不至，一有空就跑到鄉下探望我的爸媽，後來還在他的胸前刺上了我的名字，說要將我一輩子擁抱在胸前，我的天呀，你想我還跑得掉嗎？」

「刺青？這一招厲害。」

「最後還請了他的老爸老媽出來，又找了我的小學老師當媒人，我就這麼嫁出去了。」

「妳說的好像是天方夜譚的故事一樣。」

葉怡伶嘆了一口氣說道：「還好你沒說我是灰姑娘。」

「那後來妳是怎麼離婚的。」

「那更離奇了，說實在話，我那前夫也算是個蠻好的人，也不知道怎麼了，和我結婚才半年，他就跑到大陸包二奶去了。」

彭俊德驚訝得瞪大了眼睛，真不敢相信這種事實。

「你驚訝了？我更驚訝！本來我還為了他的刺青、還找了我最尊敬的老師當媒人而感動，想不到這小子這麼快就給我來這一套，誰知道大陸二奶寫來的情書竟然不小心讓我看到了，他在我面前又是哭泣又是發誓，我才原諒了他，沒過多久他又犯了第二次，我就直接找我那兩個公婆攤牌了，因為我很堅持，那小子發什麼毒誓也沒用，我就這麼離婚了，還好我那公公婆婆明理，給了我三千萬，反正他們家產多，不差那一些錢，所以我現在也算是個小富婆了。」

「唉……」

「別可憐我了，恭喜我吧。」

「好吧，恭喜妳了，回到未婚世界吧。」

「還不止這樣呢！我打算在過年前開一家精品店，你可要幫我撐撐場面。」

「不簡單，妳真的要當老闆娘了？」

「什麼老闆娘？我是要開店當老闆，我和朋友各出一半資金，我的朋友比較有經驗，店面也找好了，我們專賣義大利吉亞尼的精品，男女飾品都有，你一定要來捧場。」

「那當然沒問題了，嗯……你過年前要開張，那妳就多印一些禮券，我四家公司有……有九十多個員工，我尾牙的時候每個人再送給他們兩千元禮券，那就有十八萬元了，先開個頭，如果妳們做得好的話，以後我們員工就是妳們的客戶了。」

「真是太謝謝你了，你想的真周到。」

兩人一時無話，葉怡伶拿起酒杯無神的直視著前方，有意無意的問道：「我聽說你和謝淑華見過面了……你……你會原諒她嗎？」

不知道葉怡伶為什麼又提到謝淑華的事情，彭俊德不解的看著葉怡伶。

「其實我真的很同情謝淑華，人生的路上經常是由不得人的，尤其是我們女人。」

「原諒她？」

「我覺得你不原諒她的話，你的日子永遠不會好過的。」

彭俊德搖搖頭表示還是不能瞭解葉怡伶的意思。

「你知道我一點都不在乎謝淑華，我甚至……我很妒忌她那麼有錢，她又比我漂亮，可是我看你和她的情形，說真的……我還真的有點同情她。」

看彭俊德低頭沉思著，葉怡伶繼續說著：「你知道我一點都不在乎她的，我以前和她又沒見過幾次面，我和她也沒什麼交情，反而是你，阿德你是我的好朋友呀。」

彭俊德這才開懷的說：「謝謝妳，有朋友真好不是嗎？」

「你知道嗎？有時候我覺得謝淑華真的好可憐……」

✦ ✦ ✦

彭俊德的每一個投資案都經過細心的思考，在短短的兩年之間投資了四家公司，這四家公司除了老本行裴思特之外，還有和陳智豪、譚元茂合夥的鈦星設計公司，另外有一家由周偉民擔任董事長的偉翔網管實驗室，還有完全由吳凱立負責的電晶實業，目前是以生產高級電腦用喇叭為主。

在裴思特裏楊英嘉將彭俊德拉到會議室坐下來，似乎有事情要和彭俊德密商，「彭總……」

「楊董。」

「別楊董楊董了，我又不是董事長。」

「有什麼關係，誰不知道你是我們公司的大股東，要不是為了讓我那個怕老婆的學長掛名，你最適合當這個董事長了。」

「其實說真的，我可是比傑森還要怕老婆，這事你們都不曉得吧？」

聽楊英嘉這句話，彭俊德一時傻了眼，很惶恐的說：「哪有人這樣說自己怕老婆的？你想當董事長想瘋了嗎？」

「對呀，就是找你商量這件事情。」

「這不好吧？我可不敢跟傑森說？」

「別誤會了，我不是說這個，我是有個構想，想要找你一起做，想問一下你的意見？」

「哦？你想要開公司呀？說說看。」

「我前幾天和小黑商量過了，他覺得我們現在做的都是服務顧客的工作，我們公司的行情是三十萬元起跳，一般的案件大概都在八十萬元左右，或許我們也可以設計一些套裝軟體，讓買不起我們服務的人也可以使用。」

「好，很好……」

「我也知道有一些風險，所以才要問你的意見。」

「很好，我先問你，你們有沒有想到要做什麼套裝軟體？」

「可以做的很多，剛開始可以先做和資料庫系統有關的部分，比如說傳銷軟體、保險業務員專用軟體、小型公司會計軟體，如果不限制的話，像一些好玩的小型遊戲軟體、占星術、電腦教學軟體、八字、紫微斗數、姓名學這一類的算命軟體都可以。」

「你想得很周到，可是怎麼會想要找我呢？」

「當然要找你這個老搭擋了，還有……，我和小黑每個人只能出一百萬，所以想要你也進來合資。」

「原來是缺錢啊？」

「別這麼說，我和小黑也想到一點，大家都說你是個福將，開公司沒你不行的。」

「我知道你們也是好意，可是我現在就想到了很多困難的地方。」

「有什麼困難？」

「首先就是人才，公司一開張至少就要六七個軟體工程師，還要是厲害的老鳥才行，再來是通路，套裝軟體就是要有許多店面肯幫我們行銷才行，另外還有軟體的保護，現在的軟體太容易拷貝了，所以要有好的保護才行。」

楊英嘉搖搖頭解釋著說：「這些都是小事，軟體也不用保護了，先賣了再說，通路商我很熟，軟體甚至可以掛別的公司的名字，不然賣斷版權也行，另外人才我也找好了，就等你點頭。」

「什麼？那你豈不是準備得差不多了？」

「對呀！大頭許仁宏已經離開竹科的公司，另外我也聯絡到小斌，他說願意跳槽到我們這邊來。」

「你真行，將一些老伙伴都找回來了，可是怎麼都沒告訴我呢？」

「我現在不是告訴你了嗎？」

「新公司的人事呢？」

「就是你、小黑和我三個人合資，讓小黑過去負責所有的業務，再調幾個人過去，大頭和小斌再來補裘思特的空缺，當然可能還要再招幾個人手才行。」

彭俊德開玩笑的說：「是小黑還是我來當董事長比較適合？」

「董事長當然是我了，你們兩個都還是光棍，只有我怕老婆！」

「可是錢呢，我不知道我那兒還剩下多少錢？」

「別矇我了，你上次投資公司，房子賣了七百五十萬，還貸款再加上投資，剩下大概還有一百五十萬，你還有四家公司賺的錢，還有分紅……」

「別再說了，國稅局都來找我了！」

新公司很快的成立了，還取了好聽的名字『銀河軟體設計公司』，彭俊德所投資的公司都有可靠的經理人才在運作著，一段時間的經營之後，幾家公司也慢慢成長茁壯，可是這也正是另一段風暴的開始，有人開始對彭俊德下手了。

資料庫程式設計並不是很特殊的行業，有制度的公司也不多，但是在市場上成立了兩家新公司，這兩家公司似乎是專門針對著彭俊德而來，殺價、搶客戶，連一些老客戶的底也要挖走，因此擔任總經理的大頭許仁宏經營得很辛苦。

偉翔網管公司也不賺錢，雖然這還是在預想的狀況之中，但是彭俊德和周偉民都很著急，一些準備金都快要用光了，營收還是不太理想。

設計公司經營得比較順利，毛利高接案也沒有問題，但是也有人要來挖牆角，肥仔蕭立原打電話向彭俊德報告：「大衛，有人要搶我們的案子！」

「什麼？」

「有人來探消息，想知道我們有哪些客戶，又有動作想要挖走這些客戶，他們到玖金模具公司，說可以給他們六折的優惠價格，這個公司很神秘，還沒探聽出是什麼名字，他們不知道玖金是丰勝的關係企業，這才讓我們有了警覺，而且他們要挖去的可能不只是玖金而已。」

「糟糕，看來有人為了賺錢不惜血本。」

「不知道對方是為了賺錢還是為了生存？現在這個行業還很好做，尤其是高精密的模具設計，還沒到殺價競爭的地步吧？如果跟進的話，我們降價，他們再降價，那市場就亂了。」

「他們還放出風聲說我們的價格偏高，是不良廠商。」

✦ ✦ ✦

接到洪明達的電話，彭俊德立刻趕到『全安』公司，這是一家地區性的保全公司，成立只有三年，老闆採穩紮穩打的策略，目前只打算在台北縣建立好的口碑，還沒有將規模擴大的想法，但是全安並不是彭俊德的客戶。

洪明達鐵青著臉說：「我架設的網站遭到入侵！」

原來洪明達已經大學畢業，剛退伍沒幾個月，也是在一家軟體科技公司上班，現在因為客戶的電腦發生嚴重的問題，而來請教這位昔日的老大哥。

彭俊德憂心的問說：「有沒有什麼損失？」

「還不知道，我一察覺就請你過來了，我還在檢查。」

彭俊德看著電腦螢幕上面有許多檔案名稱和重要數據快速閃過，原來電腦正在自動偵測，便問洪明達說：「你怎麼偵測到的？」

「是我寫的一個小型保全程式偵測到的，今天凌晨三點二十七分有人進入管控中心，用的是正確的帳號和密碼，可是時間不對，我早上再度核對，確定是遭到入侵。」

彭俊德皺著眉頭說：「糟了，好像有資料被修改！」

「是什麼檔案？」

「不知道，等電腦掃瞄完了再檢查，先要看什麼資料外洩，再要檢查是不是有人放進來木馬程式還是病毒……，最怕的是重要資料遭到刪除。」

電腦檢查工作持續了半個多小時才完成。

「完了，依照我和公司簽的合約，我這下子賠慘了。」
「怎麼說？」
「如果是重要客戶的資料外洩，公司光是賠錢的金額就要好幾十萬元，若是昨天有重要資料輸入，然後被刪除了，那連我也負不起這個責任了。」
「沒這麼慘吧？」
「就是這麼慘……」
「我先查看是哪兒來的入侵者……」彭俊德小心翼翼敲擊著鍵盤。
「這個有差別嗎？」
「如果是台灣的駭客，那就有可能是要竊取公司重要的資訊或是做破壞，這種情形最可怕，很可能是你的對手或是保全公司的競爭者，如果是外國駭客的話，那可能只是想要破壞你的電腦保全系統，測試自己的程度，心理學家說是滿足駭客達到破壞的快感。」
「台灣的駭客？美國的駭客？你知道台灣有哪些厲害的駭客嗎？」
「我不是很清楚，有幾個還蠻行的，比如說小可愛、暴龍、剃刀都很不錯，最近有一個洪拳小子很活躍，他在一個駭客網站裏開了好幾個版面。」
「喔……洪拳小子就是我啦。」
彭俊德沒想到洪明達也是台灣知名的電腦駭客，不禁笑了出來：「什麼？洪拳小子就是你？」
「那是我在網路上的化名，大家都知道我是紅螞蟻，所以我就用新的化名了。」
「那可真是失敬了。」
洪明達說：「對了！台灣網路上有一個幽靈王很厲害，上次國稅局和幾家銀行的網站被入侵也是他先發現的，他在一夜之間發出了一百多封電子信警告國稅局和銀行，後來證明那些電子信的內容全部都是真的，弄得所有的銀行更改全部的安全系統，這個人是少見的高手，網路上還因為他而討論了一陣子。」

「哦……幽靈王就是我，那是我在網路上的化名。」

「幽靈王？我本來還以為幽靈王可能是丁大哥呢？」洪明達口中所說的丁大哥就是當年曾經在一起的丁慶澤。

「阿丁他人在美國，我暫時拿來用，因為大家都知道我是大衛王，不換個名字不行了。」

「哦……」洪明達不禁吐了個舌頭，自己竟然不曉得眼前這個大衛王竟然也是網路上有名的高手。

彭俊德看著已經掃瞄完畢的電腦說：「這個可能是美國來的駭客，恭喜你了。」

「為什麼恭喜我？你怎麼知道是美國的駭客？」

彭俊德指著電腦螢幕上的一個檔案名稱說：「這個是最新的木馬程式，在美國一個駭客毒殺網站出現不到一個星期，想不到會被放在這台電腦……，我想這個美國駭客大概是要來入侵和搞破壞，他想要滿足自己破壞別人電腦的慾望，如果有被他拷貝檔案大概也不會太重要，也沒有刪除檔案。」

「破壞情況呢？」

「你發現得早，還沒開始破壞電腦，不過可能放了其它病毒，今天再花一點時間就可以搞定了。」

洪明達憤憤不平的說：「這個小子哪天可別讓我給抓到了。」

「算了吧，怎麼抓？誰有那個閒功夫？」

「難道就這麼簡單放過他了？」

彭俊德笑了笑說：「不然你還能怎麼樣？這些駭客都是隱身在網路後面的電腦高手，來無影去無蹤，就連一些國家級的資訊警察都很難抓到他們，你算老幾？」

「真不甘心！改天我試著從IP ADDRESS著手看能不能將這些壞蛋找出來。」

「先不必這麼做，在台灣就有好幾個案例，有的人用大學的學術網路，有的人用別人的帳號，有的人則是在網咖上網，即使抓到了，難道你要告他們嗎？」

「那我現在該怎麼做？」

「你現在要做的就是更改全部的帳號和密碼，再來補全程式上的漏洞，以後別再發生這種事了。」

洪明達嘆了一口氣說：「那要花多少時間和心力呀？」

「加油吧！小伙子。」

✦　✦　✦

肥仔蕭立原要結婚了，對象竟然是裴思特的王佳芬，真是跌破了所有人的眼鏡，章守義手裏拿著紅帖子，憤憤不平的說：「臭小子，你的手臂比我的大腿還要粗，你的大腿又比我的腰還粗，真不知道小芬是看上你哪一點？」

周偉民也說：「對呀，難道現在都流行要嫁給胖哥了嗎？」

只有彭俊德還能心平氣和的問說：「肥仔，今天你要把話說清楚，你是怎麼追到我們公司小芬的，你不說的話，我們全部都不去參加你的結婚典禮。」

「這可是我的絕活，怎麼可以輕易教給你們？我留學兩年可不是白混的！」

章守義生氣的說：「你留學是去學泡馬子的啊？」

「嘿嘿老實告訴你吧……」蕭立原將右手搭在章守義的肩膀上，奸笑著說：「小芬本來對你的印象也很好，可是你自己竟然會搞砸了。」

「什麼？小芬她……」

「對呀，誰叫你們每個人都欺負她，只有我一個人護著她，她不嫁給我也不行了。」

「亂說……」

「胡說八道，誰欺負她了……」

「我每次都買飲料給她……」

蕭立原笑瞇瞇揮著手說：「停停停，你們都給我停了，難道我還會說謊嗎？」

周偉民還是氣不過的說：「你說！我們什麼時候欺負她了？」

「偉民我先問你，我和小芬第一次見面，那時候你是怎麼嚇她的？」

「我……我哪有嚇她……」

「還敢說沒有，你不是要她小心嗎？還說叫我肥仔就會被我給打個半死，結果還是我去安慰她的。」

「難怪她一直都不理我……」

「另外還有小黑。」蕭立原笑著說：「上個月小芬不小心按錯鍵，電腦不動了，你嚇唬她說亂按的話電腦會爆炸，嚇得她都哭出來了，你敢說沒有嗎？」

小黑很心虛的說：「是有這件事，又是你去安慰她的嗎？」

「沒錯，那天我不但在電話裏安慰她，我還立刻從台中坐火車趕到台北幫她將電腦修好了。」說到這裏，蕭立原笑得眼睛都瞇成了一條線。

「原來小芬就是這樣被你追到手的呀！」

「哇，我不想活了！小芬！」

✦　✦　✦

婚宴地點設在蕭立原新竹的老家，彭俊德高興的帶著乾兒子參加蕭立原的結婚喜宴，乾兒子就是譚元茂的兒子小包子，這也是譚元茂的主意，要讓這個小兒子有個乾爹，小包子已經滿四足歲了。

中午的喜宴過後，賓客逐漸散去，只留下幾個比較親近的好友還在幫忙，彭俊德沒事則是隨性的散步著，小包子騎在彭俊德的肩膀上，問說：「把拔，怎麼沒看到我爸爸和媽媽？」

「他們正在和新娘子聊天，等一下才會出來。」

「把拔，你什麼時候要娶新娘子，我也要和新娘子聊天。」

「我不娶新娘子，我討厭女生。」

「對呀，女生最噁心了。」

「對了，你現在有兩個爸爸，你怎麼分得出來呢？」

坐在上面的小包子想了一下子說：「這個問題太簡單了，你是把拔，另外一個是把叭，兩個人不一樣。」

「把拔和把叭有什麼不一樣？真奇怪？」

「把拔和把叭當然不一樣了，你真笨呢。」

彭俊德覺得新竹的室外有些冷，便將小包子從肩上抱下來，兩人走進蕭立原家的客廳，只見周偉民、章守義和許仁宏正在討論正事，三人臉色沉重，並沒有感染到蕭立原結婚的喜氣，三人看到彭俊德過來便讓了個椅子給彭俊德坐。

「大衛我看事情不妙……」周偉民招呼著彭俊德，又抓了一大把糖果給小包子說：「小包子這個糖給你，你媽咪在那個房間。」

小包子拿了糖就跳著去找黃春華了。

「小黑，你們是說今年的營業沒有辦法達到預定的目標嗎？」

小黑章守義是新公司『銀河軟體開發』的股東兼總經理，但還是會參與裴思特的事務，只見他憂心的說：「不止是這樣，你看我們流失了很多客戶，幾個對手用削價競爭的手段，我覺得他們已經到了血本無歸的地步，照這樣子蠻幹下去，我怕會兩敗俱傷。」

「有沒有認識他們那邊的人？」

「我認識一個程式工程師小沈，他說接案子的事情他不清楚，又說他們公司的資金很充裕，我們是處在下風，再這這樣下去的話，新的客戶有一大部分會被他們挖去，其他的則是要我們削價促銷以後才能夠留下來。」

「看來真的是衝著我們來的。」

「我本來也不相信真會有人專門衝著我們來，我們這一行都有自己的客戶層，一些同業大家也都認識，偏偏這兩家新公司只會挖我們的根，不由得我不相信了。」

彭俊德沉思了好一會，接著便說：「好，先假設是這種情況，回去先暗中調查我們內部是不是有人洩密，即使不小心洩密也不行，有問題的就請他走路。」

周偉民也說：「另外盡量在網路上打廣告，這種打廣告的方式他們可就沒辦法打擊我們了，要用全新的廣告，嗯……要請專業的廣告公司製作才行。」

「對了偉民，雖然大家都說網管是前途看好的新行業，可是我總覺得我們的獲利不如預期，必需要做一些改變……」

「……」

晚上彭俊德在附近的馬路漫步著，一陣風吹來冷得彭俊德直打哆嗦，心想這才十一月天，怎麼新竹的天氣就這麼冷了？

彭俊德無聊的走著，偶而抬起頭仰望天空，幾朵白雲十分清晰，原來今日正好是月中，一個大大的滿月掛在天上，彭俊德喃喃自語著：「滿月……那時候也是在新竹，月亮好漂亮啊……還有我的初吻……可是她現在人在哪兒呢？」

飯。

因為全安公司電腦被入侵，洪明達自己辭職負責，彭俊德想要將他網羅到自己身邊，便找了洪明達一起吃

✦　✦　✦

「想不到三搞四搞的，我自己竟然成了無冕王。」

「什麼無冕王？」洪明達不懂的問著。

「我投資了五家公司，本來還掛了總經理、行銷部主任還有其他的，可是這一陣子我竟然將所有的職務都讓給別人，我自己什麼頭銜也沒有了，楊董他們還是叫我彭總，叫得我好心虛。」

「現在兼職的那一些人，不都是我們以前的老伙伴嗎？」

「對呀，大頭是裴思特的總經理，肥仔人在台中主持，帥哥偉民負責偉翔網管公司，小黑也是大股東兼總經理，我反而什麼都沒有了。」

「我猜現在掛頭銜的人，應該能力都很強，你也信得過他們吧？」

「是啊，我掛著一些虛銜也不好，還好接手的人都很強，不過我覺得我還是很忙呢。」

「哦，那你可以掛董事長呀。」

「誰當董事長就要負責為公司賺錢，我反倒不用操這個心了。」

「喔？這樣子啊？」洪明達似懂非懂，又接著說：「我看你還是忙東忙西的，每次和你聊天，你的電話都響個不停。」

「別說我了，你最近有沒有什麼打算？」

「只好再找工作了。」

「有沒有打算找哪一類工作？」

「資料庫程式設計或是網路管理之類的工作都可以，我對韌體設計也很內行。」

彭俊德心想目前只有吳凱立那兒缺少人手，便對洪明達說：「我和朋友合夥開了一家喇叭生產公司，你能不能過來幫忙？」

「喇叭生產？那又不是我的專長？」

「你頭腦好，我信得過，先過來幫個忙，也可以多學習一點。」

「好，你以前告訴過我要各方面多接觸，我也覺得很對，我馬上就可以過去。」

「唉！我這才知道為什麼當初我乾爹和大姐一直要我到他公司上班，原來能夠有一個自己信得過的人真的不容易……」

彭俊德想要再告訴洪明達一些話，這時候一個服務生拿了一張名片過來說：「彭總經理，有一位謝先生想請您過去。」

彭俊德看名片上寫著「樺美化工公司」，這是吳先泰的名片，彭俊德已經是第二次見到這張名片，可是不知道為何這個服務生說的是謝先生，便告訴洪明達說：「你先坐一會兒，我去去就來。」

彭俊德跟著服務生走到餐廳裏面較隱密的一間包廂，果然是謝浩山和吳先泰等在那兒，吳先泰現在雖然貴為一家大公司的總經理，可是在謝浩山的面前還是沒有他的坐位。

這次謝浩山似乎比較客氣，對彭俊德說：「彭先生請坐，我聽吳秘書說你也在這兒用餐，就冒昧的請你過來。」

「謝先生有話請直說好了。」

「彭先生真是爽快，那我就直說好了，我是想著小女已經結婚了，我怕她和彭先生見面有所不便。」

謝浩山今天說話果然既直接又明白，也正是前些日子吳先泰告訴彭俊德的話，看來也沒有什麼新意，彭俊德只好苦笑的說：「蜜雪兒結婚已經五年了吧？自從我和她分開之後，我們有六年的時間沒有見過面，就算是過去一年，我們也不過見了兩次面，謝先生您多慮了。」

「是三次。」謝浩山伸出三根手指頭，看著彭俊德說：「在台北貴公司是第一次，第二次是在拍賣晚會上，第三次在咖啡廳。」

彭俊德笑著說：「您算的比較準，可是第二次實在不能算進去，她在台上表演，我只是台下的觀眾，我事先也不知道那一天竟然會有她的演出。」

「其實這都是小事，我知道你們以前很要好，淑華也告訴我說她的一些男友之中，她對你的印象很深刻。」

「不會吧？不然她……」彭俊德本來想說謝淑華本來會嫁給自己，又想這根本是不可能的事情，便馬上住了口。

「感情的事很難讓人遺忘，可是淑華的夫家在美國是有頭有臉的豪門世家，我希望你不會造成困擾才好。」

「我也是這麼希望……，謝先生我該走了，你的意思我知道，就比如說現在，淑華人在美國，我在台灣，我真的不知道您在擔什麼心？」

「淑華她現在人在台灣。」

「她……她又回來了？」

「沒錯，她是因為公務回台灣來，我有一些新的企劃案是由她主持的。」

彭俊德微笑的說：「謝先生，那我真的要奉勸您了，我已經有兩個月沒有和淑華見面了，她的近況我並不清楚，可是您也知道，再幾天就要過農曆年了，如果淑華在美國的生活過得很幸福的話，她怎麼可能會在這個時候回來呢？如果我有這麼一個女兒的話，我可不會像您這樣安逸的在這兒用餐。」

聽到彭俊德暗示說謝淑華在美國的生活並不幸福，謝浩山臉色深沉很不好看，吳先泰向前一步對彭俊德說：「彭先生，有關謝先生的家務事，我們可以自己處理，只是剛才向您建議的事，也希望您能幫忙。」

彭俊德拿出口袋裏的皮夾，再從裏面拿出一張紙條放在謝浩山的面前說：「謝先生，這是淑華去年冬天給我的電話號碼，我放了一年多，可也從來沒有打過這個電話，我不知道這樣子算不算是幫了您的忙，對於其它的事情，我只能說一切隨緣了，很謝謝和您談話，我還有朋友等著我，請原諒我要先離開一步了。」

彭俊德說完就轉身離去，留下有些錯愕的謝浩山和吳先泰。

第十六章　宙斯初現

新年剛過，台北市還沉浸在歡樂的氣氛之中，小美女葉怡伶又找彭俊德喝咖啡了，可是葉怡伶的心情似乎不太好。

「怎麼會找我喝咖啡？我忘了找妳過來吃尾牙，妳沒生氣吧？」

「誰會生氣了？我又不是你們公司的員工，才不去吃你們的尾牙呢。」

「怎麼那麼見外？妳也是裴思特的老員工，大家都那麼熟。」

「老員工？誰老了呀？真不會說話。」葉怡伶輕輕瞪了彭俊德一眼，接著又說：「不過我還真是要謝謝你，這兩天你們有幾個員工已經到我那兒消費過了，我也請櫃台要特別優待他們，你讓我發了一筆小財。」

「妳是說我送員工禮券的事啊？那沒什麼！」

「還是很感謝你。」葉怡伶低下頭小聲的說：「另外我告訴你……謝淑華過年前有到我那兒去……」

「什麼？淑華她……」

「有人告訴她我開了店面，在開幕那一天她就到我那兒去了，她還帶了幾個朋友過去，也買了很多東西，我覺得……我覺得她這個人還算不錯。」

「她……我知道她對朋友很夠意思……」

「你也知道，我以前和她並沒有太大的交情，也不過是在裴思特的辦公室見了幾次面，她就來捧我的場，雖然那些錢對她來說只是小事一件，但我還是很感謝她。」

「……」

「她還問了很多關於你的事情，不過我能夠告訴她的並不太多。」

「她在探聽我的事？」

「應該說是關心比較適當吧？」

彭俊德記起了幾個星期前謝浩山和自己的談話，深吸了一口氣說道：「事實就是我和她已經分手了，她結婚了，我也盡量不和她見面。」

「不說她了，另外還有一件事，我希望你不要太震驚，真正的實情我也不太確定。」

「是什麼事情？那麼神秘？」

「我有一個朋友在台中榮總上班，她告訴我說，最近有看到蛋塔在看診，病情不太樂觀，可能……可能是癌症。」

聽到譚元茂得到癌症，彭俊德驚慌的站起來，睜大了眼睛問說：「什麼？蛋塔……癌症？」

✦ ✦ ✦

第二天一大早彭俊德就趕到台中，譚元茂看到彭俊德驚慌失措的神情，也料到彭俊德已經知道實情了。

「是半年前檢查出來的，我的鼻腔和口腔一直不舒服，看醫生吃藥也都沒有效，醫生將我轉診做徹底的檢查，後來確定是鼻咽癌。」

「怎麼會這樣子？」

「我也不知道，春華還哭了好幾天。」

「春花怎麼都不跟我說呢？」

「是我叫她不要說的。」

「你目前有做什麼治療嗎？」

「我現在正在做化療。」

「醫生怎麼說呢？」

「醫生也沒說什麼，就是繼續治療了，其他的就聽天由命……」

兩人正談著話，坐在一旁的黃春華聽到彭俊德的手機響起來，就大聲的說：「阿德你的手機響了，我先幫你接……，喂……是……好，大頭打來的，說有急事找你，你快來聽。」

電話另一頭的許仁宏有些緊張，聲音十分急促，「大衛，有兩個人說是國稅局來的，要查公司的帳，其中一個人很兇，已經在那兒開罵了，你想要將帳目交給他們嗎？」

「哪有人在這個時候查帳的？有沒有檢察官隨行？有沒有搜索票？」

「都沒有，我們公司的帳目都很清楚，讓他們查也沒關係吧？」

「沒有檢察官，好……我知道了，你趕快通知手勝的蘿拉，要她找律師到公司幫忙，再有爭吵的話就通知管區警察，請他們過來，沒有搜索票絕對不准他們查帳，另外四家公司如果有相同的情形也一樣照辦，依照我的指示，你全權處理，我馬上就回台北。」

「好，清楚，OVER！」

「蛋塔我先回台北，你多保重。」

彭俊德下了飛機就收到劉筱君打來的電話，阿傑的車子也已經在機場等他了，因此彭俊德不回公司而直接來到張鎮三的公館。

進了大廳看裏面十分熱鬧，除了張鎮三和劉筱君認識之外，另外還有一位是會計師事務所的負責人，大家都稱呼他為周董，還有一位是手勝的盧律師，和彭俊德都很熟，另外還有兩個不認識的人，劉筱君為彭俊德介紹說：「大衛，我為你介紹，這位是我們公司的李律師，不過你比較少見到，這兩位是國稅局的施主任和陳科長。」

彭俊德一一和這幾個人握手，國稅局的施主任和陳科長似乎有些尷尬。

張鎮三的面色很難看，招手要彭俊德坐在他的旁邊，並且對著國稅局的兩位官員說：「施主任、陳科長……」

「是，張老請說。」

「不是我們丰勝財大氣粗在壓人，說真的，如果哪一天你們國稅局也這樣子來查我們丰勝的帳，我們也只好認了。」

「不敢，不敢。」

「當然因為這一位是我的乾兒子，我才會請兩位到我這兒瞭解，可是不為這些私情，我今天就要請二位來評評理。」

「是是。」

「你們國稅局查帳有一定的程序，一般會先審查書面的帳冊資料，再來會詢問會計師，我可從來沒看過你們這樣子派幾個辦事員就大喇喇的跑到人家公司喊說要查帳的。」

「對不起，對不起。」

「再說也快要報稅了，現在也不是查帳的時候吧？」

「是是。」

「周董、盧律師，大衛也是你們的客戶，不知道你們對於這件事情有什麼意見？」

周會計師起身想要說話，彭俊德卻阻止了他，自己站起來說：「乾爹，這件事我來說會比較清楚，我想要請教兩位長官是不是已經完全清楚這件事情了？」

施主任很客氣的說：「還沒有，我一接到劉總經理的電話就和陳科長一起趕過來，我剛才也打電話回去要底下人立刻查清楚這件事情，我想等一下就會有消息了。」

「好，那我先報告我這邊的情形，我剛才下了飛機以後立刻打電話問了公司裏的人，我大概可以知道全部事情的始末了，首先是有兩個自稱國稅局專員的人到我公司，一個人大聲嚷嚷說要查帳，另一個人則是在一旁不說話，可是我公司的人請了律師到現場，另外也有人通知管區警察，結果那兩個人十分心虛，很快就離去了，我另外有兩家在台北市的公司和另外兩家在台中和台北縣的公司也是相同的狀況，我想請教兩位這是什麼情形？」

「這個……台北縣的我不知道，我們局裏不可能會這樣做的，如果真是這個樣子，那至少也要經過三個月的詳細調查，而且是掏空案或是犯罪型的空殼公司案件……，這次的行動我真的不……」

「好的，沒關係，再聽我分析情形，我猜測是我得罪了人，這些人可能用買的、用騙的，或是用其他的方法請了貴局的人出面，然後有一人隨行大聲吵著說要查帳，這樣有幾個效果，第一就是打擊我們員工的士氣，因為公司被查帳代表我的公司有問題，第二個就是打擊我們公司的信譽，因為這種消息很快就傳開了，可是內行人都知道只有一點是辦不到的，那就是查帳，除非是有搜索票可以扣押我們公司的電腦和帳簿，不然你們根本查不到任何東西，所以查帳並不是真正的目的，我很難過的就是我剛才說的打擊我們員工士氣和公司信譽的效果，可能已經達成了，這種損失是無法估計的。」

「這個……，彭先生請讓我回去調查清楚，如果真有人惡搞的話，我肯定饒不了他，我一定將他送政風室辦理，我……」

「不，請再聽我說幾句話，剛才的事情一共有五組十個人，但是也沒有全部出現，我猜只有少數一兩個是貴局的人，很可能只是被利用去當個幌子，沒有人有能力買通十個國稅局的人，你先調查如果那一兩位辦事員沒惡意的話，請給我一個面子不要再追究這件事情，另外我公司受損的地方可能還要仰仗兩位多多幫忙。」

施主任和陳科長兩人小聲的商量了一會兒，最後施主任肯定的說：「好，不過我們還是要回去調查這件事情，另外明天早上十一點我和陳科長可能要到貴公司泡個茶。」

陳科長也對施主任說：「主任，我們回去要先查出是誰在幕後策動這件事情。」

彭俊德阻止他們說：「不用了，我知道是誰主使這件事情，今天為了我的事太麻煩大家了，如果沒事的話，我想先送兩位長官回去。」

張鎮三點了頭，施主任很客氣的起身說：「彭先生請留步，我想你一定還有很多話要和張老說，我們就告辭了。」

看兩位國稅局的官員離開，周會計師有些生氣的說：「我也不是沒讓國稅局查過帳，可沒像這麼胡搞的。」

彭俊德笑著安慰周會計師說：「周董你也別生氣，就像你說的，這只是胡搞一場，明眼人一眼就看穿了，這件事情其實和國稅局沒有關係，只是有人利用國稅局來壯壯膽子而已。」

「大衛，乾爹今天總算看到你處理事情的手段，真是很好呀！」

「哪裏，我還真的要感謝乾爹和大姐幫忙，我也仗著周董和兩位大律師在這兒，又請了國稅局的官員來，我才可以這麼處理事情的。」

「這樣最好了，蘿拉你可別小看了大衛，他以後會有前途的。」

聽張鎮三在稱讚彭俊德，劉筱君很得意的點頭說：「那當然了。」

「剛才大衛先不得罪人，也幫國稅局和這件事情撇清關係，另外還替國稅局的辦事員開脫，國稅局也就不必自己內部查得人仰馬翻，說真的，國稅局還是不好招惹的。」

劉筱君也笑著說：「是呀。」

「另外你又暗示施主任和陳科長要幫忙處理這件事情，我想這兩天他們就會輪流到你的公司串門子、搭肩膀的，說不定還招待記者，告訴大家說你的公司沒問題，還有你堅持不讓他們查帳也很好，這事情的目的並不是在帳本上，你在第一時間就請蘿拉幫忙也是對的，如果五家公司都發生了同樣的情形，也只有手勝才有辦法在幾分鐘之內幫你請到五位律師出面。」

彭俊德有些吃驚，心想這薑果然是老的辣，自己的心思和處理的心態，竟全部讓張鎮三說中了，早就聽說過張鎮三為人精明、處事明快，自己今天才算見識到了。

張鎮三又問劉筱君說：「蘿拉，我交待傑森的事情辦好了沒有？」

「他剛才有打電話過來，他說報社那邊都交待過了，本來有兩家晚報要刊出國稅局查帳的消息，但是稿子都已經抽出來了。」

彭俊德嚇得臉色一陣青一陣白，心想：「他們連報社都買通了，真險！」

✦　✦　✦

洪明達發現電晶實業竟然遭到駭客的入侵，洪明達已經被彭俊德請到吳凱立的電晶實業上班，這一天氣急敗壞的請彭俊德過去看，原來洪明達的一個偵測程式發現到電晶實業有被入侵的跡象，很焦急的問：「大衛王，怎麼辦？」

「你看我們還能怎麼辦？」彭俊德和洪明達兩人看著電腦螢幕竟然沒有一點辦法，原來這時候一個不知好歹的駭客已經偷偷侵入了，而且正要進行一些動作。

「我上一次學乖了，所以加上了幾個監視程式，可是人家都入侵到我們的電腦，我還是沒辦法。」

「危險，這傢伙好像要烤貝我們的檔案……」

彭俊德很快的按了個鍵切斷這個駭客的連結，就這樣子暫時解脫危機，洪明達嘆了一口氣說：「我自己也入侵過別人的電腦，可是沒想到自己的電腦被別人入侵竟然這麼可怕，而我們只能乾瞪眼。」

彭俊德看一時也是沒有辦法，便和洪明達到休息室坐下來泡茶聊天，彭俊德問洪明達說：「你知道網路上有人提供破解密碼的程式嗎？另外有幾個木馬程式也很好用，我也曾經寫過幾個這類的程式。」

「這個我知道，那些東西我也用過。」

「其實有時候並不太需要破解程式，很多人將User Name也當作Password來用，也就是說他的User Name和Password是相同的。」

「這種人真是大笨蛋。」

「另外有人將自己的生日、身份證號碼、電話號碼當作密碼，有些人則是用組合的方式，這些很容易猜的密碼就佔了百分之十九，這是我從一篇文章上看到的。」

「真是的！」

「另外還有人喜歡用懶人型密碼，比如說最簡單的四位數密碼來說，根據統計，用９９９９、００００、１１１１、１２３４和８８８８的人最多。」

「天啊！」

「另外用有意義的英文字來當密碼也很容易破解，實在是防不勝防，總之除了要防駭客之外還要防內部的笨蛋。」

「大衛王你看，那兒就有一個笨蛋。」洪明達指著左邊第三台電腦上面貼著『James專用電腦』的紙條，嘆了一口氣說道：「那是助理工程師詹姆斯的電腦，他的帳號就是James，密碼我知道是James007，這笨蛋總有一天會害死人。」

「別再罵他了，我可能要花一個星期來加強我們電腦的安全，還要檢查漏洞，再寫幾個程式，這一段時間你幫我到另外四家公司看看，非必要的檔案盡量不要放在網路上。」

彭俊德又到台中出差，傍晚時分來到譚元茂的家，沒想到還沒走到門口，一隻大狗撞開門就撲了過來，彭俊德不留神竟給撞倒了，連公事包也飛到旁邊去了，彭俊德很生氣的翻過身來將大狗壓制在地上，抓著大狗的嘴上下搖晃著說：「你這隻臭狗狗！」接著又將大狗抱住，撫摸著大狗的毛皮說：「臭狗狗，臭狗狗！你怎麼會在這兒？」

原來這隻大狗就是老朋友黃金獵犬史蒂芬，看著史蒂芬搖尾吐舌，彭俊德才想到是不是謝淑華也來了？這時候小包子也跑到門口，很高興的說：「把拔，我正在跟史蒂芬玩耍。」小包子接著又小聲說道：「漂亮阿姨正在和媽媽聊天。」

彭俊德撿起公事包，進門一看果然看到謝淑華和黃春華正抱在一起，黃春華正傷心啜泣，謝淑華則是不停的安慰著她，自己也是淚流滿面。

看到彭俊德進來，謝淑華忙擦乾了眼淚說：「俊德，你怎麼也來了？」

剛經過國稅局查稅的事，彭俊德心情不好，不太想要理會謝淑華，只是冷冷的回答：「我到台中出差，順便過來而已。」

「我……我是聽說，蛋塔他……」

「他的事我知道，我也幫不上什麼忙。」

「春花雖然很堅強，但是這種事情打擊太大……」

「我知道。」

黃春華看彭俊德和謝淑華說話的氣氛不太好，便故意走開想要讓他們兩人獨處，謝淑華又問彭俊德說：「聽說我父親有找過你……」

「那已經是年初的事情了，他也不是有意找我，我們只是在餐廳遇上了。」

「他說了什麼嗎？」

「他要我別再和妳見面。」
「妳怎麼說？」
「我沒有理他。」
「我知道他的脾氣不太好，可是我……」
一提到謝浩山，彭俊德心裏就有氣，不太高興的說：「我不是他的兒子，也不是他公司的員工，他管不著我。」
「俊德……，你還在生我的氣嗎？」
「生妳的氣？有什麼好生氣的？」
「我是說我結婚的事……」
「都已經是六年前的事情了，就不要再提了吧！」
「……」
看謝淑華默默不語，彭俊德也覺得自己有些過份，但還是冷冷的說：「上一次我有告訴妳父親，要他好好照顧妳，我說你的婚姻並不幸福。」
「他怎麼說？」
「他不喜歡我管妳們謝家的事情，我也覺得我太多事了。」
看彭俊德的態度很不友善，謝淑華有些生氣的說：「對不起，我要走了。」
在旁邊玩耍的小包子問謝淑華說：「阿姨，妳為什麼要走了？」
謝淑華眼眶含淚，輕聲的告訴小包子說：「叔叔不喜歡阿姨，所以阿姨要走了。」
小包子生氣的搖著彭俊德的手問說：「把拔，你為什麼不喜歡阿姨？你不要讓她走嘛！」
「臭包子，你阿姨有事情要先走，關我什麼事？」

謝淑華很不高興，用紙巾擦拭了眼角的淚水，就帶著史蒂芬離去。

晚上，彭俊德和小包子正玩遊戲，桌上放著一枝玩具藍波刀，兩人正在猜拳，「剪刀、石頭、布，哈哈你輸了。」

小包子猜拳輸了就站起來轉身背向彭俊德，彭俊德拿起桌上的玩具刀就往小包子的屁股刺了一下，小包子摸著屁股大聲叫道：「哎呀，好痛好痛，再來。」

「剪刀、石頭、布，哈哈這次換你輸了，你完蛋了。」

彭俊德站起來，小包子也是用玩具刀往彭俊德的屁股刺下去，沒想到這次這次用了很大的力氣，彭俊德痛得大叫：「唉！痛死我了，臭包子你怎麼刺這麼大力！」

「哈哈，我本來就很有力氣的呀。」

「好，再來玩，等一下我要刺你更大力。」

「誰怕誰……」

黃春華切了一盤水果過來，一進客廳就看到這兩個活寶玩在一起，黃春華對譚元茂說：「這兩個人真無聊。」

譚元茂笑了笑，很大聲的說：「你們兩個，快來吃水果。」

小包子拿著玩具刀耀武揚威的說：「我是鹹蛋超人，我不吃水果。」

「臭包子，亂說話。」彭俊德說著就抓了小包子到沙發上坐了下來。

看譚元茂身子日漸消瘦，彭俊德心裏非常難過，但是也說不出安慰的話。

譚元茂指著放在桌上的一份文件對彭俊德說：「阿德，你這草案我看過了，原則上應該可行，可是十幾個建議都太瑣碎了。」

「這也是沒辦法的事，吳先泰成立幾家小公司來挖我的牆角，我不能不回應，我這一陣子經營得很困難。」

譚元茂又將文件拿起來看，用紅筆在上面作了記號，又對彭俊德說：「可是真正實行起來也有一些困難，有幾點是很不錯的意見，首先你將裴思特的客戶嚴格限制在三大行業是很可行的辦法，這樣子你們就是這一部分最專精的行家，久而久之你們的口碑打出去，對手就很難再和你們對抗，另外將一些穩定的客戶故意洩露出去，對手的業務員再努力也搶不到案子，只會白作工，但是哪些是穩定的客戶？你就肯定這些客戶不會跑掉？」

「有一些客戶是手勝的子公司，這是跑不掉的客戶，另外黃會長和陳天賜董事長介紹來的客戶也很穩定。」

譚元茂滿意的點頭，又接著說：「你這幾項……加強售後服務、人員再訓練都很好，後面的壓低價格、裁員、保守經營都是一些爛主意，我可不贊成。」

「這都還是草案，還沒有做最後的決定。」

「我倒是有個建議，你們或許可以暗地裏調查，看對手在挖你們牆角的時候，有沒有用非法的手段。」

彭俊德不解的問說：「這有用嗎？」

「他們可能用違法的方式來搶客戶，也可能散佈你們的謠言，甚至會對你或公司的人員作惡毒的人身攻擊。」

「喔？抓到了，難道要告他們嗎？」

「對，如果他們犯了法，難道不告他們？而且要長期抗戰，要長時間收集資料，到時候從董事長到員工都請他們上法庭，連掃地的工友都要告進去。」

「你這意見是很好，可是連工友都要告？他們也只不過賺一些微薄的薪水，這不太好吧？」

「別管這個，在法官作出判決之前都可以撤回告訴，總之這是一個手段。」

「對，告到他們關門大吉。」

黃春華問彭俊德說：「阿德，小包子能不能和你去台北玩幾天？」

「可以呀！可是怎麼會……」

「我怕你會不方便，我知道你在台北很忙。」

「我不方便的話會跟你直說。」

譚元茂笑著說：「我和春華想要跟旅行團到日本玩幾天，本來是要讓小包子到我大哥那兒住的，可是他吵著說要和你去台北玩。」

「好吧，我就帶你去台北玩吧，臭包子。」

小包子也吐了舌頭說道：「臭把拔。」

黃春華又問說：「對了，你明天不是有空嗎？」

「明天我有空，我的事情已經辦好了。」

「前一陣子我和珊珊通電話，雖然她沒有說什麼，但是我感覺到她最近過得不太好，你能不能幫我去看看她。」

「珊珊？好久沒看到她了。」

「她畢業後就回到老家找工作，一直沒有離開過台南，我和她也沒見過幾次面，電話中和她聊天……，我猜她的近況不是很好。」

「好，我明天就到台南看她，對了，等我一下。」

彭俊德拿出手機撥了一通電話出去，「偉民嗎？我是大衛……，搞定了嗎？，好……我明天要到台南找珊珊，你要不要一起去？……，明天早上十一點火車站見面，好，OVER。」

譚元茂問說：「你找偉民一起去嗎？」

「是啊，大家都是熟人，偉民人在高雄客戶那兒，我們明天到台南會合，我還可以搭他的便車回台北。」

「大衛、偉民，我好愛你們喔！」林怡珊看到許久不見的彭俊德和周偉民來訪，激動得將兩個大男生抱住。

周偉民故作姿態的說：「放手，妳這樣子多難看，這裏是火車站呀。」

「臭偉民，還裝正經，竟然那麼久都不來看我，你好大的膽子。」林怡珊生氣的擰了一下周偉民的耳朵，又看到旁邊的小包子，林怡珊故作冷淡的說：「小包子你怎麼也來了？跟屁蟲。」

「臭阿姨，妳也是跟屁蟲。」

林怡珊忽然將小包子抱起來，不停的親吻小包子的臉頰，「小包子，我好愛你唷，我好喜歡你唷。」

小包子掙脫不開，只好求饒的說：「救命呀！救命呀！」

彭俊德很關心林怡珊的近況，便問她說：「別鬧了，妳最近都在做什麼？」

林怡珊喜歡作弄小包子，最後還用牙齒咬了小包子的臉頰才將他放下來，轉過來對彭俊德說：「我哪有做什麼？還不是早上上班，晚上回家吃飯，你們都不來找我玩，我都快悶死了。」

周偉民用手指著林怡珊的頭說：「悶死了？妳這個臭傢伙怎麼可能悶死了？妳一定常常去打桌球，也常常跑去跳舞吧？」

「哪有呀？我的朋友都在台北，又沒有人找我打球，不過去年我們公司辦舞會，雖然沒有男生找我跳舞，可是我找了幾個女生，我們自己跳自己的，跳得好瘋狂，那一次真的好快樂。」

「臭珊珊，有舞會竟然沒有叫我，在台北的時候，我哪一次跳舞沒有叫妳去？妳這個傢伙真是無情無義。」

「誰說沒有？我明明有叫你，是你自己不來的，還敢怪我。」

「妳什麼時候叫我了？」

「有呀，那時候我就這樣子……」林怡珊很小聲的說：「偉民，你在哪兒呀？我是珊珊，我在叫你呀！」

「妳那麼小聲，我人在台北哪聽得到呀！」

「不管，反正我有通知你就是了，不來是你的事情。」

彭俊德看周偉民和林怡珊說話覺得很好玩，也假裝正經的說：「好了，沒時間了，我們快一點走吧！」

「走？要去哪兒？」

「去台北呀！」

「什麼事要去台北？」

「妳不知道嗎？我們和妳媽媽商量好了，要送妳到台北結婚。」

彭俊德開的玩笑雖然很誇張，想不到林怡珊竟然相信了，便問說：「真的嗎？跟誰結婚？」

「跟肥仔結婚。」

「什麼？」林怡珊先是愣了一下，才想到彭俊德是在開玩笑，生氣的用拳頭搥打彭俊德，還大聲的罵道：「臭阿德竟敢消遣我，別以為我不知道肥仔已經結婚了，看我不打死你才怪！」

彭俊德和周偉民請林怡珊吃午餐，因為回台北的路程比較遠，便不再耽擱時間，送林怡珊回家之後就一路開往台北，想到剛才林怡珊還一直生著自己的氣，彭俊德不解的問周偉民說：「珊珊怎麼會生那麼大的氣？」

「你不知道呀？現在可不能跟她開有關結婚的玩笑。」

「為什麼？以前我們也經常開玩笑。」

「她可不喜歡你這個玩笑，珊珊的媽媽每天都煩著要她趕快嫁出去，她也相親了十多次，可是都沒有成功。」

「你怎麼知道？」彭俊德心想林怡珊外表並不出色，相親不成也是理所當然的事。

「我偶而會打電話給她，跟她問個好，畢竟大家都是好朋友。」

「她也太可憐了吧？每天被人家啐啐唸，也難怪她會這麼生氣了。」

周偉民突發奇想的問彭俊德說：「要不要叫她到台北來？」

「叫她來上班嗎？我怕沒有好的職缺給她。」

「隨便幫她找個工作也好，她現在一個月才領一萬六仟元。」

「可是她這麼多年都是做會計的工作，我們目前又不缺會計。」

「先把她騙到台北再說，她在台南真的過得很不如意。」

「好吧！就這麼辦，春花要我來台南看她，其實也是要我多照顧她，偉民這件事就交給你，她的工作我來設法好了。」

✦ ✦ ✦

兩天後林怡珊到了台北，最高興的人是劉筱君，兩人見了面竟然相擁而泣。

彭俊德看到兩人這個樣子，搖著頭說道：「我的天呀，好像是在演電影。」

陳智豪也開玩笑的說：「對呀，我結婚以後還沒有看到蘿拉哭得這麼淒慘過。」

張鎮三看劉筱君和林怡珊有著說不完的話，便將彭俊德叫了過來，問說：「大衛，上次的事情因為有外人在，所以乾爹也沒有當場問你，上次查稅的事情，是不是謝浩山主使的？」

一提起謝浩山，彭俊德內心十分的痛苦，但也是很冷靜的回答說：「我想應該不是，我最近一次和謝浩山見面雖然有些不愉快，但是憑他謝浩山還不致於和我這個小角色為難，我就怕他的一些下屬可能對我不太諒解。」

「我想也是，謝浩山不會用那麼笨的方法，不過即使是他手下人做的事，這筆帳也要算到他的頭上。」

「後來那位辦事員親自來向我道歉，他也是被人騙了，那件事情我想就這麼算了。」

「好吧，如果再有緊急事情就通知蘿拉一聲，她會幫你的忙。」

「乾爹，我知道了，上次也是請她幫忙的。」

張鎮三很滿意的點了點頭，這時候劉筱君拉著林怡珊的手走過來對彭俊德說：「大衛，我想請你幫珊珊找個工作，最好就是在你的公司。」

「沒問題，我會幫她找個適合的工作。」

「她在我這裏有些不方便……」

「她不是說好了要住妳家嗎？」

「她當然是住我家了，我說的是工作上有些不方便，你幫忙安排一下，今天先讓她到妳那兒玩玩，她聽說幾個老伙伴都在台北，興奮得不得了。」

「好……」

彭俊德話還沒說完，就聽到小包子慘叫一聲：「哇！嗚……，筑筑姐姐欺負我……，哇……」

彭俊德嚇得衝出門外去看，本來小包子和小筑筑還在庭院玩耍，這時候只看到小包子一邊逃跑一邊抱著頭痛哭，彭俊德趕忙將小包子抱起來，這時候小筑筑也追過來，揮舞著拳頭說：「臭包子，打死你！」

彭俊德不瞭解這兩個小孩子怎麼會發生爭執，便問說：「別打了，你們怎麼了？」

「小包子他用刀子刺我的屁股。」

待彭俊德和林怡珊離開以後，張鎮三不解的問劉筱君說：「蘿拉，手勝也有很多工作機會，珊珊在我們這裏工作不是更方便嗎？」

「不，珊珊是我從小看到大的，她的性子活潑調皮，不適合在我身邊，裴思特那一票年輕人和她都是好朋友，她在那邊會很快樂的。」

陳智豪不贊同的說：「好朋友？可惜又不是男女朋友。」

「沒關係，我也不強求了，只要珊珊快樂就好，其他的就隨緣了吧。」

✦　✦　✦

彭俊德一時沒有合適的工作給林怡珊，又想著自己過於忙碌，便將林怡珊安插在周偉民的偉翔公司，實際上卻是彭俊德的貼身秘書。

可是林怡珊到台北工作還不到兩個星期，公司又傳來不幸的消息，裴思特和偉翔公司在半夜裏被人撬開大門，並且砸壞所有的電腦，電腦不但外殼被打壞，連裏面的零件也被打得七零八落。

彭俊德接到通知就火速趕到公司，看到現場被破壞成這個樣子，彭俊德的心都涼了一半：「怎麼會這樣？」

「完了，剛架設好的伺服器，全完了。」周偉民看著滿地的廢棄零件，真是欲哭無淚。

彭俊德說：「這一陣子我們防得嚴，駭客無法入侵得逞，沒辦法經由網路破壞我們的電腦，沒想到竟然會用這個方法。」

「其實電腦再買就有了，可是裏面都是很有價值的資料，這下子所有的資料全完了。」

林怡珊也很難過的問說：「大衛，裏面的資料真的救不回來了嗎？」

彭俊德頻頻抓著頭髮苦思著，過了十分鐘終於肯定的點頭，轉身對著林怡珊說：「就這麼辦，珊珊妳去訂一張到美國的機票，偉民要馬上趕到美國去。」

「要不要先報警？」

「妳不說我倒是忘了，妳等五分鐘再報警，我先打個電話……」彭俊德拿起電話撥了出去，「……喂，公道嗎？我是大衛，要請你幫個忙。」

三天以後，周偉民在美國打電話回來說：「硬碟只有少部分受損，一些重要的資料全部救回來了。」

接到周偉民的電話之後不到二十四小時，彭俊德也接到快遞公司送來的光碟片。

周偉民不在，因此彭俊德請洪明達幫忙重新安裝所有的電腦，陳智豪也來到裴思特，陳智豪是裴思特和偉翔這兩家公司的大股東，因此也十分注意這件事情的發展，便問彭俊德說：「你是怎麼辦到的？硬碟不是都被敲壞了嗎？」

「在美國有人專門拯救這種被嚴重破壞的硬碟，所以我就要偉民帶著毀損的十五顆硬碟到美國，我利用時間聯絡一家專門拯救毀損硬碟的公司，另外我也詢問美國生產硬碟的原廠，他們也有這種服務，而且硬碟原廠願意優先幫我們處理，偉民一下飛機立刻就和我聯絡，我要他轉機到加州，另外在加州我聯絡了當地的計程車，再坐三個小時的車子就到了硬碟原廠，我想硬碟受損可能不太嚴重，因此美國方面也沒有花太多時間就將資料救了回來，偉民覺得以快遞將光碟送回來會比較快，因此光碟已經到了，可是偉民卻要明天中午才會回來，他手上還有備份的光碟資料。」

「那接下來呢？」

「紅螞蟻已經將所有的電腦和線路安裝好了，我會再利用時間將全部資料檔回拷到電腦裏去。」

陳智豪看一旁的洪明達正在忙著，也不打擾他，又對彭俊德說：「看來有人專門和我們過不去，可要小心一些才好。」

聽陳智豪這麼說，彭俊德也是心有同感，便對林怡珊說：「珊珊，我說的事情你要清楚的記錄下來，我們要請保全公司二十四小時防衛，五家公司全部都要自行安裝保全系統，想辦法進口一些比較先進的數位攝影系統，每一家公司內外至少要裝八台攝影機，全部都要隱藏式的，所有門窗全部換過，要有防火防盜功能，所有人員進出一律刷卡。」

這時候楊宏道來到偉翔網管公司，林怡珊對彭俊德說：「大衛，楊警官找你……」

「公道，不好意思，真是麻煩你們了。」

「別這麼說，這是我們的工作……，不過事情不妙，我們鑑識組的同仁在門片、樓梯扶手和桌面上都找不到指紋，連你們公司員工的指紋也沒有，也就是說歹徒在作案時很細心的不留下任何證據，許多重要的地方都經過仔細擦拭，才會找不到指紋。」

「看來這些不是一般的小混混。」

「我另外在大樓的監視器印出這一些畫面。」楊宏道拿出幾張印表紙，上面印了幾張監視器拍攝的影像，都是四分割的畫面，畫面並不清楚，楊宏道接著又說：「兩家公司都只有出現一個歹徒，而且十分鎮靜，他們在經過攝影機時故意將臉孔遮住，因此看不清楚。」

「怎麼可能？都只有一個歹徒？」

「人多當然好辦事，可是從別的角度來說，人多也可以壯膽，所以說這兩個人各自單獨犯案，是很冷靜兇惡的歹徒。」

看著不清楚的印表紙，彭俊德嘆了一口氣說：「那也沒辦法了。」

「我在附近的便利商店也找到一些資料，有兩個人可能就是歹徒。」楊宏道又拿出幾張印表紙出來，有兩張是在商店門外，但也都不太清楚，但是可以看到臉部的輪廓，比剛才那幾張印表紙有用多了。

楊宏道又說：「這幾張雖然不清楚，但是對於我們警方來說也算是可以參考的資料了，我找了幾個同事指認，我們認為這兩個人不是台北地區的不良分子。」

「不是台北地區的……」彭俊德心想歹徒留下的線索太少，警方也已經盡了全力幫忙，便對楊宏道說：「公道，真是謝謝你，警方真的幫了很大的忙，我還要再做一些補救的措施，改天再到你那兒泡茶。」

「好，我先走了，這幾個人可能還會再犯案，你要小心。」

等楊宏道離去之後，彭俊德問林怡珊說：「我們這次的損失有多大？」

「我這兒有兩家公司會計報上來的資料，表面上可以統計的就有三百七十萬，包括財務直接的損失和支付客戶延誤違約金。」

「天呀？三百七十萬？」

「這還不包括無形的損失，我們工作進度延誤，客戶流失，甚至有幾個員工因為害怕而想要離職。」

「這下子損失慘重了！」

正忙著上網的洪明達忽然說：「大衛王，我猜很可能是眼鏡蛇。」

彭俊德也很緊張的問說：「你是說入侵我們的傢伙嗎？」

「沒錯，我這一陣子一直監視著一些駭客喜歡去的網站和討論區，有人在討論入侵主機台和防護的方法，其中有幾則留言提到我們電腦的防護程式，我看到眼鏡蛇經常出現，真的很可疑。」

「有沒有比較直接的證據？」

「我們是駭客，又不是檢察官，要抓他不需要直接的證據，不過有空我試試看能不能抓出眼鏡蛇的電腦主機。」

「這件事我來辦就好了，你先去忙裴思特和偉翔的事。」

「我知道了。」

洪明達心想：「大衛王親自出馬，眼鏡蛇死定了。」

✦　✦　✦

十一月份的台北已經有了些許涼意，從美國忙完的周偉民回到偉翔網管公司已經是晚上十點鐘了，想不到公司裏面燈火通明，還有人在忙著，周偉民進門就看見洪明達正聚精會神的看著電腦，彭俊德坐在他的旁邊，林怡珊也站在一旁，彭俊德指著電腦螢幕說：「這封信很可疑。」

周偉民好奇的湊了過來，洪明達回過頭對周偉民說：「偉民你回來了？」

「我剛回來，你們在做什麼？」

「這是大衛王昨天從眼鏡蛇的電腦所下載的信件，我們懷疑前一陣子公司發生的事情可能就是眼鏡蛇在搞鬼。」

「眼鏡蛇？你是說台灣最近掘起的那個電腦駭客？你們入侵他的電腦？」

彭俊德回答說：「沒錯，我猜可能就是他，就花了一些時間侵入他的電腦，也下載了一些檔案，你們兩個人注意這封電子信。」

周偉民注意著彭俊德指的那一封電子信，在幾千封電子信件裏並不起眼，周偉民懷疑的問說：「這個只不過是美國的一個公用帳號，沒什麼可疑吧？」

「這是一封急件，又是最近的日期，快打開來看。」

洪明達唸著信件上的標題說：「這信只有主旨是『Emergency, 10k is ok ?』可是沒有內容，也沒有附加檔案，這是一封空包彈。」

「這是什麼東西？我怎麼看不懂？」周偉民也看不懂這封信。

彭俊德不理他們，只是說：「再查收信欄看看有沒有相關的信件。」

「有一封回信，主旨是『Re: Emergency, 10k is ok ?』，我看信的內文，有了……是，『What can I do for you ? Zeus.』」

三人齊聲叫道：「宙斯？」

林怡珊奇怪的問道：「你們怎麼了？宙斯是什麼人？」

三人面有難色，彭俊德說：「宙斯是一個很厲害的電腦駭客，有人說如果全世界只有一個電腦駭客的話，那個人就是宙斯。」

洪明達也跟著說：「沒錯，他自稱是美國電腦駭客的教父。」

林怡珊不解的問：「真的有那麼強嗎？」

「若是論網路上的功力，我和偉民已經很厲害了，大衛王又比我們兩個人要強得多了，可是根據網路上的傳言，宙斯絕對比大衛王還要厲害。」

周偉民也說：「沒有錯，這個人絕對是網路上一等一的高手，我在美國讀書的時候就聽過他的名字，相傳這個人是普林斯頓大學數學系的天才學生，大四讀完教授希望他能夠再讀研究所，可是他很瀟灑的拒絕，因為他在大學裏已經將所有學校開的碩士博士課程讀光了，另外他在大學期間研發了一些有關加密、壓縮、三度空間計算和其它許多特殊的理論和程式，也有很多家大公司買下他的專利，為他賺進一輩子用不完的錢，可是他的興趣並不在賺錢，他畢業以後，傳說他入侵了所有銅牆鐵壁的網站，但是沒有任何的前科記錄，所有的網管工程師對他都恨得牙癢癢的，他最喜歡的就是入侵再入侵。」

「可是他人在美國，怕他幹嘛？」

洪明達苦笑的說：「不怕？我光是聽到宙斯的名字就頭皮發麻，大衛王，有沒有什麼法子，這個宙斯可是又狠又難纏的。」

彭俊德也是十分的煩惱，無奈的說：「其實我也曾經和宙斯交過手。」

「喔？」

「那是大約兩年前的事情了，我那時正在研究網路安全的問題，就試著侵入國內一些金融機構的網站，竟然發現國內所有的金融機構網站都被宙斯入侵了，我發覺事態嚴重，就想要發信警告那些金庫、銀行。」

「那後來呢？」

「我考慮到我是幾家公司的負責人，而且我們的客戶大大小小就有幾百家，我得罪不起宙斯，因此我立刻用假身份申請了一個美國的公用帳號，並且用那個帳號發出一百多封警告信，也不敢用大衛王的名字，只好署名幽靈王，事後再將那個公用帳號銷毀。」

「那這樣宙斯就不知道了嗎？」

「幸好沒讓他查出來，其實那也不算和宙斯交手，只能說是躲閃著他，說真的，他太可怕了，我真的不是他的對手。」

「那怎麼辦？」

彭俊德也是十分的煩惱，無奈的說：「要和宙斯鬥法是不可能的事情，要防護的話只有將網路線拔了。」

林怡珊又問說：「宙斯再強也只不過是善於入侵他人的電腦吧？」

「其實當一個電腦駭客，大家各憑本事，每個人會的技巧多少都有些不同，不過宙斯是公認高手中的高手，更可怕的是宙斯這個人似乎是個偏執狂，他要是對某一台電腦產生了興趣，他可以豁出去一切跟你死纏爛打，聽說美國有好幾家銀行為了他而大幅修改網路的安全系統，他是不折不扣的大魔王。」

「那10k是什麼意思？」

洪明達驚聲說道：「會不會說的是錢？」

周偉民也點頭說道：「如果指的是錢，那可能就是一萬美金了。」

彭俊德也說：「我的天呀，花一萬美金請宙斯來對付我們？」

「一萬美金可能只是個開頭，雙方的價碼還會再調整，我們要做好事先的防範措施。」

「好，當務之急就是先做好防範措施，偉民你試著和宙斯聯絡，請他放過我們，一萬美元我們也可以支付給他。」

聽到彭俊德這麼說，周偉民和洪明達都十分難過，這種妥協已經是投降了，可是要和這個宙斯對抗，三個人可是一點辦法也沒有。

彭俊德心裏更是難過，心想這麼多年來，電腦有了問題的話，大家都會來找自己解決，可是彭俊德自己呢？想起以前照顧自己、幫忙自己解決問題的人，有陳興國、有乾爹張鎮三、有黃順天、有劉筱君、有譚元茂，可是今天出現的這個宙斯可是人見人怕的大魔王，說起在網路上的功力，自己也是自嘆不如，可是又要到哪兒求救兵呢？

✦　✦　✦

台北又是冷颼颼的天氣，彭俊德和阿傑一起跑到楊宏道家裏泡茶聊天，三個人一直聊到晚上十一點半，彭俊德的手機響了起來，是洪明達的聲音：「大衛王，剛才倉庫的警報響起來了，不知道是不是遭小偷了。」

「你打電話問保全公司了沒？」

「保全公司已經派人過去查看了，你要不要也過去看看？」

「好，我馬上過去。」彭俊德心想凡事還是小心為要，便起身對楊宏道說：「公道，我還有事情要忙，我就先走了。」

「好吧，都這麼晚了，以後有空常過來坐。」

阿傑拿起放在桌上的汽車鑰匙說：「好吧，大衛我們一起走，坐我的車好了。」

阿傑開車送彭俊德來到台北縣一處由電晶實業公司所承租的倉庫，洪明達也剛好坐計程車到達。

因為天氣寒冷，附近的住家大都已經關燈閉戶，阿傑看巷子狹小，便對彭俊德說：「大衛你先下車，我去找個地方停車。」

洪明達看到彭俊德走過來，蜷縮著身子說道：「大衛王，保全公司打電話來說可能是假警報，他們半小時前有進去查看過，並沒有什麼異狀，我們要不要進去看看？」

「既然都來了，進去看看也好，後天就要出貨，可別出事了，倉庫裏面放的可都是最高檔的五點一聲道音響，貴得很呢。」

洪明達用遙控器打開鐵捲門，兩人進入倉庫，裏面十分漆黑，彭俊德在牆壁上找到開關，電燈打開之後滿室明亮，只見裏面是一整倉庫的貨物紙箱。

洪明達看沒有什麼狀況，不解的說：「沒什麼呀，大概是警報器太敏感了吧？」

彭俊德也覺得倉庫已經加裝保全系統，應該不會有事才對，可是這時竟然聞到一絲絲的怪味道：「咦？裏面有怪味道。」

洪明達也聞出是汽油的味道，忙大聲叫道：「不好，是汽油！」

說時遲那時快，靠倉庫較遠的內側已經哄然一聲，裏面又再傳來兩三聲小爆炸的聲音，不到幾秒鐘倉庫後方竟然燃起了雄雄大火，彭俊德情急之下大聲喊叫：「有火，找滅火器……」

洪明達忙四處張望，這時看到右側牆壁掛著兩只滅火器，便衝過去要拿滅火器，彭俊德也跟著過去，洪明達跑了三四步遠，不留防從疊了七八尺高的紙箱右側跳出一個人來，這人持一把尖刀就往洪明達的腹部刺下去，洪明達應聲倒了下來，彭俊德慌忙上前一步將洪明達抱住，就在彭俊德還來不及作出反應的時候，從左側又閃出一個人來，這人手裏抓著一根鋁棒就往彭俊德的額頭用力打去，彭俊德本能的用左手遮住頭臉，可是已經來不及了，只覺得左手臂和頭上一陣劇痛，身子往後一仰，頭上已經血流如注，昏迷之中彭俊德聽到兩個人的對話。

「是穿西裝的這一個，想不到他自己會送上門來……」

「不行，現在兩個人都要幹掉才行……」

迷迷糊糊的意識裏，彭俊德只記得公司電腦被駭客入侵、兩家公司電腦被侵入的歹徒破壞、倉庫大火、洪明達被人用尖刀刺中腹部……

彭俊德忽然驚醒，勉強睜開眼睛，一時只能看到白茫茫的一片，又想起洪明達被尖刀刺中的慘狀，彭俊德不禁大聲的狂吼：「紅螞蟻！紅螞蟻！」

生怕彭俊德太過激動，洪明達用力抓住彭俊德的雙手說道：「大衛王，我在這裏，大衛王，我是紅螞蟻。」

彭俊德用力掙開洪明達的雙手，用手撫摸著洪明達的臉龐，這時彭俊德的視覺也漸漸恢復正常，只見洪明達滿臉淚水，不停的說著：「大衛王，是我。」

看洪明達似乎沒事，彭俊德止住激動的情緒，顫聲的問道：「紅螞蟻，你……你還好吧？你沒事？」

「我沒事！大衛王，我很好，我沒事。」

彭俊德覺得頭痛欲裂，還是勉強坐起身來，再看自己右手腕有一條注射的管線，這才知道自己正在醫院裏，醫生和護士也在一旁，護士正忙著將病床調整成斜躺的角度。

彭俊德看洪明達沒事，卻仍是止不住淚水，問洪明達說：「紅螞蟻我以為你已經……」彭俊德說著還用手摸著洪明達的肚子。

「他們沒有……，我沒有怎麼受傷，我的傷並不嚴重。」洪明達說著還掀起衣服給彭俊德看，彭俊德看洪明達的肚子只有一個很小的傷口，上面縫了幾針，再看洪明達正坐在病床上安慰自己，看來他的傷勢果然並不嚴重。

「你沒有……」彭俊德覺得全身酥軟，話還沒說完人又昏倒了。

「醫生，我們總經理怎麼了？」

「他沒事，我怕病人太激動，我剛才在他的靜脈滴管裏注射一針鎮靜劑，他會睡上幾個小時。」

「那他的情況呢？還好吧？」

「他的情況並不嚴重，還好他用左手擋去了球棒大部分的力量，可是左手和左額頭還是有很重的傷勢，顱骨沒有破裂，也只有輕微的腦震盪，可說是不幸中的大幸了。」

到了晚上，一些人聽說彭俊德的傷勢穩定，便都來到病房探視，周偉民坐在彭俊德病床旁邊，黃順天、楊宏道、阿傑也都在彭俊德病床的四周或坐或立。

周偉民看彭俊德的狀況比白天的時候還要好一些，便輕聲說道：「大衛，我想只有跟你報告實情，才能讓你安心。」

「你就挑重要的說明好了。」

看彭俊德雖然是在閉目休息，但卻是臉如寒霜面帶殺氣，周偉民心裏不禁打了一個冷顫，只好溫聲的說道：「昨天有兩個歹徒在我們倉庫後面將鐵皮鋸開一個洞，那個洞又用紙箱遮住，所以保全人員才沒有發覺，因此可以確定歹徒並沒有從正門入侵，另外潑汽油燒我們庫存的事情你都知道，這件事情警方已經在處理了。」

彭俊德輕輕的點了頭，周偉民又繼續說道：「紅螞蟻和你受到攻擊之後，正好阿傑趕到，兩個歹徒看無法得逞便一起逃走了，阿傑看到你受傷嚴重，而且火勢很大，決定先將你和紅螞蟻送醫，他在路上通知了保全公司、警察和消防隊，但是沒有叫救護車，這是我簡單的報告。」

彭俊德點了點頭，睜開眼對著坐在床尾的楊宏道說：「公道，警方有什麼消息嗎？」

楊宏道從手中的紙袋裏拿出一支長二十幾公分的短刀說：「這支刀子是我向台北縣警察局刑事組借出來的，這就是刺傷紅螞蟻的尖刀，刀刃部位雖然只有十二公分長，但是兩面開刃十分鋒利，中間又開了很深的血槽，是專門用來殺人的刀子，但是刀子上也沒有驗出指紋。」

楊宏道將短刀拿給彭俊德觀看，又繼續說道：「因為是大冷天，紅螞蟻穿了很多衣服，尖刀直接穿透紅螞蟻穿的厚牛皮大衣、兔毛襯裏、長毛衣、小羊皮背心、絲質襯衫和內衣，可是刀子並沒有真正的傷害到紅螞蟻。」

「刀子不是刺到紅螞蟻了嗎？」

「並不嚴重，因為天氣很冷，紅螞蟻穿的衣服都很厚，雖然刀子刺中紅螞蟻的肚子，但是力道已經沒了，紅螞蟻肚子傷口只有一公分深，醫生幫他消毒以後在他的肚皮上縫了幾針就要他出院了。」

楊宏道又拿出幾張照片給彭俊德，接著又說：「有幾張照片是偉民中午拿給我的，這是你們公司自己裝設的紅外線攝影機拍到的畫面，雖然是黑白影像，但是都很清楚。」

彭俊德看著手中的照片，很清楚的顯示有兩個人在公司的倉庫裏走動、灑汽油，刺殺洪明達和自己，最後一張則是兩個歹徒正要走進一輛汽車逃走，兩人的臉上都有血跡，想必是被阿傑打傷出血的。

彭俊德將照片收起來並不還給楊宏道，「公道，我欠你的人情太多了，這些照片我先不給警方，有些細節我等一下再跟你說。」

彭俊德看吳凱立拿著一疊資料，想必有事情要說，便問吳凱立說：「查理，公司的損失統計出來了嗎？」

吳凱立拿了兩張詳細的火災損失表，用手指著上面的幾行數字說道：「倉庫直接火災的損失有兩千兩百多萬，火災保險了一千萬，保險公司答應全額理賠，因此實際損失有一千兩百萬，另外明天要交的貨物全燒光了，我聯絡了生產工廠，他們答應明天中午以前可以提供百分之三十的出貨給我們，另外我也已經向同業調到百分之四十的貨，可以暫時應急，不足的部分必須和那些大盤商來商量了。」

「調貨多出的貨款和延遲交貨的賠償金呢？這些都是很大的損失。」

「我先不想到這個，我想先將公司的信譽穩住要緊。」

「很好，可能需要一些資金來因應，公司還有錢嗎？」

「公司裏還有兩百萬元，我私人還可以拿一百五十萬元出來，傑森也已經調來了三百萬元，銀行方面很保守，可能暫時沒辦法借到錢，我估計這一個星期內要調用的資金就需要一千五百萬元，這可能有些困難。」

彭俊德看到黃順天坐在一旁，就對著吳凱立說：「那你是建議要用借貸還是找人增資的方式來渡過難關？」

「我是傾向先用借貸的方式，現在發生這種事，找人增資不太恰當。」

「好吧，我會給你一些電話號碼，你試著借借看吧，有些人錢很多，就是一毛不拔。」

黃順天看彭俊德瞧著自己在說有人一毛不拔，很生氣的說：「你是說我嗎？你這個傢伙，三年開了五家公司，也不找我合夥，這算什麼朋友？還敢說我一毛不拔？」

彭俊德看黃順天真的生氣了，只能好聲的說：「好了，別生氣了，現在請你幫忙行嗎？」

黃順天這才釋懷的笑說：「幫忙是沒問題，不過我想增資入股。」

讓黃順天增資入股正合彭俊德的意思，只是事情會比純粹借貸要複雜得多，自己也不能完全做主，彭俊德便對吳凱立說：「查理，你找傑森和黃董商量這件事吧，公司就全權交給你們兩個人，我不太舒服，想休息一會兒。」

黃順天看彭俊德有些疲累，便說：「好了，有什麼事情明後天再說吧，你也該休息了。」

黃順天說完便招呼眾人，示意大家要早早離去。

彭俊德也不好意思讓大家都在醫院陪自己，便對著眾人說：「謝謝大家，偉民、公道你們兩位請留下來。」

眾人離去之後病房只剩下彭俊德、周偉民和楊宏道，彭俊德對楊宏道說：「公道，我有事要拜託你。」

「什麼事？」

「這件事情我知道鬧得很大，但是我想要自己處理，不過有些事還是要請你幫忙。」

楊宏道很氣憤的說：「不行，這事情鬧得太大了，我也不願意放過他們。」

「不，讓警方出面就太便宜他們了，我想用自己的方式來處理，如果我再不行的話，那時候再請你幫忙。」

看彭俊德十分堅持，楊宏道只好說：「好吧，我可以答應你，不過我先告訴你，台北縣的警方很重視這件事情，他們的刑事組也已經著手調查，我可阻止不了他們的行動。」

「你肯幫忙就好了。」彭俊德這才將剛才的照片交給楊宏道，接著又說：「公道，你將這些照片拿去，看能不能找出來這兩個人的基本資料，例如姓名、住址就可以了，其他的事情就如同我剛才所說的，讓我自己來處理。」

「就這樣？」

「對，就是這樣。」

楊宏道看著照片上清晰的人像，很肯定的說：「沒問題，我一個星期內給你消息。」

彭俊德對著周偉民說：「偉民，照片交給了公道，如果警方來問的話，就說你也不清楚，要含糊的說可能是新裝的攝影系統還沒有啟用，所以沒有照到影像。」

楊宏道指著照片上的兩個人問彭俊德說：「大衛，你打算怎麼處理這兩個人？」

彭俊德將放在床邊的短刀還給楊宏道說：「公道，這支刀子麻煩你還給台北縣的刑事組，至於這兩個人……，這把刀子已經敲響了他們的喪鐘。」

晚上彭俊德獨自一人躺在病床上休息，心中一直揮不去洪明達被刀子刺中的陰影，到了半夜，彭俊德還是止不住滿腔的憤怒，順手拿起旁邊的一只杯子往牆上扔了過去，對著沾濕的牆壁大聲怒吼道：「謝浩山，你該死！」

第十七章　籃球大賽

譚元茂病情十分嚴重，人已經在醫院住了好幾天，時而昏迷時而清醒，彭俊德趕到醫院時見到了譚元茂的父母和他的親大哥，每個人都悲傷萬分，不知要說些什麼話。

彭俊德頭上還包裹著紗布，黃春華和林怡珊也是哭成了淚人兒，彭俊德坐在譚元茂的床前，他已經意識到在這種情況之下譚元茂還堅持要和自己說話，已經是在交待後事了。

譚元茂拉著彭俊德的手說：「阿德，我真的很高興今生有你這麼一個好朋友。」

彭俊德想要說話，但是淚如雨下，一句話也說不出來，反到是譚元茂十分堅強，繼續說道：「小包子以後要拜託你照顧了……，他有一個大伯，也有一個疼愛他的阿公，可是我死了以後，他還有你這麼一個乾爸爸可以照顧他。」

「我不是一個好爸爸，我……」

「不要說了，我知道你這個傢伙只會和他玩在一起，你只會寵壞你的乾兒子……可是這幾年我對他非常嚴厲，小包子已經定型，他不會變壞的，你可以繼續寵他……」

彭俊德點頭答應了譚元茂，譚元茂繼續說道：「……從小我就很叛逆，我的父親、老師對我一點辦法也沒有，我從小就不學好，小學就偷偷的抽煙，國中時煙癮就很大了，還每天打架滋事……」

「但是我已經改很多了……這幾年我看到你被謝浩山欺負，我真的很氣憤，真的恨不得……，我的叛逆個性都被他激發出來了。」

看譚元茂這麼惦記著自己的事情，彭俊德更是傷心，但還是專心聽譚元茂繼續說下去，「謝浩山真的像一座山，很難扳得倒他，讓我再多活一陣子，我一定可以想出法子來……」

譚元茂用虛弱的手拿出一張附有信封的卡片，這卡片彭俊德記憶深刻，正是謝淑華的結婚喜帖，「你還記得這張卡片吧。」

譚元茂將卡片拿給彭俊德，又說：「這是黃董從軍中拿出來的，我問過淑華在台灣的朋友和同學，淑華在巴黎的婚禮非常低調，並沒有發帖子給在台灣的好友，至於這張卡片……也不是淑華寄來的，她曾經對別人說她很對不起你，不可能會寄這卡片給你……，上面蓋著台北市的郵戳，我猜是其他謝家的人寄給你的。」

彭俊德仔細看了信封，果然是台北市的郵戳，譚元茂又說：「看來即使謝淑華已經嫁人了，謝浩山對你還是很不滿。」

彭俊德苦笑著說：「我也沒有辦法，女兒是他的。」

「我聽說謝淑華的婚姻不是很好，和她的先生正在談判離婚，可是雙方的家長都不贊成，可能是牽涉到雙方家族的面子。」

「有謝浩山在，我和淑華不會有明天的，我早已經死心了。」

「可是我看謝浩山這樣欺負你，我看不下去，可是……我們不是對手……」

看譚元茂一直說著謝浩山，彭俊德實在不忍心，便說：「蛋塔，我已經原諒謝浩山了，我不會對付謝浩山的。」

譚元茂不信的問：「什麼？你……你真的原諒他了嗎？」

「是的，畢竟他還是淑華的父親，我沒有辦法真正去恨他。」

「我不相信你，你是在騙我吧？」

「我騙你做什麼？事實上我對謝浩山也是一點辦法都沒有。」

「那就好，其實我這一陣子也一直在想著對付謝浩山的方法，可是我想不出來，這是用雞蛋去撞石頭……」

彭俊德將手中的卡片丟進垃圾桶，安慰譚元茂說：「蛋塔，你休息一下。」

譚元茂不理會彭俊德，繼續說著：「可是我也有了一些……很惡毒的想法，記得你跟我說過黃順天年輕時候吃虧上當的事情嗎？……」譚元茂自知氣力已盡，能說的話不多了，只是勉強說著心中所想的話，「最惡毒的莫過於……弄個陷阱讓人家掉下去，俗話說……請人挖個坑，再將那個人埋了，說不定那個人還在說著謝謝你……」

彭俊德看譚元茂眼神渙散，用力的抓住他的雙手，可是譚元茂還是繼續說著：「記得我說的話，如果謝浩山再欺負你……最惡毒的詭計……弄個陷阱……」

「蛋塔，我不會對付謝浩山的，如果哪一天他真的成了我的老丈人，到時候我怎麼去見他呢？」

「記得……」

醫生過來告訴彭俊德不要再說話，彭俊德見譚元茂也已經昏睡了，只好站起來，一邊擦拭著眼淚，一邊在心裏說著：「蛋塔請你不要說惡毒的話，將一切罪過留給我，讓一切的業報歸我，原諒我的謊言……」

當天晚上，譚元茂在醫院過逝了……

✦　✦　✦

公司總算平靜了一段時間，彭俊德的左手和額頭的傷勢也已經痊癒，但是左邊額頭還是留了一個難看的紅色疤痕，四月中的一天裏，彭俊德和周偉民一起來到桃園國際機場的入境大廳，兩人今天是來接老同學丁慶澤的飛機，周偉民看著牆上顯示的告示牌說：「阿丁的飛機可能要慢半個小時才會到。」

「我們就在這兒等他吧！」

兩人才等了一會兒，竟然看到謝淑華也從門口進來了，彭俊德有些吃驚的叫了出來：「淑華？」

「俊德？你怎麼也在這兒？」謝淑華也有些訝異。

「我和偉民在這裏等阿丁，他今天會回來，妳呢？」

「我在等我先生……他今天從美國來台灣。」

「喔，我猜他們大概會坐同一班飛機吧。」

謝淑華看到彭俊德額頭上的傷痕，便問說：「可能也快到了吧？你的額頭怎麼了？」

「沒事，我不小心摔傷了，我正要恭喜妳呢，妳在英國和台灣的公司都很成功。」

「謝謝你，那都是一些有很好基礎的家族企業，我父親才放手給我試試看。」

「我多事想問一下，妳為什麼不經營妳夫家的事業呢？」

「我先生的事業是以百貨零售為主，我不太有興趣，而且……我先生不贊成我出來工作。」

彭俊德聽得出謝淑華言不由衷，似乎有難言之隱，便說：「對不起，那是我多事了。」

這時候走來一些人群，最前面走著一個面貌斯文的中年人，再後面又跟了兩個眼戴墨鏡的彪形大漢，其中一個還是金髮白皮膚的白種人，謝淑華看見就立刻迎上前去，彭俊德心想這個中年人一定就是謝淑華的丈夫唐納德了。

唐納德剛才有看到謝淑華和彭俊德的談話，對著彭俊德指指點點的問著謝淑華，謝淑華輕聲的解釋著，彭俊德也不想過去打招呼，只是站在不遠處冷眼旁觀。

豈知唐納德並不滿意謝淑華的解釋，兩人說話越來越大聲，最後唐納德竟然伸手打了謝淑華一巴掌。

彭俊德看到這種景象怒不可抑，衝上前對著唐納德猛力一拳揮過去，唐納德被這一拳打得跌倒在地上，彭俊德怒氣未消，右腳跪在地上，左手抓住唐納德的領子右拳又揮了過去，當彭俊德正想給唐納德第三拳的時候，唐納德的保鑣將彭俊德的後領提起來，另一人一拳打在彭俊德的腹部，彭俊德痛得連胃酸都吐了出來，接著又是一拳打在彭俊德的下巴，彭俊德沒有閃過去就被打得頭暈腦脹，這時候周偉民也衝上來和兩個保鑣打在一起，機場的警察也趕了過來。

彭俊德和周偉民本來是要接丁慶澤的飛機，想不到竟然還要麻煩丁慶澤將他們送到附近的醫院，周偉民被打得鼻青臉腫，兩手也做了包紮，彭俊德可更慘了，整個頭都用紗布包了起來，只露出兩隻眼睛，左手還吊著一塊大白布，三人坐在醫院走道旁的椅子上聊天。

「阿丁對不起，讓你看到了我這個窩囊的樣子。」

「沒關係，為了女人被人家海扁成這個樣子，我這輩子還是第一次看到……偉民，你這樣還……還敢叫帥哥嗎？」

「真是的……都是為了那個女人。」看來周偉民對謝淑華一直都很不諒解。

丁慶澤笑著說：「看你們這個樣子，怎麼回台北？」

「我是還好，回台北別人認不出我來，倒是偉民，那副樣子真像熊貓。」彭俊德下巴受傷，說話咿咿呀呀的，讓人聽不太清楚。

丁慶澤聽彭俊德還會說笑，禁不住哈哈大笑，只是彭俊德和周偉民只能哎呀哎呀的慘叫，原來醫生說兩人的臉部都不能有大動作，尤其不能大笑，不然只是自討苦吃。

過了一會兒，周偉民才又問說：「阿丁，你怎麼會回台灣？」

「阿德打電話說有事要找我幫忙，問我能不能回來一趟，我就趕回來了。」

周偉民這才想到原來彭俊德一直說著要找幫手，看來找丁慶澤一定是請來對付宙斯的，便說：「我們最近碰到一個超級的電腦駭客，我和阿德都沒有辦法，看來只有請你幫忙了。」

「電腦駭客？這可不是我的專長，我的博士學位是電機工程，可不是侵入別人的電腦，我怕我幫不上忙。」

「這事還有得商量，大家再集思廣益。」周偉民又接著說：「阿德，我們要不要現在回去？」

「不要，我已經打電話回台北了，你的手也不能開車，我想紅螞蟻應該快要到了吧？」

這時候果然在走道的另一頭走來了阿傑和洪明達，兩人走過去又走回來，好像在找人，周偉民大聲的說：「阿傑、紅螞蟻，你們在幹嘛？我和大衛在這兒。」

阿傑和洪明達嚇了一大跳，阿傑這才明白彭俊德和周偉民真是被打得很慘，便說：「你是誰，我又不認識你。」

周偉民氣得說不出話來，彭俊德也很生氣的說：「你別再說風涼話了。」

雖然多年不見，但是洪明達已經認出丁慶澤來，便伸出手來對著丁慶澤說：「幽靈王，我是紅螞蟻。」

丁慶澤很訝異竟然有人稱呼自己為幽靈王，這個綽號已經多年沒有使用，很高興抓住洪明達的臂膀說：「紅螞蟻，你……你長得這麼大了，那麼多年了，你又高又帥，哈哈……」

丁慶澤轉向周偉民說：「偉民，紅螞蟻比你還要帥耶，真是的……都八年不見了。」

阿傑還在取笑周偉民說：「廢話，看你們這個樣子，鬼都比你們好看。」

彭俊德很生氣的說：「這傢伙真沒同情心，看哪一天你也被打成這個樣子，我一定放鞭炮慶祝。」

「算了吧，早就叫你跟著我學柔道，你就是不聽話，活該！」

「那兩個保鑣長得跟大猩猩一樣，誰打得過他們呀？」

「你們兩個打兩個也不吃虧，何況對方才兩個人，下次讓我撞見了，一人給他一拳，管叫他們吃不完兜著走。」

✦　✦　✦

過了一個月，陳智豪和劉筱君一起到裴思特來找彭俊德，還帶了筑筑和小兒子祥祥，陳智豪雖然是裴思特的董事長，但是很少到公司來，因此一來便到各個工作崗位探視員工。

小筑筑碰到林怡珊就玩在一起了，劉筱君將林怡珊叫了過來，林怡珊抱怨的說：「姐，怎麼了？妳是怕我將筑筑帶壞了嗎？」

「算了吧，筑筑比妳還皮，我還怕她把妳帶壞了呢。」

「喔？」

「我聽說有人老是在背後罵我，害我耳朵癢了好多年。」

「我哪有在背後罵妳？我現在每天住妳那兒，妳可是我的衣食父母呀。」

「別騙我了，是春花告訴我的，我投降了，這個給妳。」劉筱君笑著從手提包拿出一個包裝得很漂亮的方形禮盒。

「這是什麼？」林怡珊很好奇劉筱君今天竟然會送自己禮物，便將禮盒打開來，原來是一支桌球拍，林怡珊高興的大叫：「哇！天下無敵拍耶，這傢伙很貴呀。」

「對呀，春花說妳都罵我偏心，今天我又跑到陳教練的體育用品社將這拍子買下來，拜託妳以後就饒了我吧。」

「哇，姐我愛妳，妳對我最好了。」林怡珊高興得對劉筱君又吻又抱。

「好了啦，哪有人罵表姐一罵就是好幾年。」

林怡珊心想以前是有抱怨過劉筱君偏心，很不好意思的說：「好吧，那我就原諒妳了，以後等我需要什麼東西，再來罵妳好了。」

林怡珊不停的摸著新拍子，高興的對彭俊德說：「大衛，有了這支拍子，我以後不怕你了。」

彭俊德說：「好呀，誰怕誰？明天再到陳教練那兒，看我怎麼修理妳。」

劉筱君看彭俊德閒著沒事，便將彭俊德拉到一旁，問他說：「大衛，你最近常找珊珊打球嗎？」

「是呀，珊珊喜歡打球，我就盡量陪她，我沒空的話，偉民也會陪她去。」

「那就好，前一陣子我和傑森比較忙，有些忽略了她，忘了她還有你們這一票好朋友。」

「對呀，偉民也常找她去跳舞，這個我可就不行了。」

「哈哈，改天我得好好的謝謝偉民，對了……，我聽偉民說你有一個多月沒來上班？」

「是呀，我這一個月都在家裏養傷，現在好多了。」

劉筱君不捨的摸著彭俊德的臉龐，果然傷痕盡褪，很高興的說：「果然都好了，可是你也別騙大姐，我可是精明的很呢！」

「我怎麼會騙妳呢？」

「你這一陣子連電話也不接，再說你的傷勢也沒有那麼嚴重吧？」

「我這一陣子都在家裏專心研究一套電腦系統，是我和阿丁合作的一項工程實驗，我把它稱為『大衛幽靈王三號』。」

「阿丁不是回美國了嗎？」

「是的，這個新的系統分成硬體和軟體兩個部分，我們兩個人分工合作，我想他的部分可能已經完成了，我這邊大概還要半個月才行。」

「好吧，我就暫且相信你。」

「對了，妳今天來這兒，有什麼重要的事嗎？」

劉筱君有些感傷的說：「是呀，最近乾爹的身體很不好，他常常惦記著你的事情。」

「都是我不好，一個多月沒去看他了。」

「乾爹他交待我說，希望能夠請你到手勝上班。」

彭俊德苦笑著說：「可能沒有辦法，我也有自己的事業，你看我這麼忙。」

「你的情形我很清楚，你的五家公司雖然資產都有擴大，可是你自己的持股好像都縮水了，現在所有重要的工作都是你的學弟在主持，你甚至沒有兼任何的職務，你這只能算是投資而已。」

「大姐，妳的提議我會認真考慮的，或許再過一陣子吧？」

「別和我打馬虎眼，我今天是真的要請你到手勝來。」

彭俊德微笑的說：「那妳可要再有點說服力才行。」

劉筱君看著彭俊德，微笑著說：「你是一棵大樹，在你樹蔭底下的小樹不可能長得太大，我都一直注意著你公司的發展，你最近兩次出事情，你的幾個老伙伴，比如偉民、小黑、紅螞蟻都展現出很好的危機處理能力，尤其是偉民，你上次住院以後，幾家公司的主管都聽他的。」

「妳是要我放手給他們去做？」

「沒錯，公司有你在的話，他們永遠都是你的小老弟，到手勝來吧，算是幫大姐的忙，也給那幾個年輕人發展的空間。」

「大姐，你的口才真的是一極棒，我再也找不到藉口了。」

劉筱君很高興的說：「這算是答應了嗎？」

「好，我答應到手勝去，但是我還有很多事情要處理，給我一年的時間，一年以後我不再找任何藉口。」

「太好了，你答應就好，其他的事情好處理。」劉筱君高興的親吻了彭俊德的臉頰，順便塞了個東西在彭俊德的手中。

彭俊德拿起來看，原來是一只小珠寶盒，便問說：「這是什麼？」

「這是大姐送給你的禮物，算是歡迎你到手勝來。」

彭俊德打開一看，裏面放的是一顆大的戒指，是用白金做成的戒台，上面鑲著以前張鎮三送給劉筱君的紅色鑽石，彭俊德不解的問說：「大姐，妳怎麼送我這個？這是乾爹送給妳的禮物呀？」

劉筱君將彭俊德的手抓了過來，將戒指套在他的左手無名指上，大小剛好，又接著說：「這枚戒指是我請銀樓重新做好再將鑽石鑲上去的，你戴著它，它會帶給你好運。」

「可是乾爹他……」

「你是他的乾兒子，乾爹他也同意我這麼做。」

「可是……，這枚鑽石真的太過名貴了。」

「沒有錯，但是沒有人知道，這是一枚有神奇魔力的戒指。」劉筱君繼續說：「你記得八年前乾爹將這枚戒指送給我的事情嗎？」

「我記得，那時候妳答應讓乾爹收妳為乾女兒，乾爹馬上就送了這枚戒指給妳，我猜他是怕妳會反悔吧？」

「那不重要，可是很奇怪的，自從我戴上了這枚戒指以後，我的人生就一路順遂，這些你也都看見了不是嗎？」

「是啊！好像真的是這枚戒指給妳帶來幸福，那我更不可以收下這枚戒指了。」

劉筱君緊握著彭俊德的手不讓他將戒指拔下來，「難道我這一生還不夠幸福嗎？我已經不需要這枚戒指了。」

劉筱君說著還指著正在和員工閒聊的陳智豪，笑著對彭俊德說：「你看，我的事業那麼順利，我和傑森的婚姻那麼美滿，上天又賜給我筑筑和祥祥這兩個可愛的孩子，如果說人生最大的幸福是一百分的話，那一定就是我了，不要說大姐迷信，這枚戒指真的非常神奇。」

彭俊德也深有同感的說道：「妳說的好像都是真的。」

「你這幾年太苦了，本來以為你已經重新奮發，一定很快就可以東山再起，但是最近發生的事情……唉，不說那些倒霉的事了，總之你要記牢，戴著這枚戒指，比我跟在你身邊都還要管用，什麼事情都不要怕，有這戒指在，天塌下來都不用怕它。」

「好吧，那我就謝謝妳了，你這幾年真的是很幸福，每個人都羨慕妳，我也希望以後能夠像妳這樣子就好了。」

劉筱君將彭俊德的手拉了過來，親吻著紅色鑽戒說道：「如果它能夠幫我將珊珊嫁出去，那就十全十美了。」

✦　✦　✦

果然如劉筱君說的，雖然每個人都稱呼彭俊德為總經理或是彭總，但是彭俊德在五家公司都已經沒有任何頭銜，並且慢慢將一些重要、有決策性的事情放手給幾個主管去做，因為管理得當，五家公司十分平靜，業務也穩定的成長，不像以前，有時候一天好幾通電話，讓彭俊德經常在五家公司之間團團轉，現在彭俊德可說是無事一身輕了。

正在偉翔網管公司泡茶聊天的彭俊德忽然接到陳智豪的電話，「大衛，你還可以打球嗎？」

聽陳智豪這麼說，彭俊德感覺到自己球技的水準受到挑戰，故作不高興的說：「廢話，我阿德可是厲害得不得了，桌球籃球都行。」

「好，你幫我到日本跑一趟。」

「什麼事呀？」

「這是個機會，日本有一個資訊家電產品展，丰勝和幾家下游廠商也去參展，我要你過去幫忙。」

「可是我又不會說日文，我怕會做不好。」

「這個不是問題，只要會打球就行了，到時候你至少代表八家公司，這八家公司都會派業務員過去，如果可以的話，你在旁邊幫忙多拉一些生意。」

「哦！」

「有兩家是手勝自己的公司，有六家是合作廠商，有關公司和產品的規格細節我會將資料傳給你，大家都說你是福將，你一定要去。」

「你是不是想騙我到手勝上班？」

「不會的，你答應蘿拉一年以後要過來，我沒那麼心急，不過可能要你暫時掛手勝副總經理的頭銜。」

「可是……我怕我不能勝任。」

「能不能勝任沒關係，如果有打球的話，記得要打贏就好了。」

「別的我不敢說，如果是打桌球或是籃球，那肯定沒問題的啦。」

「好，我相信你，打輸的話，你就不要回台灣了！」

「哼，狗眼看人低，憑我阿德還會打輸？我還不知道這個輸字怎麼寫呢！」和陳智豪通完電話，彭俊德氣憤的將電話掛了。

周偉民安慰著說：「算了吧，學長又沒看過你打球。」

「哈哈，我又不是真的在罵他，他是知道我球打得好才派我去，不過說要代表八家公司，這問題可就頭大了。」

「我聽說去年在新加坡有一個電腦資訊展覽，有一些洋人利用展覽前的空檔向日本人挑戰幾項球類運動，那時候由一個日本株式會社的社長臨時組織了一支亞洲隊，最後聽說敗得很慘。」

「比賽了哪些項目？」

「有足球、桌球和籃球，那時候只有足球因為幾個香港人踢得很好，硬是將比數踢和，其它的項目都輸光了，日本人臉上無光。」

「對呀，洋人身材好，一般說來也比較喜愛運動。」

「他們還規定只有高階主管可以參加，如果連一般員工也參加的話，那組一百隊也沒問題。」
「難怪傑森會臨時讓我掛了手勝副總經理的頭銜。」
「我可是正牌偉翔網管公司的董事長兼總經理呢。」
「好吧，咱們兄弟倆一起出動，還怕誰來。」
「那洋人呢？」
「那些老外不就是個子高了些嗎？可是每個人都是腦滿腸肥的，打球不是我們的對手。」
「希望如此了。」
「你看再找誰一起去？」
周偉民高興的說：「找珊珊一起去怎麼樣？」
彭俊德故意大聲的說：「可是這個臭珊珊，她的日文很爛呀！」
坐在一旁的林怡珊很生氣的說：「死大衛，誰的日文爛了？我可是觀光科畢業的，本來我還想要去日本當導遊呢。」
周偉民也很喜歡有林怡珊同行，便說：「好啦！珊珊的日文說得很好，順便讓她出去開開眼界。」

✦　✦　✦

還有一段時間才要到日本，可是彭俊德已經在請救兵了，他打電話給正在日本研究藝術的林家星，「嗨阿星，我是阿德啦。」
「阿德，什麼事？」
「我下個星期要到日本，想要請你幫我寫一幅字，我要當禮物送人用的。」

「沒事你不打電話給我，有事情你才會想到我。」

「對不起，您貴人事忙，我到日本再當面跟你道歉。」

「對呀，我很忙，沒空寫字。」

「大哥，拜託一下，我會記得你的好處。」

「好處？以前我就給過你很多好處，你什麼時候記得了？」

「您大人大量，不會跟我計較這些小事吧。」

「好吧，可是我有個條件。」

「好！沒問題，一百個條件都答應你，我發誓。」

「好吧，我最近要出一本集子，我知道你那兒有寫了一些短篇的詩，可不可以寄給我？」

「我那都是亂寫的，怎麼拿得出去呢？」

「記不記得我們以前在宿舍的事情，經過了那麼多年，我猜你一定也進步很多了，算幫大哥一個忙。」

聽林家星開口要自己幫忙，這彭俊德可不敢拒絕了，便說：「好，可是要過一陣子才行，那些都是一些紙片，有幾篇還是用面紙寫的，有的放在嘉義，我收集好了再給你。」

「有你這句話就行了，這事情也不急，你整理好了再拿給我。」

「好，我收集好就親自給你送去，順便拜見一下尊夫人……阿娟小姐。」

✦ ✦ ✦

過了半個月終於來到日本，彭俊德三個人和幾個同行的業務員因為各有任務，因此一下飛機便分成兩批各自行動。

按照計劃，彭俊德首先去找昔日的老朋友，想不到一找竟然找來了兩個人，原來多年前ＪＵＣ公司股東之一的松本次郎曾經到過台灣視察，在台灣碰上正在研究中文的水野美智子，兩人認識後十分投緣，後來松本次郎再努力的追求，兩人終於在一年後結婚。

多年不見的松本次郎已經將滿臉的鬍子剃了精光，雖然年近四十但是顯得非常年輕，彭俊德差點就認不出來了，松本次郎還是和以前一樣隨和又有禮節，反倒是水野美智子顯得成熟幹練，而且她的中文流利，更是很好的翻譯。

彭俊德對於球賽的事情很關心，一見面便問了水野美智子很多問題。

可是水野美智子的答案卻讓彭俊德很失望，「日本、中國大陸和香港的公司主管已經組成一支十六人的桌球隊，我們聽說你們三位都會打桌球，明天正想請三位指導一下。」

知道桌球隊已經不缺人了，周偉民非常失望，但是聽說明天有桌球可以打，還是很高興的問說：「對手呢？是這次參加的正式隊員嗎？」

「三個都是正式球員中的成員，一位是我的父親水野剛田先生，另外就是我和我最小的妹妹了。」

「三位球員都是你們的家人啊？」

「是的，我們全家人都喜歡打桌球，明天一定要請你們過來指導。」

「妳太客氣了，我們一定到。」

聽說明天的對手是一個老頭子外加兩個女生，周偉民有些洩氣，便又再問說：「請問籃球隊正式的隊員是不是已經確定了？」

「籃球隊的人數不夠，現在只有十個人，還差兩個人。」

「那我們可不可以報名？」

「你們是台灣來的……台灣來的主管也可以報名，我就將你們的名字加進去好了，你們有幾個人呢？」

「我們這兒有兩個人。」

「太好了，這樣就剛好組成一隊了。」

第二天早上在飯店裏，周偉民手中拿了一堆陳智豪給的資料看了又看，對著彭俊德說：「大衛，我這才知道為什麼傑森會要你跑這一趟日本了。」

「為什麼？」

「你看這個資料，水野剛田是日本一家大通路商的副董事長，如果攀上了這條線，丰勝很多高階的產品就可以藉著這條線打到日本市場，所以這次我們來的主要目的並不在展覽會場。」

「他想得可真美，我也只不過認識松本次郎而已，再說他們日本人做生意多精明，總不會因為我認識了他的女兒和女婿就將生意給我們做吧？」

「我也不知道，大概是這個用意吧？」

「我已經問過其他的業務員，他們昨天就開始努力了，聽說進行得不太順利。」

「叫他們再加油吧，對了，展覽會場呢？」

「展覽會場另外有一組人馬，他們三天後才會到，正式的展覽要五天後才開幕。」

「那所有的球類就算是展覽前的娛興節目了？」

「是啊，別忘了我們也有報名籃球隊。」

「也快九點了，松本他們應該過來接我們了吧？」

松本次郎和水野美智子親自開車來接彭俊德三個人，車子開了一個多小時來到東京一處八王子地區的學校，水野美智子為三人介紹說：「家祖父和家父都是這一所拓殖大學的畢業生，所以和這兒的淵源很深，這所拓殖大學是一所很古老的學校，她另外還有一個老校區。」

五個人很輕鬆的在校園裏走著，彭俊德很奇怪這一所「很古老的學校」，竟然蓋得都是很漂亮的新大樓。幾個人來到體育館，在體育館的中央只有少數幾個學生在打羽毛球，在旁邊有空著六張桌球檯，彭俊德看到體育館門口走來一老一少，水野美智子和松本次郎立刻迎了上去，彭俊德心想這一定就是水野美智子的父親和妹妹了。

彭俊德看這水野剛田骨瘦如柴，一點也不像大公司的副董事長，而水野美智子的妹妹水野真由子也是身材嬌小。

水野美智子說：「今天只是友誼賽，大家不要太過拘束，這次我們採用新的桌球規則，一局十一球，每人每次發兩球，今天採三戰二勝，大家都沒有意見吧？」

眾人都沒有意見，因為桌子全部空著，幾個人捉對廝殺，彭俊德對水野剛田，林怡珊對水野真由子，周偉民對水野美智子。

本來想說可以輕鬆獲勝的彭俊德今天遇上了怪事。

一開始彭俊德還有些輕敵，可是打不到三球彭俊德可就緊張了，原來對面這個老頭子雖然看起來沒幾兩肉，打起球來也是輕飄飄的，可是彭俊德連續強力抽了幾個球都被他很輕鬆的擋回來，這水野剛田也不殺球也沒有彭俊德打球的霸氣，可是不管彭俊德如何的抽、拉、殺球，水野剛田總是能夠輕鬆的將球給送了回來。

彭俊德心想難道球技退步了，這一年多來和周偉民、林怡珊經常打球，覺得自己的技術和體力已經更上一層樓，並不弱於大學時代的自己，想不到今天竟然都發揮不出來。

於是彭俊德調整了發球方式，將球狠狠的切到桌檯右角的邊緣，但是水野剛田還是同一個打法，很輕鬆的就將球斜切了回來，如此一來一往，第一局彭俊德不但輸了球，竟然還只吃了五分。

第二局彭俊德可有些害怕了，心想陳興國教練曾經說過，要看清楚對手的打法，可是剛才水野剛田也沒有很快的步伐，也沒有很大的動作，這下子可慘了，於是彭俊德就利用自己爆發力強、動作敏捷的特性，故意將球的角度拉大，左右開弓，這下子果然收到效果，有幾次水野剛田回球不夠刁鑽就被彭俊德殺球成功。

可是水野剛田很快的恢復正常，身體移動的速度雖然不是很快，但是拍子總是比彭俊德的球要快了一些，而且回球的落點都很準確，這一局彭俊德用盡了全力，兩人打到九比九平手。

彭俊德這才鬆了一口氣，心想：「總算是讓我追到平手，再拼命吃兩球將你解決掉！」

可是這時候彭俊德看到水野剛田的嘴角竟然露出一絲微笑，還蹲低了身體，似乎準備和自己一搏，彭俊德也不管他，便很刁鑽的切了一個大旋球過去，可是自己都還沒看清楚，只聽到「啪」的一聲，水野剛田猛力一揮拍，球就給狂殺了過來，彭俊德連救球都來不及了。

彭俊德嚇了一跳，心想：「連旋球你也能殺？」只好輕輕的切了個短球過去，水野剛田將球回切到彭俊德的右角來，彭俊德看這球角度剛好，便急抽了過去，豈知水野剛田已經等在那兒了，又是「啪」的一聲，一個急殺將球打到了彭俊德桌檯的左角，彭俊德反應也是很快，便左跨一步用反拍將球往右邊殺去，水野剛田看這球殺得猛，又是落在桌角的位置，急忙退了一大步，也是用反拍切了一個大削球過去。

這球讓彭俊德看傻了眼，只見這球高高的越過網子再落在桌檯的邊緣，接著又彈得很高，彭俊德急忙的退了兩三步，但是這種球已經不利於攻擊型的選手，彭俊德用力揮拍，但是球不幸掛在網上，這一局已經結束，最後兩球彭俊德不到半分鐘就被輕鬆解決了。

原先說好了三戰二勝，彭俊德和水野剛田的比賽是二比零，第三局不必再比，水野剛田非常客氣，一直向彭俊德說抱歉，讓彭俊德更加不好意思，心想這水野剛田大了自己三十多歲，竟然還會輸給他，真是不可思議。

彭俊德還沒有坐下來，另一邊周偉民和林怡珊的比賽也已經結束，兩人也是全軍覆沒，三個人都是二比零輸球，彭俊德正奇怪陳智豪將水野一家人的資料整理得十分詳細，上面可沒說這一家子都會打桌球。

水野美智子走過來笑著說：「我父親誇讚你們三位球技非常好。」

彭俊德很不好意思的回答說：「哪裏，你們才真的厲害呢。」

「我父親尤其誇讚彭先生，他說我們員工四千多人，最近十年來沒有人可以在他的手中吃下五球，所以很稱讚彭先生的球技。」

「哪裏哪裏。」

「另外我祖父聽說有台灣的朋友來訪，有交待說明天想請諸位移駕寒舍，明天他正好和幾個好友聚會。」

「那是求之不得的事情。」

中午用過午餐之後，松本次郎很客氣的招待彭俊德三個人到水野剛田的總公司，幾人在會客室休息，彭俊德看這副社長室佔了一整個樓面，從會客室可以看到另一頭的會議室，有兩位丰勝的業務員正在那兒賣力的推銷產品，水野剛田雙手抱在胸前默默不語，另外有三個日本高級主管正拿了幾個樣品在考量著，彭俊德雖然聽不懂他們在說些什麼，但是看那兩位業務員面紅耳赤，情形並不太樂觀。

水野美智子問彭俊德說：「聽說彭先生現在任職於台灣的丰勝公司？」

「是的，丰勝的總經理是我的好朋友，她很希望我能夠到丰勝工作。」

「我們公司以前也曾經和丰勝合作過，當初我們是以小型鐵材批發商起家，後來將重心放在通路行銷方面，今天在家電和資訊產品方面也發展得很好，丰勝是以鋼鐵為主的公司，恐怕大家合作的空間不大。」

「我想您和松本桑都知道我的個性，如果不是對雙方有利益的事情，我是不會去做的，丰勝近十幾年來已經成功的跨足電子、電機、資訊家電方面的事業，在數萬種產品當中精挑細選了一千多件有市場潛力的商品，想要和貴公司合作，我們十分有誠意，請水野先生能夠相信我們。」

水野美智子聽了頻頻點頭，又接著說：「要不要進去和他們一起討論呢？」

「我怕會打擾了副社長？」

「不會的，請跟我來。」

「水野桑好，大家好。」彭俊德在日本見識了日本人的禮貌，因此也是九十度的大鞠躬禮。

「孔泥吉哇！」三個日本主管站起來回禮，而水野剛田只是輕輕的點了一下頭。

三人坐在長會議桌的另一頭，彭俊德雖然聽不懂日文，但是可以猜得出來兩個業務員不停的說明產品的規格和特性，日本人的臉色卻是十分不以為然。

本來還半瞇著眼的水野剛田忽然睜開眼睛對著彭俊德說了一些話，林怡珊很快的為他做翻譯：「對於這些產品，不知道彭先生有什麼意見？」

彭俊德不知道為什麼會問到自己，忙回答道：「喔，這個……」彭俊德指著桌上兩支三寸長雪白發亮的螺絲說道：「這是很好的產品……這種螺絲非常特殊，像這支新式鈦合金產品，上面的設計已經申請了十六項日本專利，當然還有好幾項世界專利，雖然原先的技術是日本委託生產，但是這種螺絲上市已經超過五年，如果不是有很好的再研發能力，早就被市場淘汰了。」

「喔？你是說這個產品在日本買不到？」

「我們帶來的商品當然不會和日本的產品重疊，當初日本工廠評估之後，這類產品也只有在台灣製造的品質和價格才能符合日本高規格的要求，事實上，我們丰勝為了生產這種高科技螺絲，還延聘了好幾位日本研發技師。」

聽彭俊德的一番說詞，水野剛田似乎很有興趣，旁邊一位日本主管馬上將產品的詳細規格表拿到他的面前，彭俊德也繼續說道：「這種螺絲的單價當然比較高，但是我們評估日本市場在機械、遊艇、飛機製造方面的廠家接受度一定很高，我們打算四個月以後才要到歐洲和美國推銷這類的……」

隔天下午，在飯店閒晃了老半天的彭俊德不停的看著手錶，「約三點見面，會不會太晚了？」

「不知道？我總覺得水野這一家子都是怪人，生意做那麼大，球還打得那麼好。」周偉民正舒服的躺在一張大躺椅上閉目養神。

「唉，打輸也只好認了，那個水野剛田實在太厲害了，我本來還想要放水讓他，想不到用盡了吃奶的力氣，還是栽在他的手裏。」

「那個和珊珊對打的水野真由子用的是直拍刀板，打得珊珊毫無招架之力。」

「那你呢？」

「那個水野美智子用的也是直拍刀板，和我一樣都是攻擊型的選手，我們兩個人的打法也差不多，但是她可比我強多了。」

「唉……」彭俊德撫摸著左手指上的戒指，心想難道這枚戒指只有對劉筱君有效？

「不過昨天下午的氣氛可要好多了，你看我們那兩個業務員口沫橫飛的，可是那幾個日本人只會搖頭，本來那水野剛田還是一直扳著臉，你才說了不到五分鐘，他的臉色就好看多了。」

「唉，那兩個業務員也真是的，開口閉口都是台灣台灣，到了人家的家裏也不會多說兩句好話，像我開口就是日本日本的，申請了日本的專利、符合日本高規格的這些話，他們聽了也高興。」

「不過他們最後還是沒有鬆口。」

「我猜是想要在價格上再殺一些吧？」

「要殺價也可以，可是總要開個口吧？」

「看能不能請他趕快簽約，我們也好快點回家去。」

「還沒打籃球呢，就要回家？」

「對喔？我差點就忘記了，傑森也交待說我們最好能夠到水野家，找他們老社長送個禮，我禮物都準備好了呢。」

松本次郎果然準時三點到飯店來接彭俊德一行人，車子開了近一個小時，左彎右繞的來到一個半山腰，彭俊德看見一戶日本傳統豪宅，長八九公尺的鐵門自動拉開，車子一直開了進去，松本次郎引領大家來到一間大房間，房間裏面靠側邊的日本拉門已經全部打了開來，只見院子裏花紅繽紛，有幾排的桃花盛開著。

房間裏滿室都是榻榻米，靠內側設了有一尺高的台子，過不多時又來了幾個年紀頗大的日本人，最年輕的恐怕都有六十幾歲了，其中有一個滿頭白髮的老人，一進來就人人起立致敬，害得彭俊德三個人又是點頭又是鞠躬，彭俊德心想這一定是水野家的老主人水野道弘了，水野剛田跟在水野道弘的身後進來，彭俊德想著今天不知道是不是來錯了，這根本就是老人的聚會，彭俊德再細數了一下，其他來的客人光是男的就有十五個人，女士也有四個人，現場連水野道弘一共就有二十六個人，今天還真是熱鬧。

彭俊德幾個人盤膝而坐，水野美智子已經換上和服，跪坐著對彭俊德說：「今天十分難得，是半年才有一次的盛會，等一下會有詩歌吟唱，然後是三味弦彈奏的表演，演出日本古典音樂常磐津，最後是家祖父的表演，會後則是請大家到庭院喝茶。」

果然一開始就是三位穿著和服的日本人吟唱日本的俳句、短歌、詩篇，每個表演者都是聚精會神的看著眼前的詩集，很有韻律的吟唱著，這可苦了來自台灣的三個人，即使會說日文的林怡珊也是一句都聽不懂，而且日本人吟唱的語調十分低沉，彭俊德三個人只好勉強提起精神，不然怕都會睡著了。

接著是日本古典音樂常磐津的表演，上台的四個人都穿著黑色傳統服飾，兩人手持日本特有的三味線琴，另外兩人演唱詩歌，這次的演出比較有抑揚頓挫，彭俊德三個人也比較有精神了。

最後則是高齡八十一歲的水野道弘表演，他表演日本的刀術，使用的是一把雪白鋒利的真刀，今日他主要表演拔刀術，只見他或坐或立，但是不論拔刀或是揮刃都是精神抖擻，一點也不顯老態，最後跪坐收刀神情肅穆，現場響起如雷的掌聲。

隨後眾人被請到庭院，只見庭院的草皮已經披上幾張毯子，下面還襯有塑膠布，每張毯子前面都有很雅緻的茶儿和茶具。

照映著西斜的金色陽光，庭園裏的桃花更顯得美麗，眾人分開聊天，有一穿和服的婦人表演插花，也得到眾人的掌聲。

這邊的年輕人也坐在一起聊天，水野美智子正在為客人說明自己家族的一切，「……家祖父在戰爭時期畢業於當時的拓殖大學，那時候已是經過日本皇道館鑑定為四段的劍道高手，因此劍道也成為他一生的修行。」

「真令人敬佩。」

「戰爭時他曾在中國待了一年多，後來也曾經到過台灣三次，是很仰慕中國文化的日本人。」

「水野小姐，我們準備了薄禮，想呈獻給水野先生。」

水野美智子便走到水野道弘面前請示，過了一會兒回到彭俊德這邊說道：「家祖父請三位到前面一坐。」

三人走到水野道弘前的毯子坐了下來，林怡珊正想用日文問候說：「水野桑……」卻立刻被水野道弘給打住了，只聽水野道弘用字正腔圓的中文說：「三位貴客遠道而來，真是十分歡迎。」

三人都有些驚訝，再想這水野道弘既然喜愛中國文化，又曾經在中國大陸待過很長的時間，會說中文也是理所當然的事情。

三個人是以彭俊德為首，因此彭俊德便畢恭畢敬的說：「今天能夠欣賞日本文化的精粹，真是畢生榮幸，敝公司董事長因為不能親自前來，特別交待奉上薄禮，希望水野先生能夠喜歡。」

水野道弘十分客氣，禮物還沒看到，已經稱謝不已，彭俊德拿出一只兩尺長的錦盒，取出裏面的一幅卷軸在水野道弘面前打了開來，上面寫著「居合之道」四個大字，沒有上款，只在左下方簡單寫著一行小字「石中居士林家星」，還鈐了兩個方印，彭俊德看這四個大字並無出奇之處。

這時候有三、四個日本人也好奇的圍過來看，水野道弘更是皺著眉頭仔細端詳這四個字，其中有兩個日本人搖搖頭表示並不認同這字，好像認為送這麼簡單的卷軸給水野道弘並不合宜。

彭俊德也仔細的看了這幅字，是林家星以王體的行書所寫成的，似乎並無特別突出之處，彭俊德心想以林家星書法造詣之深，怎麼可能隨便寫了幾個字送人，便站起來退後一步再細看這幾個字，只覺得粗細合宜，有行書流動之美，也有王體的逸致，和王石磊老教授晚年的書法十分神似，彭俊德只覺得越看越美，看了一會兒竟然「啊！」一聲，讚嘆了出來。

水野道弘看了又看，很客氣的對彭俊德說：「我對於書道並不擅長，對這位作者也很陌生。」

「這位作者是台灣的年輕書法家，他也曾經在日本辦過展覽。」彭俊德看錦盒裏面還附有一張卡片，便拿出來看，正面是林家星的姓名和基本資料，背面則是附錄了林家星參展和比賽的記錄，分別有全國書法比賽首獎、日本書道學會書法比賽金賞獎、總統府前揮毫比賽金牌獎、日華親善書道大賞獎、五橋書道會、全日本書道聯合大賽、金鋒書道會……，光是印在上面的就有十多項，彭俊德十分讚嘆林家星多年的努力，便用雙手很恭謹的拿給水野道弘看。

水野道弘表情慎重，看了卡片又再看卷軸，過了良久才讚嘆說道：「這位年輕書道家真了不起，連我這個書道的大外行也看得出這個字實在很好，飄逸出奇揮灑自如，這和日本近十幾年來流行厚重凝實的書法大大的不同。」

「水野先生太客氣了，聽您對這幅字的批評，就知道您對書法大有研究，只要您喜歡就是我們最大的榮幸。」

一旁幾個日本人也學彭俊德站起來後退一步欣賞林家星的書法，看了一會兒，其中一個人也讚嘆得拍手叫好。

水野道弘很高興的將卷軸收起來，又用日文小聲交待了水野剛田幾句話，這才轉身對彭俊德說：「今日難得有貴客來訪，我要小兒一定要請諸位在寒舍留宿一晚，這是過份的要求，但是懇請一定要答應才好。」水野道弘說完竟然還坐著彎了九十度的大鞠躬禮，害彭俊德又是不停的答禮。

待太陽下山，眾人又回到室內，主人已經準備好菜餚，只是和台灣宴客的方式不同，每個人的席位前面都有個几盤放置了很豐盛的料理，還有一個已經斟滿清酒的小酒杯，房間裏還有三、四個到處服務斟酒的人員，松本次郎坐在彭俊德旁邊不住勸酒，彭俊德不好推拒只好又邀請水野美智子一同飲酒。

席間彭俊德總算是見識到日本人也有輕鬆的一面，男男女女不論老少都能又歌又舞，連一臉道貌岸然的水野剛田在多喝了幾杯以後，也是脫了上衣大跳扇子舞。

彭俊德和松本次郎互相敬酒，這日本清酒雖然容易入口，但是後勁很強，不多時兩人已是喝得滿臉通紅。

就在彭俊德和松本次郎鬥酒正酣之時，水野道弘拉了彭俊德的手到台上，彭俊德看台上一張長几上面早已擺好了筆墨紙硯，有一位老太太剛寫好了「小徑覓桃紅，沁香花意濃，樽前我獨醉，昂藏笑春風。」幾個字，全部都是漢字，彭俊德覺得十分親切。

水野道弘說：「不知道彭先生認為這字如何？」

「這是造詣極高的草字呀，筆筆相連一氣呵成，雖說是寫情寫景，但卻是蒼勁有力，豪邁不羈，真是很好的字！」

水野道弘忙為剛才寫字的老太太翻譯，那位老太太高興得眉開眼笑，便將彭俊德的手抓了起來，指著桌上的宣紙要彭俊德也寫一張。

彭俊德嚇得直揮手說：「我不行，怕寫得不好……」

禁不住水野道弘再三邀請，彭俊德略想了一下，只覺得酒意上湧，膽子也大了，一時想不出什麼好句子，再略一尋思便寫下「士不可不弘毅，任重而道遠」，字寫成兩行，右高左低，每個字比手掌略大，是端端正正的歐楷書，彭俊德再仔細觀看，自覺落筆纖細，但是仗著酒意，寫出來卻又十分流暢，將自己以前桀驁不馴、稜角迸現的缺點抹了乾淨，再退後來看，更顯得落落大方，心想還好沒有出糗，這兩句出自論語，自己沒有林家星敏捷的才思，簡單寫這幾個字也就可以了。

水野道弘也是多喝了一些酒，醉眼朦朧之下竟然看不出端倪，旁邊一位老者指著上面的道與弘解釋著，水野道弘才知道彭俊德已經將自己的名字嵌了進去，豎起大姆指十分高興的說：「高明高明。」

第二天彭俊德醒來已經是早上十點鐘了，迷糊之中依稀記得昨天最後和松本次郎拼了個兩敗俱傷，再看身上的衣服也沒有換過，只是外套已經脫下，旁邊又放了換洗的衣褲，便匆忙的梳洗一番，再穿上昨日的西裝以後，看到周偉民和林怡珊正在庭院裏散步。

林怡珊看到彭俊德，便嘲笑著說：「后，昨天睡得跟豬一樣，沒人叫得動你，不會喝酒還要喝！」

「怎麼了？我昨天醉得很厲害嗎？」

「是呀，松本次郎將你灌醉，他自己也差不多了，他要離開前還一直說報仇成功。」

「這小子真會記恨，已經那麼多年的事了……」彭俊德想起多年前在台灣故意灌醉松本次郎的事情，想不到今天也著了他的道，又接著說：「不是說好今天要練習籃球的嗎？」

周偉民也過來跟彭俊德說：「對呀，就等你醒來，明天就要比賽了。」

「那我們怎麼過去？」

「走吧，松本的老婆已經在等我們了，今天還是她開車招待我們，她說松本也是睡到現在都還沒醒來呢。」

「走吧！今天好好的練球，明天和洋人隊大戰一場吧！」

第二天早上因為水野美智子也要參加比賽，因此由松本次郎親自開車送彭俊德一行人來到體育館，彭俊德這也才第一次看到自己的隊友，教練身材矮小不過很有威嚴，是水野企業的總經理，嘴上還留了兩撇鬍子，大家都稱他為大竹桑，隊員有七個是日本人，另外有三個新加坡人，再來就是自己和周偉民了，大家互相握手，不過和日本人語言很難溝通，還好三個新加坡人都是華裔，用中文和英文都可以聊天。

洋人隊也現身了，果然不出彭俊德所料，身材都比較高大一些，彭俊德看了差點就笑出來，原來自己這一邊的球衣是繡著『亞洲隊』的字樣，而洋人隊的衣服則是繡著『外国人』的字樣，彭俊德十分高興的說：「偉民，你看那些洋人，我看今天我們是贏定了。」

「我也聽說洋人的主管都很愛出風頭，每個人都搶著要出賽，我看這幾個隊員可能真的都是高階主管。」

原來兩人看到洋人隊的隊員都上了年紀，有一大半人都已經頭髮花白，還有兩個已經全禿了，而且真如彭俊德所料的腦滿腸肥，有幾個隊員還都挺了一個大啤酒肚，不過每個人都是神采奕奕的，腳下一式的愛迪達球鞋，也可見洋人果真是人人喜愛運動。

「阿德你看，那兒有一個老中。」

彭俊德遠看在洋人陣中果然有一個笑得很大聲的隊員是黃皮膚黑頭髮的老中，這個老中面貌十分英俊，不過說得滿口英國腔，和其他隊員十分熱絡，彭俊德問周偉民說：「那傢伙說的是英國口音，難道他會是華裔的英國人？」

周偉民翻閱了洋人隊的基本資料，對彭俊德說：「應該是吧？你看這資料，他是英國高科技公司研發室的負責人，有博士學位，名字叫做班傑明。」

「喔！失敬失敬，你看人長得英俊，身旁就有一堆美女。」

周偉民看班傑明身旁果然有兩三個年輕美女，有的拿毛巾，有的幫他按摩。

彭俊德看來觀賞球賽的觀眾很少，大概只有二三十人，便問林怡珊說：「對了，怎麼都沒有觀眾？」

「也有一些啦，不過水野小姐說這本來就是幾家公司主管在嗆聲打賭才有這個比賽，又不是正式的比賽。」

「我看日本人好像有意放棄籃球項目吧？你看這幾個隊員，身上穿的球衣是很漂亮，我看打球可能就不行了？」

周偉民將旁邊一個高個子抓了過來，對彭俊德說：「不會吧？我們陣中也有一個長人，哇……你看……」

林怡珊看著手中的資料說：「這個是……新加坡的高耀龍，身高剛好是一百九十公分。」

「那太好了，比洋人還要高呢。」

高耀龍自己摸了摸頭，不好意思的說：「別指望我了，我的籃球打得不太好，是總經理看我的個子高，上星期才將我升為課長，他還說如果打輸的話，我這個臨時課長也沒了。」

彭俊德心想這個『課長』怎麼會是高階主管呢？很洩氣的對周偉民說：「完了，連這個竹竿也不會打籃球，那怎麼辦？」

「要不要叫阿傑也過來打？」

「你頭腦秀逗了？阿傑人在台灣，何況手勝的司機也不能算是主管，再說他那麼胖，怎麼打籃球？」

林怡珊也笑著說：「對呀，上次他量體重是一百二十公斤，一直說減肥成功，如果他在這兒，也可以拿他來撞人。」

「我的天呀！一百二十公斤還敢說減肥成功？」

現場出現了吵雜的聲音，原來洋人隊的啦啦隊在表演了，不過出現的全部都是又老又胖的歐巴桑，每個人的臉上也都故意濃粧艷抹，加上又紅又黃不一而足的頭髮，亞洲隊這些人看得目瞪口呆。

只見洋人隊的幾個歐巴桑都十分賣力的表演著，每個人都是又喊又跳，跳了不到三分鐘，甚至還跑到亞洲隊的場地叫囂，最後還一齊將臀部朝著亞洲隊這邊狂扭，還大聲的叫著：「Shit!」、「Looser!」，彭俊德幾個人還好，幾個年紀比較大的日本人已經氣得吹鬍子瞪眼睛，幾個年輕人也用日文罵了回去。

比賽開始，亞洲隊上場的先發部隊是五個日本人，果然洋人隊比較有底子，雖然幾個日本人也很賣力，但是一開始比數就拉開了，打了沒多久洋人隊已經十六比六贏了十分。

彭俊德看日本人鬥志高昂，但是打球又不只是憑著鬥志就可以贏球，果然教練一下子就換了兩個比較年輕的新加坡人上場，這兩個年輕人雖然很賣力的打球，但是和日本人的團隊默契不好，比數更是逐漸拉開，日本教練看情形不好，在比數三十二比十六的時候叫了暫停。

林怡珊對彭俊德說：「我剛才跟教練說了，等一下偉民和高個子先上場。」

彭俊德在一旁觀戰十分無聊，不過周偉民的球技不錯，尤其是中距離投射非常準確，趁洋人隊還沒有發覺到他的時候連續吃了十分，竹竿高耀龍也發揮了功用，他人高手長，籃下如果有球投不進就一定到了他的手裏，他再將球外傳給周偉民，兩人搭配得很好。

洋人隊一看情形不對也立刻換人，五個先發部隊下場休息，換上來的全部都是四十多歲比較年輕的隊員，果然年輕人的打法不太一樣，整個球場的節奏也快了起來，而且洋人隊仗著身材粗壯，打得亞洲隊有些招架不住，彭俊德看得火氣都有些上來，對著林怡珊說：「我常罵肥仔打球只會撞人，我看這幾個洋人才真的粗魯呢。」

日本教練看彭俊德大聲的在罵人，便將彭俊德叫了過去，指示彭俊德將一個被撞傷的日本人換下來。

彭俊德心想論技術的話，在場上只有自己比較強，必須指揮全場才行，就大聲對周偉民說：「偉民你到右邊去，我打左邊，叫高個子注意點。」

果然彭俊德一上場情形就完全不同了，周偉民深知這個老大哥的球技一流，因此更是使勁的打。

高個子又搶到球，立刻傳給周偉民，周偉民並不運球，看彭俊德已經跑到前頭，周偉民也不管有沒有人守著彭俊德，就用力的將球傳了過去，彭俊德拿了球就往籃框要投，兩個洋人跳起來要防他，豈知彭俊德早已不見人影，兩個人因此撞在一起，再站起來時，發現彭俊德已經一個轉身擦板進球了，原來彭俊德的打球風格就是速度快、爆發力強。

於是靠著彭俊德、周偉民和高個子三個人合作，比數一直拉近，幾個洋人想要防守彭俊德，卻是一點辦法也沒有，一直到上半場結束，亞洲隊反而以四十四比四十二小贏兩分。

休息時間日本教練不停的稱讚彭俊德和周偉民球打得好，一轉身又是大罵幾個日本人，下半場一開始彭俊德還是頻頻得分，幾個洋人的動作粗野，但是對彭俊德卻沒有作用，只見彭俊德運球想要從左邊過人，一個高胖的洋人大吼一聲衝過去防守他，彭俊德卻將球運到右邊一個閃身跳投，又是擦板得分，而那個洋人防守卻撲了空，自己還摔倒了。

這時候洋人隊叫暫停，剛才粗胖的隊員被換了下去，換上來的竟然就是那個黑頭髮黃皮膚的班傑明。

彭俊德看這班傑明身材高䠷，對周偉民說：「長人！偉民，這小子有多高呀？」

周偉民很不服氣的說：「大概有一八五吧？又不是高就會打球。」

「要小心這個傢伙。」

彭俊德眼睛注意著這位高個子老中，可是這個班傑明動作卻很慢，一路慢吞吞的運球過了中線再傳球給隊友，可是彭俊德一不留神，洋人又將球快傳給班傑明，而他竟然從三分線外直接運球到了籃下，彭俊德跳起來守他，時間點抓得很好，班傑明一看球不能出手，竟然在半空中用雙手繞了個大半圈再用左手將球挑進籃框，洋人隊看到他這種超水準的動作不禁士氣大振，每個人都高興的鼓掌，彭俊德更是看呆了，以前只在電視上看到這種職業水準的球技，彭俊德也只好自嘆弗如了。

「快攻！」彭俊德改變策略，和周偉民有多年的默契，彭俊德才剛拿到球，周偉民就已經衝到另一半場了，彭俊德直接從端線長傳，周偉民拿到球也不運球就直接跳投吃了兩分，算是還給洋人隊一個顏色。

但是洋人隊回攻也是很快，彭俊德看班傑明又運球過來，彭俊德兩腳站穩，心想這一球一定不能讓你出手，豈知班傑明也不攻過來，人站在三分線外，瞄準了就是一記長射，彭俊德回頭一看竟然是空心球得分，便大聲的叫道：「偉民，這傢伙厲害，等一下你和高個子包夾他，我打前鋒。」

彭俊德用的戰術變化很快，但是對班傑明一點辦法也沒有，而且洋人隊也都是聽班傑明的指揮，他一口流利的英國腔英文聽起來十分的順耳，兩隊都隨著比賽的進行而多次改變戰術。

過不多時，只見班傑明接到球又準備投籃，他趁周偉民跳起來防守的時候一個轉身已經攻到籃下，高個子看情況不對只好用力一拍，班傑明跳起來在空中轉體半圈，竟然用背後扣籃的方式得分，高個子還被記了一次犯規。

「我的天呀，哪來的空中飛人？這個傢伙那麼厲害！偉民，我們打全場，叫高個子全場盯人，咱們累死他。」彭俊德心中暗暗叫苦，看來今天是一場硬戰。

果然彭俊德最後的策略有了效果，再加上彭俊德籃下也是頻頻得分，兩隊竟然打成了拉距戰，但是這種打法很耗體力，打到最後五分鐘，周偉民已經快支持不住了，唉聲嘆氣的說：「大衛，我快不行了，我看其他隊友也跑不動了。」

「好，我們叫暫停休息一下，待會兒打三後衛，叫高個子留下來，再換兩個人上場，這兩個人專門防守班傑明，你和我只進攻，盡量不回防。」

休息一分鐘很快的過去，不回防的方式讓周偉民暫時鬆了一口氣，而全場的節奏也慢了下來，彭俊德看班傑明一人獨撐洋人隊的得分，也是累得全身大汗。

球賽進行到最後的階段，彭俊德看得分板上是六十六比六十六，又發覺自己也是體力耗盡，幾乎全憑一股意志力在打球，就對周偉民說：「咱們拖時間，最後十秒再出手。」

於是周偉民慢慢的運球過中場，但是也不急著進攻只是和隊友互相傳球來拖延時間，過了一會兒周偉民看時間也差不多了，便用一個假動作假裝要上籃，幾個洋人都圍過來要包他，周偉民用力跳起來，但是球卻是投向彭俊德，這時候彭俊德沒有人守著，整個人跳起來將球接住，在半空中直接就投籃得分，「還有八秒，快回防……」

說時遲那時快，洋人隊一拿到球就立刻從端線將球長傳過半場，彭俊德沒想到洋人隊的速度那麼快，忙大喊：「偉民趕快回防！」

剩下沒有幾秒鐘，洋人隊將球快傳給班傑明，但是班傑明也不進攻就將球右傳給另一個隊員，周偉民、高個子和另一個新加坡人便跑到右邊，但是球卻馬上又回傳到了班傑明的手中，彭俊德這時候已經衝到籃下，心想這一球讓班傑明出手就完了，便上前要攔阻他，但是已經晚了一步，班傑明看沒有人其他人防守他，退了一步站在三分線外奮力一投，球空心進網，裁判的哨聲剛好響起來，彭俊德看裁判右手指著三分線左手伸出三根手指頭就知道這一記三分球進球算，洋人隊以一分險勝。

「完了，死定了……」彭俊德看大勢已去，只覺得全身鬆軟無力，整個人軟癱的坐在地上，再看周偉民和班傑明更慘，兩人全身手腳張開的躺在地板上，爬都爬不起來了。

林怡珊看幾個人或坐或倒實在難看，便過來說：「耶，你們快起來，等一下還要互相敬禮呢，記得要有禮貌。」

彭俊德和周偉民只好勉強的站起來，自己到旁邊拿毛巾擦拭汗水，再看洋人隊那邊的班傑明，旁邊有三四個美女在服侍他，有的拿礦泉水有的拿毛巾，林怡珊看了直搖頭說：「很少看到球打得比大衛好，又長得比偉民帥的人。」

彭俊德也沒體力罵她，只好苦笑著說：「妳可真會安慰人。」

「本來就是嘛！你看人家又是按摩又是擦汗的，真是享受。」

「那些大概是他的女秘書吧？才這麼巴結他。」

「女秘書？有那麼誇張嗎？」

「當然了，對了，妳怎麼不幫偉民按摩？妳也是我的女秘書，快來幫我擦汗。」

「你美得冒泡唷！」

第十八章　最後決戰

第五天，展覽大會開幕，彭俊德一行人跑到會場幫忙，幾個台北來的年輕小伙子已經將攤位佈置妥當，彭俊德三個人反而閒著沒事。

在現場一位手勝的業務主任問彭俊德說：「大衛，你們裴思特有沒有來這邊宣傳？」

「沒有，今天並不是資訊電腦展，不過鈦星設計和電晶實業有人過來，如果有需要也可以互相支應一下。」

這時候松本次郎和水野美智子也過來了，水野美智子很高興的對彭俊德說：「我聽說昨天你們籃球打得很好，我們大竹總經理一直誇你們呢。」

聽水野美智子這麼說，彭俊德更不好意思了，很慚愧的說道：「真對不起，真對不起。」

「我們大竹總經理回去將所有的職員罵了一頓，不過一直誇你們打得很賣力。」

「可惜昨天還是輸了一分。」

「沒關係，昨天的桌球大勝，正式比賽的十一場只讓洋人隊拿下三場，另外足球也靠著香港和中國大陸組成的隊伍以三比二贏了球，整體來說昨天是亞洲隊獲勝。」

「真是太好了，那麼令尊、令妹和妳一定都贏了吧？」

「是呀，我們都是以四比零贏了對手。」周偉民聽了不禁瞠目結舌，比賽規則是每一場比賽七戰四勝，水野家三個人贏了十二局，竟然沒有讓對手吃下任何一局。

「對手以為我們是被請來的槍手，後來聽說我父親是副社長才不敢再追問下去。」

「哈哈，他們一定沒有看過那麼厲害的對手。」

「對呀，像我妹妹以前就是日本的國手，還參加過亞洲杯錦標賽，去年才退役下來。」

「國手？」聽說水野真由子是日本的國手，三人全部都傻了眼。

「是啊，其實我父親以前也是國手，他也很尊崇台灣的選手，他一直記得在年輕時曾經敗給台灣一位陳姓的選手。」

「陳教練！」彭俊德和周偉民幾乎同時喊了出來，這才知道原來水野剛田正是多年前和陳興國教練打得難分難解的日本切球高手，也難怪彭俊德會在他的手裏吃癟了。

「我祖父很感謝你們送給他的兩件禮物，還說那禮物比黃金還要貴重，又交待我父親說你們是他的貴賓，在日本要好好的招待你們。」

「我們這幾天已經受到你們的款待了，請向令祖父道謝。」

「你們太客氣了。」

「我們真的很感激這幾天松本桑和您在百忙之中一直陪著我們，不過我要說一句話，松本桑的酒量太好了，我以後不敢再和他喝酒了。」

松本次郎聽說彭俊德稱讚自己的酒量好，笑得合不攏嘴，還一直拉著彭俊德的手要去喝酒，彭俊德只好婉言推拒，松本次郎更是樂不可支。

松本次郎和水野美智子因為另有要事，坐了一會兒就告辭離去，彭俊德看會場漸漸熱鬧起來，自己無所事事又幫不上什麼忙，周偉民和林怡珊也不知道去那兒閒逛了，彭俊德窮極無聊也在會場到處走走逛逛。

沒一會兒逛到英國的攤位，彭俊德聽到一陣熟悉的笑聲，加上那濃重的英國腔，已經可以確定就是籃球打得很好的班傑明，再往前面一看，班傑明正在前面不遠的攤位，旁邊有三個女生正仔細聽班傑明吹噓昨天的戰績，彭俊德正想躲開，可是這時候班傑明也看到彭俊德，便起身走過來很熱情的握著彭俊德的手，彭俊德心想也跑不掉了，就說：「Hi, How do you do. Please call me David.」

班傑明先是愣了一下，接著便哈哈的大笑起來，又親熱的摟著彭俊德的肩膀說：「你好，雖然你的台灣英文我聽起來很親切，可是你說國語我馬ㄟ通。」

彭俊德嚇了一跳，想不到這個從英國來的老中竟然會說國語，班傑明也不理會被嚇呆的彭俊德，一把將身後的一個女生抓過來說：「妳看，這就是我說的亞洲隊最厲害的選手，他一個人吃了將近四十分，當然我也很不賴，現在人證在這兒，妳可不能說我吹牛了吧。」

彭俊德不好意思的一直擺著手說：「不說昨天，不說昨天。」

班傑明這才笑著說：「不好意思，我跟你介紹，這是裘蒂小姐，她的中文也說得很好。」

彭俊德也和她裘蒂打了招呼，班傑明又向身後一堆業務員說：「Hi Man, say hello to David.」

後面幾個年輕的業務員也很大方，紛紛說道：「Hi, David.」「Hello David.」

「Hello, everybody.」

「你是不是來找我的？找我有什麼事嗎？」班傑明將彭俊德拉到櫃台後面坐下來聊天。

「不是，我公司有些東西在這兒展覽，我自己沒事到處閒逛而已，沒想到會在這兒見到你。」

「喔？你不是專門來找我的？不過你也太老實了些。」班傑明有些失望，但還是拿出一張名片給彭俊德，又接著說：「我是英國公司研發部的負責人，我的研發團隊都在英國，聽說這次有籃球可以打，我就順便向公司申請過來參展，不過我也沒什麼事，有空我倒是想要多看一些材料和零件。」

「這我倒是可以幫忙。」彭俊德也拿出一張名片給班傑明，「有關材料、零件方面的門路我很熟，台灣最近在這方面的開發也非常的成功，有需要的話，我可以直接介紹你到原生產公司。」

「那太好了，有需要的話一定請你幫忙。」

班傑明想了一下，又從口袋裏拿出一疊名片，數了十張拿給彭俊德說：「這是我的名片，拿給你們的業務員，如果有相關產品要推銷的話，叫他們拿我的名片過來。」

「那真是太好了。」

班傑明又小聲的對彭俊德說：「今天我們公司在這兒有三個攤位，這裏的職位就數我最大了，他們都聽我的。」

「謝謝你。」

「謝什麼……」

兩個人坐著聊天，大有相見恨晚的樣子，可是說了沒五分鐘班傑明好似看到什麼奇怪的景象，竟然瞪大眼睛站了起來，彭俊德心想難道會是日本總理大臣來了不成？便也站起來，赫然看到謝淑華也在展覽會場上，身後還跟著兩個工作人員，今天謝淑華留了一頭過肩的直髮，十足東方美女的典型，彭俊德再看班傑明眉頭深皺表情十分奇怪，嘴裏還唸著：「怎麼可能？怎麼可能？」

這時候彭俊德忽然醒悟，眼前這個班傑明似乎和自己印象中的某個人十分神似，腦海裏快速尋找高大、英俊、籃球高手……。

「奧斯汀……，你是奧斯汀。」

班傑明聽到彭俊德這麼稱呼自己，驚得張大了嘴巴卻說不出話來，這時候彭俊德已經確定這個來自英國的班傑明，正是謝淑芬以前的男朋友奧斯汀。

彭俊德看班傑明呆若木雞，已經知道是怎麼一回事，心想這班傑明一定是將謝淑華看作是謝淑芬，便說：「班傑明，她不是凱瑟琳，她是蜜雪兒。」

班傑明這才回過神來，驚訝的說：「她是蜜雪兒？是啊，都快二十年了……」

班傑明快步走到謝淑華的面前說：「嗨，蜜雪兒，好久不見了。」

謝淑華有些訝異竟然有人這麼唐突的跑到自己面前自我介紹，可是眼前這個人似乎又有點面熟，便問說：「你……對不起。」

「我是歐大哥呀，妳忘記了嗎？」

謝淑華才想起這正是當年和自己大姐戀愛得死去活來的奧斯汀，奧斯汀因為姓歐，因此當時年紀還很小的謝淑華都叫他歐大哥，「歐大哥……你……，好久不見了。」

「是真的好久了，妳都長得這麼大了。」

「你一點都沒變呢。」

班傑明笑著說：「不要騙我，已經十七年了，我怎麼可能沒變呢？」

「你現在好嗎？」

「我很好，我現在任職於英國一家高科技公司，妳呢？」

「我也有一些小事業，總公司在英國，也有分公司在台灣。」

「台灣？我為你介紹一位台灣的好朋友。」班傑明轉身想找彭俊德，可是彭俊德已經走了。

班傑明非常失望，便拿出剛才的名片給謝淑華，又說：「他人走了，這是他給我的名片。」

謝淑華看這正是彭俊德的名片，很訝異的說：「啊！是俊德，他現在已經到手勝上班了……」

「怎麼？妳認識他……」

謝淑華似乎沒有聽到班傑明的話，心中只是想著：「他還好嗎？為什麼躲著我？為什麼不跟我見面？……」

✦　✦　✦

「什麼？班傑明就是奧斯汀？你也看到淑華了？真是令人意想不到啊！」聽彭俊德說了班傑明的事情，林怡珊也覺得不可思議。

周偉民也接著說：「難怪他籃球打得那麼好，原來他就是那時候籃球校隊的隊長。」

林怡珊還是比較關心彭俊德和謝淑華的事情，便問彭俊德說：「你為什麼不跟淑華說話就跑掉了？」

「沒什麼好說的，見了面多一些傷心而已。」

周偉民還在記恨著謝淑華，不太高興的說：「傷心什麼？上次為了她還被揍了滿頭包。」

林怡珊瞪了周偉民一眼，接著又問說：「這次有沒有看到她先生？」

彭俊德苦笑著說：「沒有，如果看到了還打架嗎？」

周偉民有氣無力的說：「打架？他旁邊有那兩隻大猩猩，還是不打的好。」

彭俊德笑著說：「有什麼好怕的，我旁邊也有兩個保鑣。」

林怡珊不解的問說：「哪有呀？什麼保鑣？」

「不就是妳和偉民嗎？」

「哈哈，我可不行，我全身加起來也沒三兩肉，被人家一拳就打扁了，要保鑣你找阿傑去。」林怡珊笑得彎下了腰來。

「保鑣？阿傑？」彭俊德忽然想到一件事，很興奮的說：「對了，就是找阿傑。」

彭俊德馬上撥電話回台灣，「喂，阿傑嗎？我是大衛，有重要的事情要請你幫忙，下星期一……」

✦ ✦ ✦

第二天班傑明來到彭俊德的攤位，遠遠的就對彭俊德打招呼，「嗨，大衛。」

「嗨，班傑明，過來一起坐。」

林怡珊這才近看了班傑明，雖然年近四十可真是帥極了，鼻子筆挺好似外國人，說話時臉頰還會泛紅，笑的時候雙頰隱隱約約有小酒窩出現，一頭蓬鬆的頭髮更是性格，攤位上三個台灣來的小女生看了都心醉神馳的，林怡珊假裝生氣的罵她們說：「妳們三個小妮子看什麼？這是我的男朋友。」，弄得三個女生都掩著嘴偷笑。

彭俊德為三個人做了介紹：「這是偉民，這是珊珊。」

班傑明很優雅的拿起林怡珊的手背親了一下，微笑著說：「Nice to meet you. My pure lady.」

林怡珊笑得眼淚都流出來了，彭俊德對班傑明說：「真是謝謝你了，我們的業務員多虧你照顧，他們在你那兒進行得很順利。」

「那都是小事情，我今天是來告辭的。」

「什麼？」

「我要回英國去了，中午的飛機。」

「這麼快？」

「其實我這一次主要是來打籃球的，球也打完了，這兒我也沒什麼事可做，就回去了。」

「而且還打贏了！」

班傑明輕輕的用拳頭打了彭俊德的肩膀一下，笑著說：「你這個傢伙，為了對付我，你竟然換了七八種戰略，差點就栽在你的手裏！」

「真是太可惜了，還想要找你多聊聊呢。」

「我也是呀，不過有緣的話，我們還會再見面。」

「有空的話你會回台灣嗎？」

「回台灣？你說的也對，好多年沒有回去了。」

「有空我也可以去英國看你。」

「到英國看我？哈哈，好呀，也可以順便看蜜雪兒。」

「蜜雪兒？」

「她昨天說很想要見你，可是你一直都躲著她。」

「我……我……」

「沒關係，你的心情我可以體會，相信我。」

說班傑明可以體會自己的心情，彭俊德倒是不會反對，便問班傑明說：「在感情方面我選擇了逃避，你呢？」

「我不再逃避了，面對問題會比較簡單。」

「那你結婚了沒有？」

「這個？……我還沒有，不過那是我的緣份還沒到，可不是……」

「哈哈，別說了，感情這種事是說不清的。」

在一旁的林怡珊突然說：「謝淑芬她人正在東京。」

班傑明很驚訝的問說：「什麼？她……她也在這兒？」

「是呀，我負責安排我們工作人員的飯店房間和一些雜事，前幾天我在飯店忙的時候，剛好有人為她訂房，我這才知道的，我聽說她也接手了一些謝家的事業。」

彭俊德看班傑明一臉痛苦的表情，便打斷林怡珊的話，十分不忍的說：「珊珊別說了。」

班傑明雖然內心非常痛苦，但還是很堅強的說：「不，請讓她說下去，我剛才說面對比較簡單，可是真正遇上了，我卻又三心兩意了。」

「是很難的，我知道。」

班傑明轉身問林怡珊說：「珊珊，妳可不可以帶我去找她，我想再見她一次面。」

「這個，這個……」林怡珊一時也沒了主意，只好哀求的看著彭俊德。

彭俊德看著班傑明熱切的神情，便說：「好吧，我陪你們一起去，偉民你在這兒留守，我和珊珊一起過去，順便送班傑明上飛機。」

在計程車上班傑明有些緊張，但是到了飯店就恢復了他那爽朗的個性，三個人很快就來到謝淑芬房間的門口，班傑明自己敲了門，有一個女服務生出來應門，班傑明將門推開就直接進去了，女服務生想要阻止已經來不及。

班傑明進去果然看到一臉錯愕的謝淑芬，旁邊還有兩個年輕的業務人員，另外有一個五十歲左右年紀的人，彭俊德對這人十分熟悉，此人正是謝浩山的秘書吳先泰，謝淑芬和吳先泰似乎正在談論公事，吳先泰看到有人很不禮貌的闖進來，不高興的站起來就要將班傑明推出去，豈知班傑明人高馬大，用雙手將吳先泰整個人提了起來，再將他猛力的推回沙發椅，吳先泰嚇得癱在椅子上動也不能動。

謝淑芬也驚得站起來，班傑明很客氣將謝淑芬的右手放到自己的唇邊親吻了一下，微笑著說：「親愛的凱瑟琳小姐，多年不見，妳還是這麼美艷如昔，真是可喜可賀。」

「你是……你是……」

班傑明忽然用力將謝淑芬抱了過來，很狂暴的吻著她的唇，謝淑芬想要推開，可是力氣不如班傑明而掙脫不開，吻了大約十秒鐘，班傑明才放開謝淑芬，謝淑芬又羞又惱，用力揮掌打了班傑明一個耳光，班傑明不閃不避硬是挨了她的這一巴掌。

班傑明也不生氣，輕輕用力將謝淑芬一推，謝淑芬向後坐了下來，班傑明摸著被打的腮邊說：「好失望啊，這就是妳給老朋友的見面禮嗎？」

謝淑芬驚得說不出話來，班傑明看著手錶，皺了一下眉頭說道：「真是可惜，我的飛機快趕不上了，不然我還有很多事情要向妳說呢。」

「可惜我沒有多少時間了，再見了，我親愛的凱瑟琳小姐。」班傑明說完轉身就走，彭俊德和林怡珊也跟著離開，完全不管房間裏的人有什麼想法。

班傑明到了機場，另外有三個英國人已經帶著行李在機場等他。

看班傑明走過來，彭俊德問他說：「確定機位了嗎？」

「沒有問題，飛機準時起飛，今天真是謝謝你們了。」

林怡珊調皮的問說：「班傑明，你剛才挨那耳光痛不痛呀？」

「怎麼不痛？妳過來，我讓妳知道有多痛。」班傑明說著就要伸手去抓林怡珊，林怡珊嚇得趕緊逃開了，逃了兩三步看班傑明也不追她，回過頭又說：「要知道挨耳光有多痛，你要像剛才那樣親我一下才行。」說著就嘟著嘴要讓班傑明親她，班傑明大笑的親了林怡珊的臉頰，又問林怡珊說：「妳這個女孩子真可愛，有沒有男朋友？改天我幫妳介紹幾個。」

「好呀，好呀。」林怡珊高興的直拍手。

彭俊德有些憂心的問班傑明說：「班傑明，你今天這樣子，不怕嚇著了凱瑟琳嗎？」

「哈哈，嚇著了她？怎麼可能，膽小如鼠的是我可不是她。」

「真看不出你也會膽小如鼠？」

「不說這個了，剛才那個男的你認識嗎？」

「那是謝浩山的秘書，很得謝浩山的信任。」

「那個傢伙最壞了，我猜你也吃過他的苦頭是吧？」

彭俊德苦笑著說：「你今天對凱瑟琳那麼兇，你不怕謝家再找你的麻煩？」

「哈哈，我已經不是以前的奧斯汀了，再說……，再說我也沒有失去什麼，不是嗎？」

「是啊。」

目送班傑明一行人離去，彭俊德問林怡珊說：「珊珊，班傑明長得還不賴吧？」

「真是帥呆了，個性又那麼開朗，還是留英的博士，我的天呀！比電影明星還要帥，是所有女生心目中的白馬王子。」

「如果班傑明很喜歡你，而你的爸爸媽媽卻反對你們來往，你會怎麼樣？」

林怡珊怒目圓睜的罵道：「他們敢！看我以後不養他們。」

「好啦，我只是比喻而已，又不是說真的。」

「反正班傑明又不是喜歡我，那個謝淑芬真是神經病，她是瞎了眼嗎？……」

✦　✦　✦

彭俊德三個人也不回台灣，直接坐飛機來到美國紐約州，一輛加長型的大車子和身穿制服的司機已經在機場等他們，車子直接將三個人載到著名的康乃爾大學，康乃爾大學創立於一八六五年，是著名的長春藤名校之一，這是一所擁有很大校區的學校，裏面每座建築物都可說是一件藝術品，校園裏景色如畫，氣氛十分沉靜。

幾個人來到一間研究室，丁慶澤和阿傑已經在那兒等很久了，周偉民開玩笑的對阿傑說：「阿傑你那麼厲害呀，你也在丁博士的實驗室做研究？」

「別取笑我了。」

彭俊德問丁慶澤說：「阿丁，進行得如何了？」

丁慶澤指著桌上十台新安裝好的電腦說：「萬事俱備，只欠東風。」

彭俊德上前撫摸這幾台嶄新的電腦，又問丁慶澤說：「好，那什麼時候進行？」

「明天就出發。」

林怡珊聽不懂他們兩人在說些什麼，便問說：「明天要去哪兒？」

丁慶澤笑著說：「帶你們到紐約玩。」

紐約市是全美最著名的城市，就連聯合國總部也設於此地，人口超過八百萬人，市內摩天大樓林立，在曼哈頓區一棟摩天大樓裏有個大型的會場，其中有一間可容納一千人的會議廳，這時正有由私人主辦一個連續三天的會議，主題是「網路安全威脅與防護趨勢研討會」，實際上這是美國駭客一項少見的聚會，詳知內情的人都知道，許多隱身於網路後面的駭客高手將會在這次會議中出現。

今天是會議進行的最後一天，演講台上有一個金髮高大的美國人正在發表演說，丁慶澤看台上演講的人已經說完將要下台，便對彭俊德說：「阿德，就看你的了。」

彭俊德一身黑色的西裝衣褲再加一條深藍色領帶，在會場中顯得有些突兀，阿傑也是相同的裝扮站在彭俊德身後，那演講的美國人正是令人聞之色變的網路駭客宙斯，宙斯的穿著非常隨便，一件短袖襯衫還拔在褲子外面，但是派頭很大，這時候宙斯演講完下台正要離去，後面還跟了四個身穿制服的保全人員，但是在門口被彭俊德擋住了去路。

丁慶澤、周偉民和林怡珊幾個人只是遠遠的觀望著，彭俊德和宙斯兩人原來還只是小聲的交談，但是宙斯的聲音越來越大，現場眾人不禁都瞧他們看過去，宙斯最後還生氣的將一疊紙丟向彭俊德的臉上，彭俊德也不閃避，只是彎下腰來檢起其中一張報表紙，再撕成了碎片，兩人似乎要打架的樣子，但是後來彭俊德遞給宙斯一張名片之後就轉身離開，宙斯也因為彭俊德不再擋路而隨之離去。

彭俊德並不想引起太大的騷動，走向丁慶澤這邊，又交談了幾句，幾個人隨後便離開會場。

五個人還是坐丁慶澤租來的大轎車回到飯店，在車上周偉民擔心的問說：「我剛才還真怕你們會打起來。」

「不會的，打架不是我們駭客的風格。」

「阿德，這還是我第一次聽到你承認自己是駭客。」丁慶澤又接著問阿傑說：「阿傑，剛才那四個保全你有沒有辦法應付？」

阿傑笑著說：「四個還好，再多幾個可就不好辦了。」

周偉民問彭俊德說：「大衛，你剛才和宙斯說些什麼？」

「其實也沒說些什麼，我都是故意在激怒他。」

「喔？那你是怎麼說的？」

「我跟他說我是程式設計公司的負責人，有幾家公司的網站是我的客戶，希望他不要去打擾，他當然否認了，我說不承認也沒關係，反正我們也沒有損失，後來我又跟他說，我最討厭的就是一些不要臉的電腦駭客。」

「他就生氣了？」

「你們也都看到了，他氣得將手中的簡報都丟到我的臉上了。」

丁慶澤笑著說：「我想他大概一時找不到手套吧？」

彭俊德又繼續說：「我將一張掉在地上的報表紙撕掉，這樣子可說是對一個西方人最大的侮辱了。」

「所以他就恨你恨得死死的。」

阿傑不懂的問說：「阿丁，這是為什麼呢？」

「在西方，如果一個人將手套丟在你的臉上，那就是對你的挑戰或是最大的羞辱，兩人決鬥一定要到分出生死為止。」

「我的天呀，原來如此。」

丁慶澤又說：「阿德再將宙斯的報表紙撕掉，那就是對宙斯最嚴厲的回應，而且現場幾百個人都有看到，所以他們兩個人的冤仇就這麼結下了。」

周偉民問彭俊德說：「所以你今天要阿傑跟來，也是怕會引起衝突？」

「沒錯，你也看到了，剛才我們兩個人差一點就打起來了。」

「你後來又交給他一張什麼東西。」

「就是這一張。」彭俊德拿出一張紅色名片給周偉民看，上面印著一個白色骷髗頭，用英文寫著大衛幽靈王，上面還印了公司的資料。

「哇，你將公司的網址也印在上面？大衛幽靈王是你在網路上的新名字嗎？」

「沒錯，我就是要他放馬過來。」

「戰爭開始了。」

林怡珊擔心的問說：「大衛，你是那個宙斯的對手嗎？」

「他太厲害了，我自認為不是他的對手，不過有阿丁幫我，或許可以一拼，而且最近幾個月來，公司為了防範宙斯的入侵已經焦頭爛額了，這件事要做個了斷，不然永遠沒完沒了。」

周偉民也問彭俊德說：「所有的事情都是謝浩山一個人惹出來的，你為何不從謝浩山那邊開始著手？宙斯實在不太好惹。」

「我早已經著手對付謝浩山了，不過宙斯不同，他入侵我們的網站並不順利，有幾次紅螞蟻是拔掉電纜線才逃過一劫，不過宙斯不達目的不會罷休，他就是這樣的人。」

「可是他在暗，我們在明，即使我們防範成功，他也沒有什麼損失？」

「所以我請阿丁幫我，我們要扭轉這個局勢，讓我們在暗，讓宙斯在明。」

✦ ✦ ✦

在偉翔網管公司裏，周偉民正試著入侵一個美國網站，彭俊德在一旁觀看，周偉民入侵不太順利，轉身對彭俊德說：「大衛，這個網站不太好搞，只要再多給我一些時間，我也可以侵入的。」

「很好，你輸入這一組的帳號和密碼試試看。」彭俊德拿一張紙給周偉民。

「這好像是一家小型五金零件公司的系統，而且現在是上班時間，系統正在操作，你怎麼知道帳號和密碼？」

「別管這個，你進去看看，看能不能做一些破壞。」

「進去了！帳號和密碼是正確的……」周偉民進入以後先是搜尋檔案，接著試著要刪除一個小檔案，螢幕中央出現一個視窗要求重新輸入認證密碼，周偉民重新輸入一次，結果馬上被切斷連結。

「怎麼一回事？」

「電腦發現你正在做特殊的操作，懷疑你有可能是入侵者，它就要求再確認你的身份，可是前後的密碼不同，因此它就切斷你的線路。」

「可是這種保全程式也會造成很大的困擾，工作人員在使用的時候也很麻煩。」

「沒錯，有時候為了保全和安全是要付出代價的。」

「給我一段時間，我還是可以破解它。」

「一段時間？我怕你沒有那麼多閒功夫。」

周偉民苦笑著說：「可是宙斯就有這個閒功夫。」

「對，這就是宙斯最可怕的地方。」彭俊德再拿出一張紙條給彭俊德，紙條上面有兩組密碼，並且說：「你照這個密碼再試一次。」

「好，我試試……」周偉民：「現在已經進去了，我要更改檔案……，好了，它又要我確認密碼。」

「你照著我給你的密碼試試看。」

「這種兩層完全不同的密碼很難破解，除非是用假程式來騙，或是從工作人員那裏騙來，不然要花很久的時間。」周偉民一邊說話，可是手裏也沒有閒著，過了一會兒便說：「好，已經完成了，我刪除了兩個小檔案。」

「你看這台電腦有沒有異狀。」

「好像沒有，電腦還沒發覺被我入侵。」

「很好，你先下線吧。」

周偉民退出剛才入侵的網站，轉過來問彭俊德說：「剛才是怎麼一回事？」

「剛才你侵入的網站是假的。」

「什麼？是假的？我怎麼看不出來？」

「沒錯，你沒查出什麼異狀，是因為它的網址、線路和公司行號都是真的，可是它的主機電腦是放在阿丁在美國的家中。」

「喔？我觀察了好幾天，還是看不出來有什麼不對的地方。」

「你會發覺這個網站每天都有很多人進出，資料也每天都有更新，你甚至可以寫信給網站的服務人員，也可以下訂單，實際上那些動作都是用電腦模擬出來的，這是一個陷阱。」

「陷阱？你希望宙斯來入侵這個網站？」

「沒錯，在美國的時候，宙斯拿走我一張名片，從名片上面可以追查到幾家公司的網址，宙斯肯定不會輕易放過。」彭俊德詳細的對周偉民解說：「阿丁幫我設計了一套線路和連結硬體，我設計軟體讓一切看來都好像真的一樣，就是希望宙斯來入侵，我將這一整組系統稱為『大衛幽靈王三號』，一共做了兩組全部有十台電腦，這裏一組，另一組在美國阿丁那兒。」

「那你就可以偵搜他的位址，說不定還可以入侵他的電腦。」

「這有好幾個目的，首先是分散宙斯的注意力，讓他少來找我們公司網站的麻煩，另外這幾家假的網站都有很強的防護能力，可以讓宙斯煩惱一陣子，即使他真的入侵成功也沒關係，他入侵越多次，也越容易露出破綻，最後還是希望看能不能找到他的巢穴。」

「最後的目的就是入侵他的電腦了？」

「沒錯，因為宙斯的電腦並不是銀行也不是公司行號，更不是美國的政府機構，大概不會有太多人對入侵他的電腦產生興趣，我就是賭看能不能入侵他的電腦成功，而且要神不知鬼不覺的。」

「沒錯，像他這種人一定很敏感，他的電腦不一定防護得很嚴密，但是萬一讓他知道有人想要入侵他的電腦，那就不會有下一次機會了。」

「沒錯，所以要和宙斯鬥法，只有一次機會。」

「還有沒有其它的補強措施？」

「阿丁已經請當地的私家偵探查出了宙斯的住家，說不定從外接的線路就可以知道他的網域位置，另外也知道他的作息很有規律，我已經將他上網、在家、出門的時間列了一個表，也很有用。」

「對，可以利用他出門的時候入侵，最好他的電腦是二十四小時開機……，你入侵他的電腦，是要將他的電腦毀掉嗎？」

「怎麼做還不知道，現在只是剛開始。」

「我看你們是五五波，這個陷阱太強了，我猜是你和阿丁想出來的吧？」

「不，這是蛋塔告訴我的。」

「是……」周偉民沒想到這陷阱竟然是譚元茂告訴彭俊德的，可是一提到譚元茂，彭俊德又是一臉傷心的神情，周偉民也不敢再問下去。

過了一會兒周偉民從抽屜拿出一張印了地圖的報表紙，對彭俊德說：「對了，我也調查了謝浩山的行蹤，他人正在美國的西雅圖，他在台灣的住處也已經換了地方。」

「喔？他換老巢了？」

周偉民指著地圖上的一處記號說：「這是一棟新式智慧型的別墅，花了他不少錢，裏面全部都是電腦控制，別墅內最少都有六個警衛。」

「我猜那兒可能是他在台灣的總部。」彭俊德曾經去過謝浩山在台北郊外的豪宅，雖然豪華但是交通不便，也不符合現代電腦化的原則，若是重新裝設安全系統的話，反倒不如另外增建一棟房子來得划算。

彭俊德接著又說：「我試試看能不能監控裏面的電腦，偉民你試看看能不能監聽他們的電話？」

「電話？我試試看，不行的話，可能就要花錢請徵信社了。」

這時候手機響起來了，彭俊德拿起來聽，是美國打來的電話，「阿德，我是阿丁！」

「嗨！丁博士，事情怎麼了？」

「抓到了，宙斯使用隱藏IP，他先聯機到WinGate Server再對外聯機，用了兩次跳板，但還是被我抓到，過來就看你的了。」

「好，謝謝你。」

「我馬上將所有的資料傳給你，你要加油。」

「好。」

「幹掉宙斯，讓他知道台灣網路駭客的厲害。」

「哈哈，只怕我不是他的對手，對了，我這一陣子用的是大衛幽靈王這個名字。」

「我知道。」

「好，那我就用大衛幽靈王這個名字和宙斯大戰一場。」

「戰爭已經開始了，拜拜。」

彭俊德掛上丁慶澤的電話，轉身過來對周偉民說：「偉民你幫我一個忙，你發一封信給眼鏡蛇，說網路駭客大衛幽靈王向他宣戰。」

「好，那你和宙斯對抗有多少把握呢？」

「現在有阿丁幫我，而且我大衛王也不是省油的燈，這個宙斯……」彭俊德咬牙切齒的說：「宙斯他死定了！」

✦　✦　✦

回到台北，彭俊德到醫院探望乾爹張鎮三，這半年來張鎮三的身體大不如前，已經多次住院療養。

「大衛你來了……」看老人的手不停的顫抖，彭俊德一陣心痛，但還是微笑著坐在張鎮三的床邊，握著張鎮三的手說：「乾爹，你今天的氣色可好多了。」

「真的嗎？」

「是啊。」

「哈哈，你的臉色也好多了，沒像上次那麼難看，我好幾次想到你為了女人被人家打成那個樣子，我都忍不住笑出來。」

「也沒辦法，我打不過人家。」

「那沒關係，打架總是有人贏有人輸，乾爹喜歡的是你真的又活過來了，你失蹤的那幾年，蘿拉哭了好幾回，她怕你會想不開……，乾爹也想多活幾年，為了你、為了蘿拉……，還有筑筑，還有為所有愛我的家人活著……」

「都是我不好，讓大家為我擔心了。」

「乾爹問你，當初蛋塔要讓小包子當你的乾兒子，是為了什麼？」

彭俊德不知道張鎮三為什麼今天突然會問這個問題，但還是回答說：「我想他……他大概是要讓小包子還有一個爸爸吧？」

「你只猜對了一半，哈哈……，蛋塔比你高明啊……」

「只猜對了一半？」彭俊德心想著這幾年和譚元茂、小包子的相處，譚元茂似乎並不止是要讓小包子認個乾爹而已，今天聽張鎮三提起來，聰明的彭俊德很快就想到了答案，「蛋塔……他是，他是要我有一個活下去的理由……」

「是啊，你這幾年雖然有些振作，也開始做生意，但是誰知道哪一天你又會……，又會像以前一樣……」

「蛋塔……」

「不會了，你再也不會這樣子了，你有了小包子，以後你……你一定會為了小包子而珍惜自己，乾爹也可以放心了。」

「乾爹……謝謝你。」

「想不到蛋塔那麼厲害，人都死了卻還能夠照應你……，只有那個謝浩山……，我看不慣他那麼欺負你，再怎麼說……不看僧面看佛面……」張鎮三說話的語氣有些沉重，「我派人兩次警告他，他卻給我來個相應不理，他看我年紀大，火氣全沒了，咳……」

「我……我不知道。」

張鎮三搖頭不讓彭俊德說話，自己卻繼續說：「我的身體已經不行了，可是我交待了克誠和蘿拉，他們都可以幫忙，謝浩山再對你動手的話，你可以用手勝的全部資源……，要人要錢都可以……。」

彭俊德不停的搖頭說道：「乾爹，不要……」

「如果乾爹身體還好的話，乾爹一定親自幫你對付謝浩山，他實在太過份了。」

「乾爹，已經沒這個必要了。」

「為什麼？」

「我已經原諒謝浩山了，以前的事情我也不再追究。」

「怎麼會呢？他……」

「再怎麼說，他也是淑華的父親，如果不是我和淑華缺少緣份的話，他也可能是我的老丈人，我不願意和他起衝突。」

「真的嗎？那真是太好了，我也可以放心了，畢竟我也是吃齋唸佛的人，怎麼老是想到要對付人家呢？阿彌陀佛。」

「對呀，你也知道，我已經答應大姐要到手勝工作，大姐說要幫我安插一個比較清閒的職務，以後不會有人再來傷害我了。」

「很好，到手勝來……，我就不相信還有人敢上門到手勝來欺負你……」張鎮三露出難得一見的笑容繼續說道：「你不要騙我……，乾爹真想親自看到你到手勝來上班……可是，我這個身體……時好時壞的……」

✦　✦　✦

劉筱君一大早沒事抱了小兒子翔翔來到彭俊德的公司串門子，彭俊德看得十分羨慕，原來劉筱君最近半年已經漸漸淡出手勝的事務，公司大部分的公務都交給陳智豪管理。

「大衛，我不知道你是怎麼安慰乾爹的，他這兩天的心情好多了。」

「妳也知道，我總是會說老年人喜歡聽的話。」

「不管怎麼樣，我還是很感激你。」

「別這麼說，他也是我的乾爹。」

「他告訴我說，你已經原諒謝浩山了？」

彭俊德心想這種事情只能瞞得過張鎮三而已，便說：「大姐，我騙不了妳，我是可以原諒謝浩山，但是他不一定會放過我。」

「好吧，我也知道你的意思，不過要對付謝浩山可不是容易的事，要不要我幫忙？」

「你已經幫忙了，我手上還戴著你給我的戒指呢！」彭俊德說著還秀出手指上的鑽戒。

「那就好了，你這一陣子有沒有覺得這戒指有什麼特殊的力量？」

「好像沒有耶！我在日本打球可是輸得一蹋糊塗。」

「哈哈，那是你自己球技不如人，上次去日本的業務可是好得很呢！他們老社長交待說要給我們丰勝方便，那個水野副社長好像接到聖旨一樣，什麼事都照辦。」

「日本社會十分尊重老年人，也難怪水野副社長會那麼聽他們老社長的話。」

「我聽說你也有很大的功勞。」

「不說這個了……，你今天找我有什麼事嗎？」

「有啊，現在乾爹身體不好，克誠已經擔任丰勝的董事長了，他交待我說，希望你能夠早一點到丰勝來上班。」

「大姐，我答應妳的事情一定會做到，可是眼前我還有最後一件事情要辦，等我這一件事情處理好了，我一定過去。」

「什麼事情那麼重要？」

「我和謝浩山攤牌的時候到了。」

「你要去找謝浩山？」

「沒錯，就是明天。」

「你還要再多考慮一下嗎？要不要我出面。」

「不必，謝浩山已經輸定了，不過明天我要找阿傑一起過去。」

「能不能告訴我你打算怎麼做？」

「等我回來再告訴妳好嗎？」

「好，我相信你，照顧好自己。」

才送走劉筱君沒多久，辦公桌的電話響起了林怡珊的聲音：「大衛，淑華來找你，她已經……」

「不見，我沒空。」想到明天要和謝浩山攤牌，彭俊德心情惡劣到了極點，實在不想見到謝淑華。

可是已經太遲了，謝淑華自己打開辦公室的門進來，很不高興的問彭俊德說：「俊德，你為什麼不見我？」

彭俊德心情不佳，只是坐躺在椅子上說：「我今天很忙，有事改天再說吧。」

「為什麼要改天？今天就可以說個清楚。」

「我和妳的事情已經很清楚了。」

「我不是說那個，我聽說你帶著奧斯汀去找我姐姐？」

「沒錯，是我帶他去的。」看謝淑華一副興師問罪的模樣，彭俊德心裏很不高興。

「你這樣子會不會太過份了？」

彭俊德斜躺在椅子上冷冷的說：「我讓他們老朋友見面，有什麼太過份的？」

「你和奧斯汀那樣不禮貌進人家的房門，又再羞辱我姐姐，你們這樣子傷害她，難道不會太過份了？」

彭俊德生氣的站起來大聲說道：「傷害？妳們謝家的人知道什麼叫做傷害？」

「……」

「我告訴妳，妳父親叫人挖我公司的牆角，將我的公司砸了，放火燒我的倉庫，又叫人殺害紅螞蟻和我。」

彭俊德指著額頭上的傷疤說：「告訴妳……這些都不能算是傷害……」

「真正的傷害在這裏。」彭俊德指著自己的心臟，說完之後就生氣的衝出門去，將辦公室留給一臉錯愕的謝淑華。

✦ ✦ ✦

第二天早上，彭俊德將必要的東西準備好，和阿傑坐上周偉民的車就出發了，阿傑手上還特地戴了黑色的手套，又戴上了墨鏡，一副彪悍保鑣的模樣。

彭俊德看周偉民有些緊張，故作輕鬆的說：「今天是好日子，幾個正主兒都在。」

「哦？」

「謝浩山前天剛從美國回來，和唐納德約好了今天見面。」

「他和唐納德見面？是要談謝淑華的事嗎？」

「好像不是，大概是要談合作生意的事情吧？」

幾個人來到台北近郊一座完成不到兩年的科技別墅，車子剛開過來大門就自動打開，裏面的人員出來看時，車子已經開了進去。

車子繞過庭院的圓環水池來到一棟新式建築的金屬大門前，三個人下了車，彭俊德拿出一張晶片卡，感應之後金屬門也打開了。

三人經過幾個廳堂一直來到房子最裏面的一間大辦公室，辦公室的入口是一個寬約六尺的厚玻璃門，彭俊德一看就知道這是一種特殊的防彈玻璃門，還可以看到裏面有五六個人正在忙著，彭俊德拿出剛才那一張晶片卡，感應了一下玻璃門也自動打開。

這時候有六個警衛人員已經警覺到有人入侵而趕了過來，彭俊德和周偉民不管他們就逕自走了進去，阿傑一臉兇悍的站在門外守著，一個兇惡的警衛拿了一根警棍往阿傑臉上打去，阿傑右手微抬就將將警棍抓住，接著再用右手肘撞擊那個警衛的臉，那警衛身體一晃就昏過去了，其他幾個人也拿了鐵鏈、電擊棒各式不同的武器，但都不敢亂動。

在室內的幾個人看到這種情形都嚇呆了，彭俊德笑著對謝浩山說：「謝先生，你也別怪那幾個守衛，他們攔不住我的，我知道剛才也有人打電話進來想要警告你說有人闖進來，可是現在所有的電話都不能接通，在座諸位和幾個警衛的手機也暫停使用，如果真的報警來處理的話，我怕難看的是會是你了，謝先生。」

在門口的周偉民交待剩下的五個警衛人員說：「你們幾個注意聽了，我們和謝先生有事情要商量，你們在外面守著，有人要進來的話，要先請示謝先生一聲，你們也不可以報警，不然謝先生饒不了你們幾個人。」

謝浩山畢竟是見過大風浪的人，看幾個警衛還站在門口，便告訴一個為首的警衛說：「你們回去守著，先不要報警。」

剩下的五個警衛這才悻悻然帶著受傷的警衛離去，周偉民看一時不會有狀況，便將玻璃門關上，阿傑則是站在彭俊德的身後守衛著。

謝浩山這才問彭俊德說：「你要做什麼？」

彭俊德笑著說：「我也沒有要做什麼？我今天只是想要將我們的事情說個清楚而已。」

彭俊德也不等謝浩山答話，又轉身對吳先泰說：「吳先生，或許所有的事情，你會比謝先生還要清楚，可是說到細節的話，那……」彭俊德走到角落的桌子前，對著坐在電腦前的一個年輕人說：「眼鏡蛇，那就是你了。」

這個被稱為眼鏡蛇的年輕人正是前一陣入侵彭俊德公司的電腦駭客，這時候十分驚訝的說：「你是誰？你怎麼認識我？」

「雖然是第一次見面，我是誰你應該很清楚？在網路駭客的世界裏，我認識你，你也認識我，請容我自我介紹，我是大衛幽靈王。」

眼鏡蛇聽彭俊德報出大衛幽靈王的名號，竟然嚇得椅子都翻倒了，人也跌坐在地上。

「沒有錯，前幾個月謠傳殺死了瘋西和印度番這兩個殺手，另外最近和宙斯在網路上大鬥法的人就是我，你好大的膽子，我三番四次在網路上警告你，你鬥不過我，竟然還找了宙斯來對付我，說真的，這三個月來，我和宙斯在網路上的大戰，真的是很辛苦。」

「我沒有……」

「很可惜的是……，你也知道，現在宙斯被提起告訴，他犯了很多聯邦罪，我承認這是我的傑作。」彭俊德丟了一份文件夾在眼鏡蛇的桌子上，冷冷的說：「請你先看前三頁，你和宙斯所有的電子信、在網路上的交談，都印在上面，請你不要否認，我怕這會污辱到我們駭客的名譽。」

看眼鏡蛇嚇得說不出話來，彭俊德繼續說道：「另外那兩個你請來的殺手，我也承認，是我送他們上西天的。」

眼鏡蛇看文件夾裏面還夾有幾張慘不忍睹的照片，正是兩個殺手死亡的照片，全身流血死狀很慘，眼鏡蛇看得全身發抖不能動彈。

「本來我也不必做得那麼絕，可是他們要殺我，要殺我的朋友，在我住院的時候，他們還幾次在醫院外面徘徊，那當然不是要來向我請安問好的，要殺他們，我也很不得已。」

彭俊德從西裝內側口袋拿出一把附了皮套的刀子，抽了出來是一把兩刃尖刀，彭俊德將刀子輕輕放在眼鏡蛇的桌子上說：「這就是他們使用的兇器，我也知道他們兩個人都是直接找你接洽的。」

彭俊德轉向吳先泰說：「至於你吳先生，那兩個殺手在死前被嚴刑拷打，說出他們每個人接受一百萬元的報酬，兩個人一共兩百萬元，這筆錢……，那當然是你拿出來的，真是謝謝你了，我不知道我的一條命竟然值得兩百萬元。」

「不是……我沒有。」

彭俊德也不理會吳先泰的話，又說：「另外，你為了挖我的牆角，前後一共開設了四家公司，你花的本錢可真是不少呀，很可惜的是那四家公司全部都被市場淘汰了，而我的五家公司在去年全部都有很好的盈餘，看來上天還是很眷顧我的。」

「……」

「可是那都是小事，我都忍了下來，但是事情好像沒完沒了，後來有人入侵我所有公司的網站，又派人砸毀了我兩家公司，再放火燒我公司的倉庫，最後還要殺我和我的朋友，吳先生，我猜我和你沒有那麼大的仇恨吧？」

謝浩山還沒有答話，這時候周偉民從門口旁的監視器上看到有人進到這棟別墅來了，便大聲的說：「大衛，謝淑華和唐納德要進來。」

「可是這筆帳……」彭俊德轉過來對著謝浩山說：「我都算在你的身上了，謝先生。」

彭俊德想了一下便說：「讓他們進來好了。」

周偉民知道這個監視器可以直通大門的警衛，便對著大門的警衛說：「請唐先生他們進來。」

過了一會兒果然看見謝淑華和唐納德一行人進來，可是謝淑華在唐納德面前似乎沒有什麼地位，謝淑華竟然遠遠的走在最後面。

周偉民將玻璃門打開，唐納德看到彭俊德顯得有些驚訝，馬上就氣衝衝的走上前來，彭俊德不說話就是一拳往唐納德的鼻樑打去，這次兩個保鑣還是慢了一步，那金髮保鑣先衝上前來，可是沒留神阿傑站在旁邊，阿傑先是抓住那保鑣的右手腕，接著用右腳在他的下盤一掃，那金髮保鑣整個人飛了起來，阿傑再順手一送，只見那人將眼鏡蛇的電腦桌撞得粉碎，大家看他已是口鼻流血，看來傷得不輕。

另一人上來揮出右拳要打阿傑，阿傑用左手格住，再將他整個人舉起來，又重重的摔在地上，這保鑣背部著地，已經暈死過去。

彭俊德拿起桌上的刀子，左手抓住躺在地上的唐納德，右手用尖刀抵住唐納德的脖子，銳利的刀鋒還不住的抖動，彭俊德面目猙獰似乎想要將唐納德殺死，唐納德驚駭得睜大了眼睛，過了一會兒彭俊德才放開微微發抖的右手說：「唐納德我警告你，今後我再聽說你打了蜜雪兒一個耳光，我就回打你十個耳光，你敢打她兩個耳光的話……，我會很樂意親手割開你的喉嚨，讓你的血噴在我的身上。」話一說完彭俊德將尖刀丟在地上，又連續幾拳將唐納德打昏，看彭俊德近似瘋狂的舉動，謝淑華嚇得只能在一旁哭泣。

彭俊德恢復鎮定站了起來，但是臉上、手上和衣服上都噴濺了不少唐納德的血跡。

彭俊德從口袋拿出幾張面紙擦拭臉上和雙手的血跡，接著轉身微笑的對謝浩山說：「謝先生，很抱歉讓你看到我不夠紳士的一面，不過……我們的事情還沒說完呢。」

彭俊德整理了一下西裝又說：「其實我和你的事情也很清楚，你看不起我也沒關係，你不將淑華嫁給我也沒關係，可是你的自尊心也太強烈了吧？」

彭俊德將地上的尖刀檢起來，在謝浩山的面前晃了一下說道：「強烈到想要我的命。」

彭俊德將刀子收好放進衣服內側口袋，又繼續說道：「還好我命大，這筆帳也就算了，可是這一年來我公司的損失太大，即使我想算了，可是我還有其他十幾個合夥人呢，我這兒有一張清單請您過目，是我所有的損失，不過那都只是保守的估計，大約有四千萬元，當然這筆錢對您來說只是小錢而已。」

彭俊德拿出幾張單子給謝浩山，又說：「最上面一張是我的損失清單，第二張是你在全世界各地存款的戶頭，我從您在美國的銀行拿走一百三十萬元美金，就當作是給我五家公司的補償金吧，其餘零頭也不必算得太清楚了。」

謝浩山將第二張單子看了一下，裏面有自己在美國好幾家銀行的帳號和存款，另外有一個在瑞士銀行的秘密帳戶，上面記戴了一長串連謝浩山自己也記不住的密碼，而且這個銀行帳戶只認密碼不認人，謝浩山看得心驚膽顫。

「我再奉送你一個消息，你在西雅圖總公司美麗的秘書小姐，她從你那兒拿走的錢，可也不止有十個四千萬，您用錯人了，謝先生。」

「另外你昨天銀行發生的信用問題，也是我的傑作，這只是希望能夠確定一點，我不希望以後再有人來傷害我或是我的朋友，你會希望我不要感冒、不要跌倒，因為我非常的敏感，萬一我發生了任何事情，到時候不僅你的銀行會發生更大的問題，你在世界各地的工廠，可能會停電，可能會爆炸失火，你所有的存款也可能會消失不見，你如果不相信的話，眼鏡蛇他會相信的，眼鏡蛇他會告訴你，網路駭客大衛幽靈王絕對有這個能耐。」彭俊德說完還看了一下眼鏡蛇。

「謝先生，這是我們第三次見面，今天很難過對您有那麼不禮貌的對話，可是為了我朋友的生命安全，也為了我的生命安全，我也沒有其他辦法可想了，請容我告退。」

✦　✦　✦

回程換阿傑開車，彭俊德奇怪的問他說：「阿傑，你剛才用的幾招都是柔道的招式嗎？」

「我柔道三段，當然用柔道來對付他們了。」

「你剛才戴的手套很酷，在哪兒買的？改天也幫我買一雙。」

阿傑拿出剛才的手套給彭俊德看，接著又說：「這種手套市面上買不到，這是歐洲國家特種警察專用的手套，用了好幾層防彈纖維縫製而成，中間還有絕緣膠層，可以防二十萬伏特的電擊，也可以空手入白刃，是公道幫我訂製的。」

周偉民問彭俊德說：「大衛，你剛才不會真的要殺死唐納德吧？」

「不好意思，我剛才太過於激動了。」

阿傑笑著說：「今天大衛不可能殺人的，他如果真的殺了唐納德，我們兩個人也都算是幫凶，他不會做這種事情的！」

周偉民又問說：「喔……對了，那把刀子呢？」

彭俊德將剛才的刀子拿出來，笑著說：「這刀子不是真的凶器，公道不願意幫我向台北縣警察局借那把刀子出來，我就自己去買了一把，不過還蠻像的，我剛才戲演得還不錯吧！」

「喔？原來你只是嚇唬他們而已！」

周偉民看車上還有一份備用的資料，拿起來翻了幾頁，裏面有兩個殺手出現在公司、倉庫、醫院的照片，這些周偉民以前都看過，另外還有幾張是那兩名殺手死亡的照片。

彭俊德指著照片說：「公道懷疑這兩個殺手還不死心，就跑去查看醫院的監視錄影帶，那兩人果然又出現了幾次，公道就猜想他們一定是要殺死我才會作罷，過了幾天公道調查出這兩個殺手是中部的不良份子，一個叫印度番一個叫瘋西，過了不久就有人謠傳說印度番和瘋西是殺死台中角頭老大黑仙的兇手，結果黑道派出許多人，一定要將這兩個人抓出來，印度番聽到消息先偷渡到大陸，瘋西還沒走掉，在海邊漁村被打中了好幾槍，最後被亂刀砍死。」

周偉民聽到瘋西死得這麼慘，不禁搖了搖頭。

彭俊德繼續說：「印度番逃到大陸也沒有更好，大陸公安放出公報，說有殺死兩名公安的兇手出現，還附有照片，結果他躲了不到三天就被抓到了，最後也是死得很慘，這些照片，我是花了一些錢從大陸公安那兒買到的。」

周偉民這才知道，原來這兩名殺手就是這樣才消失的，便問說：「那宙斯呢？」

「其實入侵電腦要成功，一次就夠了，但是我很小心，有一點風吹草動我就放棄了，前後花了我一個多月才完成入侵宙斯的電腦。」

「啊……」

「這件事情宙斯完全不知情，後來美國聯邦調查局接到檢舉函，檢舉函還附有一部分宙斯入侵美國銀行、國防部、國稅局、和其它許多國家網站的資料，聯邦調查局馬上到宙斯的兩個住處調查，還查扣了好幾台電腦，但是宙斯早一步收到訊息，將家裏電腦的一些犯罪證據毀掉。」

「怎麼會這樣呢？」

「兩邊都是我做的手腳，雖然檢舉函提供的證據十分薄弱，可是宙斯還是被提起告訴。」

「你是說檢舉函是你舉發的，而你又通知宙斯說聯邦調查局要調查宙斯，好讓他早一步毀滅證據？」

「是的。」

「我猜宙斯一定恨死你了。」

「不，我和他正在尋求和解。」

「為什麼？」

「他知道我這兒有他全部犯罪的資料，犯的都是聯邦的重罪，可是我給他留了餘地，我也很怕他，他的罪刑還不確定，如果有一天他出獄了肯定會找我報仇，這樣事情就不好收拾了。」

「那他現在呢？」

「他的罪可以認罪減刑，但也可能和美國聯邦調查局合作，真正判刑的話可能也關不了多久，我不能結下這種可怕的仇人。」

「你想得真周到。」

「若依我給聯邦調查局的薄弱證據，他可以一概否認，最後可能不會起訴他，我想事情就這樣算了，如果以後他不再來騷擾我們，我就不會再提供任何資料給美國官方。」

「這也要和宙斯當面談好才行?」

「我已經請阿丁和宙斯談這件事,我想應該沒有問題。」

「那謝浩山呢?」

「我昨天暫停了他在美國所有的信用,他公司所有的信用凍結,所有的支票不能兌現,造成了一陣大混亂,我猜他昨天的損失很大,可能有上百萬美金。」

「我猜他昨天可能嚇壞了吧?」

「我用了一個多月的時間,查清楚他所有的資產、帳冊和戶頭,我抓到他的小辮子可多了。」彭俊德很詳細的說:「我從他美國的一個戶頭拿了一百三十萬元美金,這是告訴他我隨時可以讓他完蛋,讓他知道我的能耐。」

「美國的戶頭?你侵入美國的銀行了?」

「他在美國往來的銀行有十多家,主要存款放在五家銀行,我全部都試過,只有一家被我入侵成功,不過他可能被我唬住了。」

「那其它幾家呢?」

「宙斯的電腦裏有很多入侵銀行的資料,我也是靠那些資料才能癱瘓謝浩山在美國的信用。」

「那他以後就不敢亂來了?」

「希望如此吧?另外我知道,他西雅圖的秘書就是他的情婦,我知道他的情婦偷了他很多錢,我查出她有三個秘密戶頭,各有五百萬美金,一共是一千五百萬,我猜謝浩山明天就會飛到美國處理這件事情。」

第十九章　情訂英倫

彭俊德聽到張鎮三病重的消息，醫生也宣布張鎮三已經來日無多了。

在醫院裏張鎮三的身體時好時壞，為了讓病人靜養，醫生囑咐盡量不要探房，因此一個多月的時間裏，彭俊德也只有去看過張鎮三兩次。

「大衛，乾爹說要見你，我怕乾爹他快不行了……」電話的另一頭傳來劉筱君哭泣的聲音。

在醫院裏看到張鎮三身體虛弱，彭俊德十分的難過。

張鎮三用微弱的聲音對彭俊德說：「大衛，你不是說好要到手勝上班嗎？乾爹怕你忙到忘了這件事？」

「乾爹，不會的，我已經答應大姐下個月就正式到手勝上班。」

「那就好，這樣子謝浩山就不會再來嚕唆你了。」

「乾爹，我和謝浩山已經和解了，他不會再來找我的麻煩了。」

「真的嗎？」

「是啊，我上個月去找謝浩山談判的，這件事大姐也知道。」

「好吧，乾爹就相信你……」

張鎮三的手抖動得非常厲害，彭俊德抓住了他的手說：「你就放心吧，你專心的養病就好了。」

「唉！我這病是好不了的，不然的話，我也不會在六十五歲就退休，讓我那三個兒子和蘿拉那麼辛苦。」

「乾爹，他們現在公司都經營得很好，你可以放心了。」

「唉……，都怪我年輕時太過操勞，我的身體一直不好，大衛……我記得你……」

看張鎮三還惦記著自己的身體，彭俊德已經淚流滿面，便說：「我……我已經好了，我上次住院的時候，醫生也幫我做了身體檢查，他說我的身體已經康復，我的躁鬱症也完全好了。」

「真的嗎？真是太好了……」張鎮三說完便閉上眼睛休息。

彭俊德也想讓張鎮三多休息，便擦乾了眼淚，可是這時候張鎮三又睜開眼睛，無力的對著彭俊德說：「大衛，你知道嗎？我這幾天每天都心神不寧的，睡也睡不好。」

看張鎮三虛弱的樣子，彭俊德心裏想著要安慰老人家的話，便說：「乾爹，你這個樣子好像……，我阿公要過世的時候也是這樣子。」

「你阿公他是怎麼了？」

「我阿公專門幫人算命，他那時候已經七十多歲了，也是每天吃齋唸佛，自己還常常說佛祖答應要親自來接他去西方極樂世界。」

看張鎮三很專心的在聽自己說話，彭俊德便繼續說：「可是沒有人相信他，他後來住院的時候，清醒一天昏睡一天，一共有三次，弄得大家非常惶恐，沒有人知道為什麼，他偷偷告訴我說，佛祖已經來接他三次了，可是他很捨不得我們這些小孫子，捨不得離開我們。」

「那後來呢？」

「後來我阿公說佛祖生氣了，阿公說明天不能再留下來，第二天他就過世了。」

「這樣子啊？佛祖大慈大悲也會生氣啊？」

「這都是我阿公說的，不過乾爹你這幾年也都是吃齋唸佛，我想佛祖一定是有話要跟你說吧？」

張鎮三樂不可支，很高興的說：「是啊……，是不是佛祖也要親自來接我去呢……」

過了幾天，張鎮三安祥的在醫院過世了，沒幾年之間老教授、譚元茂和張鎮三接連過世，彭俊德終於崩潰了，在醫院裏泣不成聲，劉筱君、陳智豪過來安慰也沒有用。

✦　✦　✦

本以為和謝浩山的爭端結束之後心靈可以得到平靜，但是緊接著張鎮三過世給彭俊德的打擊太大，回到租屋的公寓，彭俊德感到更加空虛，公司也很少去了。

公司也沒有什麼好煩惱的，幾個好朋友相互持股，尤其是周偉民，雖然只在幾家公司佔有很少的股份，但是卻經常代替彭俊德在五家公司到處走動，連林怡珊都成了周偉民的貼身秘書。

好像再也沒有人需要自己了，一時之間彭俊德感到十分痛苦，再想起從前流浪的歲月，彭俊德又有了遠離人群的想法，因此在張鎮三告別式的第二天，彭俊德寫了一封信給劉筱君說要到山上散心，就自己一個人騎上摩托車，再度走上孤獨的旅程。

一個月的時間裏，彭俊德又獨自跑遍了台灣，他回到四年多前流浪時的幾個住處，大都是人群稀少的鄉鎮，有時在山上什麼也不做，只是躺在草地上看著天上的繁星，有時又到海邊吹海風，可是同樣的，在這些地方彭俊德也找不到任何治療自己空虛心靈的良方。

彭俊德終於回到台北，馬上就接到林怡珊的電話，「大衛，謝浩山在找你，他打了很多通電話給你，還到你公寓找過你，昨天也到公司來過，好像有急事。」

「他有說是什麼事嗎？」

「沒有，他只是說要當面和你談，對了！淑華也打了好幾通電話來找你，我說你不在，可是她不相信。」

「淑華她……」

第二天，彭俊德正在租屋的公寓裏休息，想不到竟然來了意外的訪客，樓下的守衛打電話給彭俊德說：「彭先生，有一位謝浩山先生要找您。」

「我不想見他，你請他回去吧。」

「謝太太也一起過來了。」

這位謝太太當然就是謝浩山的夫人沈秋儀，彭俊德想起和沈秋儀雖然只有一面之緣，但是當初她對待自己也算很好，不好意思不見她的面，便說：「好，你請他們會客室坐，我馬上下去。」

大樓底層的會客室富麗堂皇，用了漂亮的花崗石貼飾而成，還有仿羅馬的石柱、栱廊、彫像，彭俊德看到謝浩山和沈秋儀正在那兒等候。

「謝先生、阿姨好，請坐。」

謝浩山開門見山的說：「彭先生，我今天是特地來向你道歉的。」

彭俊德也很客氣的說：「我想就不必道歉了，以前的不愉快就讓它過去吧。」

「那就好，對了，我已經將吳秘書辭退了。」

「哦？吳秘書他……」

「我給了他一筆退休金，畢竟他跟在我的身邊也快三十年了，所有的過錯，其實都是我造成的。」

「謝先生，我剛才已經說過了，過去的事就不要再提了，吳秘書的事也一筆勾消吧。」

「那就好，那就好……。」

「雖然我和吳秘書之間有著很不愉快的過去，但是說真的，我也查過了他的記錄，他對你還算忠心，處理貴公司的事情也很用心。」

「我也謝謝你告訴我西雅圖總公司的事，想不到有人在掏空我公司的資產，而我竟然不知情。」

「哦？看來事情比我想像的還要嚴重。」

「不管怎麼樣，還是很感謝你。」

在一旁的沈秋儀很憂心的說：「今天我們是想要拜託你有關於淑華的事情，我們對於淑華嫁到美國的生活都不太清楚，也不知道淑華過得並不快樂。」

「淑華的婚姻狀況我也不清楚，其實我也只是猜想而已，而且我很早就暗示過謝先生了。」

謝浩山憤恨的說：「我本來以為唐家是有名望的人，淑華嫁過去應該會過著快樂的日子才對。」

「只可惜嫁錯了人，還有家庭暴力。」

沈秋儀也說：「淑華都不敢跟我們說。」

謝浩山又接著說：「淑華在半個月前已經回到美國，前一陣子說她過得很不如意，幾天前我親自到美國加州的唐家想要瞭解狀況，可是竟然見不到她的人，連我親自要見女兒一面也不行，最後鬧到警察出面，我才和淑華見了一面，她只是哭，什麼也不說，最後她告訴我說正在和夫家商討離婚的事情，但是唐納德的父母說丟不起人，他們家從來沒有人離婚，因此不同意。」

「喔？」

「淑華說她這次一定要和唐納德辦好離婚才會回台灣來，所以我也就不堅持要帶她回來，可是……我怕淑華會想不開……」

說到謝淑華會想不開，彭俊德想起以前在裴思特的舊公司，謝淑華、黃春華和林怡珊三個人曾經談過自殺的事情，其中就以謝淑華最膽小怕死，想到這兒彭俊德不禁覺得好笑，便說：「可是我也幫不上什麼忙，我只是一個外人。」

「我想不出還有什麼人可以幫忙，就只有你最關心淑華了。」

「那是以前的事了，現在我真的只能算是一個局外人。」

沈秋儀用哀求的眼神看著彭俊德說：「可以的話，我希望你能夠想辦法開導她，我和浩山已經沒法可想了。」

「好吧！我考慮看看。」

◆　◆　◆

彭俊德雖然沒有肯定的答應謝浩山，可是等了幾天都沒任何謝淑華的消息，林怡珊也表示沒有再接到謝淑華的電話，彭俊德真的就一個人跑到了美國。

位於北加州華人地區的唐家是當地的豪門大戶，彭俊德沒有事先通知就直接來到唐家的大門，唐納德非常害怕，一直不敢出來和彭俊德見面，最後只好由唐納德的父親和一個老管家出來和彭俊德談話，可是他們說話十分含糊，只簡單的說謝淑華在前幾天已經辦妥離婚，而且人也已經離開唐家了。

聽到謝淑華離婚，彭俊德內心並沒有任何喜悅的感覺，而且更加的悲傷，心中一直想著自己這麼多年來的境遇，又想到和自己最親近的譚元茂，又想到疼愛自己的老教授和張鎮三，彭俊德內心痛苦萬分，腦中一片空白。

一時之間彭俊德不知何去何從，也不想通知謝浩山這件事，心想謝浩山一定比自己早一步知道謝淑華離婚的消息，只好孤身一人又回到台灣。

◆　◆　◆

彭俊德也不知道自己在想些什麼，回到台灣每日只是關在房裏，有時候還會喃喃自語的說：「……再愛一次？再痛苦一次？」，有時真的心緒紊亂，只好拿出酒來小飲幾杯，也可以暫時忘卻煩惱。

這一日早晨彭俊德起身梳洗，在浴室看著鏡中的自己，面容消瘦鬍鬚滿腮，心想自己在這兒自怨自艾也不是辦法，也該找個事做，林怡珊又來電話說：「下個星期要到日本，有電腦資訊展。」

彭俊德這才記得答應要拿東西給在日本的林家星，便打開客廳櫃子的一個抽屜，裏面塞滿了紙片，彭俊德將全部紙片拿到茶几上整理，隨手拿起一張，見是多年前所寫的一首詩：

「乙亥深秋，暮色已升，慚愧廿五年光陰虛擲，回省己身幾無寸進。於中部遊湖偶記。」

「面似朝陽心已秋
痴心淚畫傷心柳
白雲翩翩何所適
重林孤鳥聲啾啾。」

彭俊德記得這是之前自己在中部山上果園幫忙，某日在附近遊湖，見岸邊垂柳依依，心有所感而記，看了有些不喜，自嘲的說：「噁心、頹廢。」

正想撕去的時候，又想著已經答應要給林家星，況且林家星才思敏捷，有不妥的地方就讓他去修改好了。

彭俊德又想著這個謝浩山真不是東西，自己的女兒都是寶貝，將自己和班傑明害得淒慘，心中不免怨恨謝淑華，恨她將愛情當成遊戲，現在自己也離了婚，人生道路千百條，而她竟然選了最差勁的那條路。

彭俊德一時氣憤，不小心將剛整理好的紙片又掉了滿地，雖然咒罵著，但還是得彎下腰來再整理一次。

✦　✦　✦

東京年初的電腦資訊展，周偉民和林怡珊同行，隔了一天彭俊德也臨時決定跟去日本，除了丰勝有參展之外，彭俊德也想和老朋友松本次郎以及水野一家人見面。

花了幾天拜訪完日本的老朋友，這一天彭俊德帶著周偉民和林怡珊來到展覽會場視察。

在丰勝的攤位上，一位年輕的業務員告訴彭俊德說：「彭副總，剛才有一位謝淑華小姐在找你呢！」

「喔？」

「她說十一點半還要過來，請你一定要在這兒等她。」

此時彭俊德並不想要和謝淑華見面，便對林怡珊說：「珊珊，你幫我訂一張回台灣的機票，我明天就回台灣。」

「可是展覽還有好幾天呢，你是因為淑華的關係嗎？」

「是的。」

「你不想見她？她不是離婚了嗎？」

「我知道她已經離婚了，可是這一陣子我的心情都很不好，我自己的生活也是亂七八糟的，現在並不是和她見面的時候。」

「你該不會已經不在乎她了吧？」

彭俊德很痛苦的說：「我真的沒辦法和她見面，或許以前所有的熱情都已經消失了吧？」

「我知道她們有幾家公司的高級主管今天晚上包機要回英國，她是總負責人，你今天不見她的話，她就回去了。」

「包機？她的事業做得很大嘛？」

謝淑華到處都找不到彭俊德，一直到了傍晚，幾個從英國一起過來的主管看謝淑華神色匆匆，怕她會出事，因此緊跟著她，幾個人一起來到一家高級飯店的一間房門前面。

謝淑華很焦急的問旁邊的一個公司主管說：「羅勃，你確定是在這裏嗎？」

「應該是的，我打了好幾通電話問的。」這位名叫羅勃的中年主管不停的敲著房門。

謝淑華看這開門的人有些陌生，但這人卻一眼就認出謝淑華來，「妳是……妳是淑華。」

謝淑華這才覺得這人有些面熟，但一時想不起來，便問說：「你是……」

「我是阿星。」

「啊！阿星……」

原來此人正是和彭俊德相約在東京見面的林家星，林家星請謝淑華到房間裏面坐，謝淑華看裏面的床上、桌上排列著很多紙片。

「淑華，我是阿娟，妳還記得我嗎？」正在整理紙片的阿娟也站起來和謝淑華打招呼。

「啊，妳是阿娟……妳和阿星結婚了？」

阿娟笑著說：「我們結婚都好多年了。」

「對不起，我不知道……，我以為這是俊德的房間。」

林家星不禁問說：「阿德？……妳在找他嗎？」

「我找他一整天了，可是他一直躲著我。」

「他今天心情很不好，你也知道，他乾爹剛過世沒多久。」

「可是也不需要躲著我吧。」

林家星解釋著說：「這個房間是用他的名字訂的，我和他約好了中午見面，他下午兩點就離開了，我也不知道他現在人在哪兒。」

找彭俊德的希望又落空了，謝淑華心中一陣苦楚，不禁坐下來掩著臉哭泣。

「你找他有什麼事嗎？」

「我……我也不知道，不過我想要向他道歉……」

「你是說以前的事嗎？」

「是的，還有很多事，這麼多年來，俊德為了我，他受了很多苦。」

「那些事情我都知道。」

「你也知道？」

「我知道的不僅是你父親壓迫他的公司、找人殺他的事情，我還知道他退伍後失蹤三年，那三年裏他一直都很痛苦。」

「真的？」

「他給了我一些東西，我還沒有整理好，不過妳可以看一看。」林家星指著放在桌上、床上的紙片。

謝淑華走到桌子前，看見幾十張各式大小不一的紙張佈滿了桌子，不過大多已經排列整齊，看來林家星花了不少時間整理，這時謝淑華看到桌上最左邊有一張淡綠色的紙似曾相識，拿起來一看，竟然是多年前自己送給彭俊德的班刊，憶起昔日的情景，謝淑華又是淚如雨下，翻過班刊的背面，原來空白的頁面已經寫上了一些字：

「冬夜露宿苗栗火車站，自慚形穢，不知何去何從，試以河洛語成詩自娛。」

「半暝的火車
妳是要去佇位
我是無路的人
準那會駛
我要來去天邊海角
靴有我不熟識的所在

我想要行東南西北
靴有我不熟識的花栽
你娶我來去
半暝的火車

夜深的街頭
你是我尚好的朋友
我是無厝的人
準那會駛
你教我要去佇位
只要是嘸人熟識的所在
我嘛要來來去去
攏有我行不完的路頭
真是多謝你
夜深的街頭

烏暗的月娘
妳是走去佇位
妳是和我笛密相找
準那會駛

你出來和我相見
我會駛講古給妳聽
你趕緊出來
阿那嘸，我真孤單
你趕緊出來
烏暗的月娘」

謝淑華看到這裏，內心十分痛苦，心中想像當時在冬夜寒風之中，彭俊德一人孤單落寞的情形。

謝淑華又看到床上有一張照片，好奇的拿起來看，原來是大四畢業典禮那天和彭俊德的合照，照片有些泛黃，記得是大頭許仁宏幫自己和彭俊德拍攝的，照片中兩人坐在樹下，彭俊德閉眼親吻著自己的臉頰，金色陽光自樹間灑下來，自己的臉上洋溢著幸福的笑容。

謝淑華再將照片翻過來看，照片的背頁寫滿了字。

「初春深夜，路經清水，憶昔日佳人，百感莫銘，托情乎詞，調寄青玉案。」

「不掩憔悴清水地　傷心處　瓊漿液　托書旅雁比佳麗
佳人憶處　魂銷魄蝕　深情無從寄
百里目斷無處覓　遙迢路　貪歡待何夕
千里欲訴相思意　何處芳蹤　酒深愁聚　離散青柳絮」

「冷冷冽冽清水地　寒到處　更芳郁　何日再有春草綠

這裏尋覓　那裏尋覓　不見蘭花蒂
遍尋蘭花開早蒂　眼窮處　風中芳草曳
濃郁芬芳輕揭衣　要想狎暱　不敢狎暱　戀戀北風意」

謝淑華覺得這兩闋詞很白，訴盡彭俊德當日想念自己的心情，又再翻閱了幾張，都是彭俊德在受困、寂寞、孤獨、生病的時候寫的一些詩詞，內容有時寫著飢寒受凍的情景，其餘則是寫盡了對自己的思念，此時謝淑華已經是淚流滿腮。

「阿星，我……我一定要找到俊德，我……」

「你找不到他的，他明天就回台灣，飯店房間用的也不是他的名字。」

謝淑華再回頭看自己幾個下屬正努力的打電話詢問著，謝淑華不禁趴在桌子上痛哭，「都是我的錯，都是我不好……」

「或許過幾天妳可以到台灣找他。」

「如果他要躲著我，在台灣或是在哪兒都是一樣……」

「妳不是有他的手機號碼嗎？」

「他已經換了手機，他也交待公司的人，不可以對我說出他的行蹤。」

在一旁的阿娟看林家星鐵石心腸，十分不悅的瞪了林家星一眼，很不高興的說：「家星你……」

「好吧，我試試看……」看謝淑華這麼難過的樣子，林家星也覺得自己若是不幫這個忙也嫌太過無情了，便拿起電話來，直撥台灣裴思特公司。

不一會兒電話接通了，林家星大聲的問著：「喂，大頭嗎？我是阿星，你還在公司忙嗎？……我有重要的事情要找珊珊……」

在飯店裏的彭俊德正看著窗外東京的夜色，燈光點點宛如天上繁星，讓彭俊德的心情好了些。

忽然大門打開，謝淑華直接就進來了，後面還跟著四個人，謝淑華上前對彭俊德說：「俊德，你為什麼不願意見我？」

彭俊德有些訝異，但很快的恢愎冷靜，平靜的說：「我沒有不見妳，只是我最近比較忙而已。」

「你不要騙我。」

「我不騙妳，如果騙了妳，請接受我的道歉。」

聽彭俊德這麼冷寞無情的話，情緒崩潰的謝淑華已經淚流滿面，哭泣的說：「俊德，請你不要這樣跟我說話……我……我只是要跟你……跟你說對不起……以前……」

「以前的事情都過去了。」

「我不知道我爸爸他……」

「我和你的父親也已經互相諒解，妳放心好了。」

「我還有話……我不能再等了，我的飛機已經……」

「現在是九點整，妳們的飛機快要起飛了。」

「我要他們等我，我到了飛機才會開……」

彭俊德看到跟著謝淑華來的幾個人果然不停的看著手錶。

謝淑華幾近哀求的說：「我是要告訴你，我很痛苦……」

彭俊德有些發怒，用力抓住謝淑華的兩手腕，生氣的說：「妳知道什麼叫作痛苦?你……」

「俊德……對不起……，雖然這句話晚了八年……，但是請你原諒我……」

「是很晚了，八年是很長的時間。」

「我在法國寫了很多封信給你，你都沒回……，我……」

彭俊德心裏轟然一聲，不禁顫抖的說：「什麼?信……吳秘書……一定是他……」彭俊德這才想到，當初自己寄到美國幾十封信都沒有回音，謝淑華也說寄了很多信給自己，那一定是吳先泰從中作梗了。

可是這一切都太慢了，彭俊德很傷心的說：「以前的事就不要再提了。」

因為彭俊德抓得太過用力，謝淑華痛得跪下來，彭俊德還是抓著不放，可是覺得握住謝淑華的手腕處十分粗糙，忙將謝淑華的左手腕拿起來看，竟然是很恐怖的一道刀疤，彭俊德看得冷汗直流，又抓起謝淑華的右手腕一看，也是一道紅色刀疤，彭俊德全身軟癱的跪了下來，顫抖著說：「妳為什麼?為什麼?」

「我在加州，都沒有人可以幫助我，納德的父母又很堅持不肯讓我離婚，他們軟禁我……要我妥協，我打電話給你……你也……」

彭俊德突然將謝淑華抱住，左手用力撫摸著謝淑華的手腕，好似要將那一道自殺的疤痕給抹去了，「對不起……，都是我不好，都是我不好。」

「我想如果連你都不理我了，那我活著也沒有意義……」

「你為什麼這麼傻……都是我不好……」

「你會原諒我嗎？……你還要我嗎？」

彭俊德淚流滿面，不顧一切將謝淑華緊緊抱住，謝淑華還要說話，彭俊德就用嘴唇親吻著謝淑華，過了良久，彭俊德才將謝淑華的兩隻手腕提了起來，親吻著上面的傷痕說：「你的手那麼醜，我要考慮看看。」

謝淑華這才止啼為笑說：「你的額頭不是也很醜，還說我呢。」

「好，那我們就扯平了……」彭俊德發覺兩人還是跪在地上，便將謝淑華扶了起來，看謝淑華後面幾個人還在看手錶，微笑著對謝淑華說：「妳也該走了，讓飛機等太久，可不太好。」

「我不走了，讓他們自己回英國去，公司我可以不要。」

「不要孩子氣了，公司妳不要了，一千多個員工怎麼辦？」

「你為什麼要趕我走，我好怕……我好怕再一次失去你……」

「不要把我的話也說去了，我一直遠離妳，因為我知道我再也無法承受失去妳的打擊，失去妳一次，幾乎毀了我的人生，再來一次的話，我就……」

謝淑華掩住彭俊德的嘴不讓他繼續說下去，「都是我不好……」

「妳該走了，那麼多人在等你，很多人要靠妳生存，讓人家等也不是我的作風。」

「我……我還要告訴你一件事情……，我大姐她……」

「妳是說……凱瑟琳她？」

「她上個星期到英國找奧斯汀了，她也在尋求她的愛情。」

「她？」

「她在兩年前離婚了，結束了十多年沒有感情的婚姻。」

「那奧斯汀他呢？」

「我不知道，我人在東京，我聯絡不到我大姐。」

「祝福他們吧……，妳也該走了，到了英國找他們問個清楚。」

「你不要趕我走……，我怕……」

彭俊德笑著說：「妳忘記了嗎？我有過承諾，我要給妳一個最浪漫的婚禮。」

謝淑華含淚的笑著說：「是霧都的婚禮。」

「是泰晤士河上最美的婚禮，要在遊艇上，妳別以為我忘記了。」彭俊德說完就輕輕的將謝淑華推後了一步。

「你不要騙我。」

「看我的眼睛，不騙妳的，我發誓。」

謝淑華上前吻了彭俊德，又走到旁邊吻了林怡珊，並且小聲的說：「謝謝妳。」謝淑華說完就帶著跟隨她的幾個人離開。

彭俊德回頭看周偉民和林怡珊，兩人也是兩眼泛淚，不停的拿著紙巾擦拭著，彭俊德冷冷的問林怡珊說：「珊珊，我住這兒的事是妳告訴淑華的嗎？」

林怡珊不敢說話，只是吐了吐舌頭。

「妳馬上幫我訂明天到英國的飛機，我要到英國去。」

「好的，我順便將回台灣的機票取消。」

林怡珊說完就轉身離去，周偉民則是痴痴的看著林怡珊離去的背影，臉上還露出一絲笑容，彭俊德有些震驚，感覺周偉民這種笑容似乎在哪兒見過，接著便生氣的踢了周偉民的臀部，周偉民嚇了一跳，很不高興的說：「你幹嘛？」

「幹嘛？你還敢說！」彭俊德生氣的抓住周偉民的領子，「你剛才為什麼那樣子看珊珊？」

「你放手，你發瘋了嗎？」周偉民用力將彭俊德的手推開。

「我再問你一次，你剛才為什麼那樣子看珊珊？」

「我……我為什麼不能那樣子看她，犯法嗎？」

彭俊德咬牙切齒的說：「你這個大笨蛋，你……」

看彭俊德氣得說不出話來，周偉民很心虛的說：「我怎麼了？」

「你那麼喜歡珊珊，為什麼不去追她？」

「喜歡她？我什麼時候喜歡她了？」周偉民有些丈二金鋼摸不著頭腦，不知道彭俊德在說些什麼。

彭俊德極力克制自己的情緒，心想今天一定要理性的向周偉民說明才是，便說：「所以我才說你是個大笨蛋。」

「怎麼說？」

「你記得蛋塔和春花嗎？」

「當然記得。」

「他們兩個人戀愛，結婚，都是那麼恩愛，一直到了蛋塔過世前也是如此。」

「是啊。」

「我看過好多次了，蛋塔都是像你那個表情來春花的。」

「……」

「好多次了，你也是，你有好多次都是用那種傻傻的眼神來看珊珊，你自己愛上珊珊卻還不知道。」

「可是……可是……」

「可是什麼？是不是因為珊珊長得不好看？皮膚黑黑的，又是單眼皮？」

「不是啦……」

「不要以為你長得帥，學歷又高，珊珊就會配不上你，我告訴你，認清楚自己吧，不要跟自己的愛情過不去。」

「可是？」

「別可是了，你要到哪兒去找一個可以和你一起發瘋、一起大笑、一起打球、一起跳舞的珊珊，你不去追她？你這輩子還找得到更好的嗎？」

彭俊德也不再罵周偉民，任由他自己去思考，周偉民也覺得彭俊德說得一點都沒錯，自己多年來和林怡珊真的渡過了很多快樂的時光，雖然都是嘻嘻哈哈的玩在一起，但自己真的很欣賞林怡珊那種大而化之、無憂無慮的個性，整體來說林怡珊和自己在喜好、個性、生活上都十分契合，只是自己從來沒有考慮過是否愛戀著林怡珊，今天經彭俊德說破，周偉民也不得不點頭承認了。

過了一會兒周偉民便用肯定的眼神看著彭俊德，問說：「那我要怎麼辦呢？」

彭俊德反問他：「你現在要怎麼追珊珊呢？」

「怎麼追她？……我也不知道？」這可是天下奇聞了，小帥哥周偉民竟然會不知道如何追求女生。

彭俊德無奈的搖了搖頭，接著將左手無名指的紅色鑽戒拔下來塞在周偉民的手中，又說：「將這枚鑽戒戴在她的手指上。」又想到這枚戒指可能有些太大了，便笑著說：「就戴在她的大姆指好了，這麼貴重的定情禮物敲下去，包準珊珊暈頭轉向，再將她抱起來吻她，不要讓她有說話的機會，這是絕招，我不輕易教人的。」

「可是……這鑽戒太貴重了，我知道這是蘿拉送給你的鑽戒。」

「蘿拉說這是一枚幸福的神奇戒指，蘿拉擁有了這枚鑽戒以後，十年之間不論是事業、結婚、生子，她都是生活在幸福當中，她將這戒指送給我，是要當作我和謝浩山對抗的護身符，你也知道，過去半年來，沒有人再有能力傷害我，公司前途看好，我和宙斯、和謝浩山的大戰也得到全面的勝利，全部都是這戒指不可思議的力量。」

「可是，這是蘿拉送給你的。」

「珊珊是蘿拉最疼愛的表妹，她也會同意的，快去將戒指套在她的手指上，她正在飯店樓下櫃台訂機票。」

「好。」

「去吧，在樓下大廳吻她，讓所有的人都看到。」

周偉民看房間裏只剩下彭俊德一人，便問說：「那你呢？」

彭俊德不理他，只是揮手要周偉民快快離去。

看著周偉民離去的背影，彭俊德喃喃自語的說：「我？……我不屬於這裏，我的幸福在倫敦，明天……希望明天……，浪漫的霧都，浪漫的泰晤士河……」

‧全文完‧

國家圖書館出版品預行編目

駭網情深 / 楓情著. -- 一版. -- 臺北市 : 秀威資訊科技, 2004[民 93]
冊 ; 公分. -- (語言文學類 ; PG0036-PG0037)
ISBN 978-986-7614-81-0(上冊 : 平裝). –
ISBN 978-986-7614-82-7(下冊 : 平裝)
857.7 93023858

語言文學類 PG0037

駭網情深（下）

作　　者 / 楓情
發 行 人 / 宋政坤
執行編輯 / 彭家莉
圖文排版 / 張慧雯
封面設計 / 羅季芬
數位轉譯 / 徐真玉　沈裕閔
圖書銷售 / 林怡君
法律顧問 / 毛國樑　律師
出版印製 / 秀威資訊科技股份有限公司
台北市內湖區瑞光路 583 巷 25 號 1 樓
電話：02-2657-9211　傳真：02-2657-9106
E-mail：service@showwe.com.tw
經 銷 商 / 紅螞蟻圖書有限公司
台北市內湖區舊宗路二段 121 巷 28、32 號 4 樓
電話：02-2795-3656　傳真：02-2795-4100
http://www.e-redant.com

2004 年 12 月 BOD 一版
定價：320 元

・請尊重著作權・
Copyright©2006 by Showwe Information Co.,Ltd.

讀　者　回　函　卡

感謝您購買本書，為提升服務品質，煩請填寫以下問卷，收到您的寶貴意見後，我們會仔細收藏記錄並回贈紀念品，謝謝！

1.您購買的書名：______________________________

2.您從何得知本書的消息？

□網路書店　□部落格　□資料庫搜尋　□書訊　□電子報　□書店

□平面媒體　□ 朋友推薦　□網站推薦　□其他__________

3.您對本書的評價：(請填代號　1.非常滿意 2.滿意 3.尚可 4.再改進)

封面設計____　版面編排____　內容____　文/譯筆____　價格____

4.讀完書後您覺得：

□很有收獲　□有收獲　□收獲不多　□沒收獲

5.您會推薦本書給朋友嗎？

□會　□不會，為什麼？______________________________________

6.其他寶貴的意見：____

____

____

____

讀者基本資料

姓名：____________________　年齡：______　性別：□女　□男

聯絡電話：________________　E-mail：____________________

地址：____

學歷：□高中(含)以下　□高中　□專科學校　□大學

□研究所(含)以上　□其他_______________

職業：□製造業　□金融業　□資訊業　□軍警　□傳播業　□自由業

□服務業　□公務員　□教職　□學生　□其他__________

請	貼
郵	票

To：114

台北市內湖區瑞光路 583 巷 25 號 1 樓

秀威資訊科技股份有限公司　　　收

寄件人姓名：

寄件人地址：□□□

(請沿線對摺寄回,謝謝!)

秀威與 BOD

BOD（Books On Demand）是數位出版的大趨勢，秀威資訊率先運用 POD 數位印刷設備來生產書籍，並提供作者全程數位出版服務，致使書籍產銷零庫存，知識傳承不絕版，目前已開闢以下書系：

一、BOD 學術著作—專業論述的閱讀延伸
二、BOD 個人著作—分享生命的心路歷程
三、BOD 旅遊著作—個人深度旅遊文學創作
四、BOD 大陸學者—大陸專業學者學術出版
五、POD 獨家經銷—數位產製的代發行書籍

BOD 秀威網路書店：www.showwe.com.tw
政府出版品網路書店：www.*gov*books.com.tw

永不絕版的故事・自己寫・永不休止的音符・自己唱